U0138539

安安靜靜台灣人系列五

北美阿里山

周烒明與吳秀惠

林雙不　著

序 出書竟然這麼艱苦
《安安靜靜台灣人》自序
林雙不

1

終於決定出版《安安靜靜台灣人》系列小說，我最明顯的感覺竟然是艱苦。

記得青澀年少的十九歲，第一次決定出書，而且一口氣同時出版三本時，感覺是無比興奮，好像整個人都要飛起來了一般。三十一年之後，回想當時的感覺，依然那麼強烈鮮活。爾後陸陸續續有書出版，感覺大抵還是愉快的；就算後來出多了，有點麻痺了，至少還能維持平靜，不喜不懼；實在想像不到，年近五十的此時此刻，決定要讓《安安靜靜台灣人》和台灣人見面、向台灣人請教時，感覺居然如此天差地遠！

既然出版這套書的感覺是這麼不愉快，爲什麼不要乾脆不出？

假如心境修爲能夠這麼乾脆，哪裡還會滋生艱苦？

矛盾的心情眞是說來話長，如果您已決定讀完這本書，甚至這套六本書，就請您容許我佔用一點您的時間吧，謝謝您。

2

動念寫作《安安靜靜台灣人》系列，是九五年夏天的事。那年七月，我應邀參加一年一度的台灣同鄉會美東夏令會，做一場演講。八六年以後，我已經多次參與類似的海外台灣同鄉聚會，認識

了不少鄉親序大，感覺相當親切。特別親切的是，九五年聚會的場地在美麗的康乃爾大學校園，以前我也曾經來過。

聚會的一天夜晚，我參加台獨聯盟資深盟員在一棟大樓地下室舉行的一場回顧座談。數十位各行各業極有成就的年逾半百盟員散坐在地下室的角落裡，輪流回想述說聯盟三十多年來的點點滴滴，就算是最艱困最痛苦的往事，經過歲月的洗滌，似乎也都顯現奇異的欣慰、快樂與溫暖的光芒。我靜靜坐著，靜靜聽著，靜靜感動著。就是這群人，在台灣極度封閉黑暗的年代裡，冒著身家性命的危險，企圖為故鄉的前途點燈；也就是這群人，隨後慘遭黑名單阻隔，淚眼望斷鄉關，飽受親情與人性的悲慘折磨；當然也是由於這群人，長久無悔的堅持和打拚，讓台灣島的前途，逐漸露出獨立的曙光。然而這群向來不求名利的銀髮族，卻也逐漸即將消失沒入台灣歷史的塵埃當中。這是不公平的歷史必然；自來總是搶奪到現實權勢的人，同時搶奪到歷史的撰述與詮釋的權力。當然，這群人應該是不在乎的，可是我在乎，我為他們在乎；做為一個終身反對的文字工作者，保留平民的生活記錄，責無旁貸，我怎麼能夠任令他們消失，反而縱容那些打著台灣運動招牌、追求個人名利的投機份子，踩過默默奉獻的同志的青春與熱血，篡取歷史的光環？

歷史的考量之外，還有現實的必要。九〇年代以後，由於台灣島內部份高舉台灣獨立運動旗幟的政治人物或政治動、植物，基於我們無法知悉的種種動機，對於運動的堅持或實踐，漸漸打折，甚至偏差。平常私底下滿口獨立建國，一旦碰到選舉，就不講了，說

是會嚇走選民；萬一當選，當然就更絕口不提，還胡言亂語，宣稱台灣獨立只能做不能說；原本似乎是生死追求的理想，忽然變成騙取選票、爭奪利益的口號。這種赤裸裸的敗德行徑，在一定程度上，已經失去台灣人民對獨立運動的認同與支持。許多原本熱心奉獻的參與者，開始懷疑部份運動同志的純度，甚至對於整個獨立建國運動的前景，失望洩氣，誤會所有獨立運動工作者都差不多，都有個人的名利私心，都不是口頭上真正的無私無我。這麼嚴重的誤解，當然需要導正；假如能夠提供他們一些正面人物的故事，應該會發揮一點作用吧？歷史的思考以外，這無疑是現實運動的必要。

座談會的主持人最後要我講話，說因為我是唯一一個靜靜聽到天快亮的非盟員。我簡單講出自己的感動，同時請教他們，願不願意讓我把他們的故事寫下來，歷史層面，做為海外台灣人獨立建國運動史的一部份，現實層面，也做為台灣島內繼續推展台灣獨立運動的精神助力？他們同意了，還慷慨的同意我的請求，委託與我相熟交好的聯盟中央委員莊秋雄先生和我商量細節。

我很快與莊秋雄達成共識。故事的寫作以個人做主角，以運動做背景；透過幾個人物的一生，盡量鋪陳整個運動的面貌。人物的選擇標準是，長久投身海外獨立建國運動、出錢出力沒有出名、沒有參與過台灣選舉、沒有利用運動求取一己名利的；也就是默默獻身、打拚做事不說大話、不計個人安危毀譽的；我把這種人定義為「安安靜靜台灣人」。我和莊秋雄的共識就是要透過這種安安靜靜台灣人的故事，呈現海外台灣獨立運動的種種。不過我清楚知道，受

限於主觀的學養和客觀的現實，寫作故事這件事不可能成為歷史記錄，只能是歷史的一部份；再說我的興趣在文學，在描寫人，人的意志、人的精神等等，所以我傾向於運用文學的筆法來表現。我要寫的，是小說，不是傳記；我沒有企圖記錄歷史的一五一十，然而也沒有興趣寫作完全虛構的小說，我想寫的，是根據事實自然發展的小說，所有的人物，包括主角或相關角色，我一律會使用真名；地名也一律不做更動。我希望完成以後的作品當中，有歷史也有文學；甚至在完整表現人物意志和精神的考量底下，必要時，我寧可偏重文學，而讓歷史暫時委屈、稍微消隱。

我和莊秋雄開始尋找適當的人物，希望進行訪談，蒐集資料。這些可敬的人物有些是我多年來接觸過，有一定的瞭解，深深敬佩的；有些是我沒有機會認識，不過莊秋雄知道甚深，極為肯定的；當然也有幾個，就是夏令會時在康乃爾親身參加座談的前輩。我們把名單列出來，由莊秋雄聯絡。說明我們的想法與預備的做法，希望得到對方的協助。有的人很謙虛，說不值得寫；有的人有顧慮，說不方便寫；有的人沒興趣，直接拒絕。一番折騰以後，初步確定了八個名單，包括一個已經不幸亡故的。莊秋雄說，應當寫的人還很多，慢慢再聯絡，就先做這八個；不在人世的，聯絡她的兄弟。

九五年十月，開始訪談。美國很大，八個人散居各地；冬天的風雪我很不習慣，長久的拋妻別子孤單旅途我也很不習慣。我飛來飛去，住在他們的家裡打擾，抓緊他們下班之後的分分秒秒，追根究柢，壓榨他們臨老的記憶力；當然包括他們的配偶、家人或知

交，而且，延續到九七年的秋天，長達兩年，一次又一次；必定是他們的熱誠一再溫暖我孤寂的心吧，不然我怎麼有可能堅持？必定是他們對於故土台灣超乎常人的關懷與摯愛吧，不然怎麼有可能忍受我再三的騷擾？為了答謝他們的好意，也為了對歷史和現實負責，我在進行訪談之前都先跟他們說清楚，如果他們有什麼顧慮，不希望或不方便公開的情節，都請不要告訴我，這樣比較不會影響我下筆之前的佈局；我知道，既然寫的是歷史性的小說，除了主角之外，當然不可避免會牽涉到許多同時代的人物，特別是一起從事獨立運動的同志；人總是人，有感情之私，某些事情不想公開，可以理解。還是為了對歷史和現實負責，我同時答應他們，如果天公保庇，真的能夠把小說寫出來，一定會讓他們先看過初稿，獲得他們同意以後，再設法發表、出版。

　　九七年十一月初，我感覺可以寫了，就把自己關在員林自家三樓的書房，面對電腦，開始寫作。為了絕對專心，為了全力投入，整整半年時間，我沒有走出過家門一步，沒有接過任何一通電話，妻子女兒對外總是說，我又出國了。甚至有一次家父家母來員林小住一個禮拜，都不知道他們的兒子就在三樓閉關隱居；當然，一輩子不認識半個漢字的他們，是不會上三樓書房的。每天幾乎天一亮，我就開始打字，除非精疲力盡，很少休息。打著打著，覺得這些可敬的台灣人就在我的身邊呼吸講話，隨著他們的情緒起伏，我笑我哭我嘆息；打著打著，覺得這些可敬的台灣人周邊的相關人物也在我的書房裡漂浮，有的很可愛，有的很可惡，甚至不只是可

惡，是卑鄙是無恥！只好一再提醒自己，暫時置身事外，盡可能還原眞相，讓歷史的歸於歷史，讓現實的歸於現實。如此繼續半年多，當我打完最後一個故事，重新走出家門時，台灣島的五月天，陽光已經非常亮麗燦爛了。

　　隱居半年，總共打寫將近一百萬字。很久很久了，追隨可敬的前輩，投身台灣獨立建國運動之後，沒有心情、沒有體力、沒有時間從事我這世人最喜歡、也認爲最有意義的小說寫作，已經很久很久了。能夠順利寫完《安安靜靜台灣人》系列，對於矢志終身不參加任何政黨、不參與任何選舉的一個文字工作者而言，即使不去談論作品的種種，光是完成作品本身，都已經是我垂老生命的再生了。我的狂喜與激動，跟五月的陽光同樣亮麗燦爛。

　　總名《安安靜靜台灣人》的這一百萬字，我把它分爲六冊。前五冊都是長篇小說，分別描寫邱義昌先生（篇名《無厝的渡鳥》）、莊秋雄先生（篇名《深秋天涯異鄉人》）、楊宗昌先生（篇名《南屯樸麗澗》）、胡敏雄先生（篇名《胡厝寮與茉里鄉》）和周焜明先生（篇名《北美阿里山》），第六冊包括兩個中篇和一個短篇，分別描寫王博文先生、鄭啓賢先生和不幸已經身故的黃聰美女士（書名就用系列名稱《安安靜靜台灣人》）。完稿的刹那，心中想到莊秋雄當初說過的，應當寫的安安靜靜的台灣人還有很多，忍不住就開始幻想；幻想這套書出版以後，產生良性反應，更多人主動再跟我或莊秋雄聯絡，找到更多不棄嫌的，讓我有機會繼續訪談繼續寫。假如幻想果然成員，我的垂老之年就有喜歡的、有意義的事情可做，不

會完全浪費台灣人種米種菜餵養沒有路用的我了。這樣的期待或幻想，也讓我的感覺激動狂喜、亮麗燦爛。

完成初稿的一個多月以後，我非常興奮，搭機飛美。我迫不及待飛東飛西，把初稿的電腦磁片一片一片，分別送到當事人的手中。我多麼希望他們能夠分享我的激動與狂喜；特別是，我多麼希望他們瞭解，這件事是我們共同合作完成的，因為相同的歷史理念和現實目標，辛辛苦苦，合作完成的。我多麼誠懇希望，他們和我一樣，期待這套書的完成、發表與出版，能夠為日漸衰微的台灣獨立建國運動，注入一針強心劑。我一個一個興奮告訴他們，只要他們看過初稿，沒有太大問題，同意發表，我返台之後立刻開始安排在報章雜誌上的發表事宜，然後在公元二千年十月全套出版。我跟他們講，之所以先要發表，一方面是為了引起注意，另一方面是為了賺點稿費；沒有發表，就沒有稿費。我說自從投入建國運動以後，作品幾乎全面遭到封殺，難得有機會發表，很少賺到稿費。直接出版不少書，只是擔心賠累出版者前衛出版社，當然也不敢要求版稅。以前還在教書，有一份固定的薪水，沒有稿費沒有版稅我可以不在乎。九四年夏天辭掉工作，從此就毫無收入了，所以希望先發表，也是私心貪財的意思。至於為什麼必須等到兩千年十月，也有兩個原因。一是將近一百萬字的作品，就算順利找到報章雜誌願意發表，連載完畢也需要相當長的時間，二是私心的，因為屆時我這個無用的生命，正好滿五十。

想到年滿五十時，我可以出版一套六冊向台灣歷史與現實交代

的系列小說《安安靜靜台灣人》，在遙遠異鄉孤單的夢裡，我都會禁不住激動大笑。原來文學寫作就是我的最愛，我活著的意義與目的。我多麼希望在有生之年，親眼目睹台灣獨立建國成功以後，把政治事務放心交給有能力、有興趣的同胞去做，然後飄然歸隱，專心寫作。

八月返台，開始等待。回音普遍不好，有些是當事人記憶有誤、資料偏差，有些是當事人當時講了，爾後發現不方便，還有絕大一些是，當事人沒什麼，但是家屬有意見，而當事人不願意讓家屬不滿。怎麼辦？必須改。資料偏差的，修正；記憶有錯的，訂正，一般來講比較容易；可是訪談當時已經講了，我也已經當做小說素材醞釀處理了，忽然需要抽離，就好像做菜時已經加入調味品，做好之後才要抽掉，我的能力低微，就沒有辦法處理了。至於家屬的反應，當時就沒有考慮在內，人數又多，個個重點不同，要修改到人人滿意，我絕對只有高舉白旗。

怎麼辦呢？難道就不要發表出版了嗎？難道就不要動念之初所期待的理念與目標了嗎？歷史上留下記錄，現實上互相鼓舞，雙方面的渴望都要放棄了嗎？個人寫作生命的重新萌芽，長時間的海外奔波，背離人性的書房閉關，都要白白忍受了嗎？努力修改，盡量讓大家滿意吧！一天又一天，一月又一月，同樣面對冰冷的電腦，面對幾乎不可能的任務，春天不再，夏天隱去，秋天匿跡，我的生命裡，只剩絕望冰冷的冬季。狂喜激動之後，絕望令我無法承受。沒有工作沒有收入沒有期待，我所擁有的，只是憂鬱，只是愁苦，

只是一大串無法想通的為什麼。為什麼當初我會動念做這件事？為什麼莊秋雄要好心幫我聯絡？為什麼這些可敬的台灣人不能為了共同的理想與目標，斷然拒絕世俗人情的顧慮，以及家屬的阻撓？ 為什麼為什麼為什麼？

　　九九年中期，在經過長期的自我調適、困苦修改，仍然無法獲得當事人及其家屬的滿意以後，我被迫決定放棄。就當做不曾做過這件事吧，不要再想到什麼發表、什麼出版，反正已經慘敗的人生，多一次失敗算什麼？不能讓當事人不好做人，他們都是那麼無私犧牲的，那麼值得尊敬的，而且當初都是一而再、再而三接待過我，容許我多次追根究柢肆意干擾的；我敬重他們的大我奉獻，也珍惜這樣的小我私情，怎麼可以讓他們困擾？乾脆就放棄吧放棄吧！

　　3

　　兩千年年初，主角當中有人返回台灣，非常富有同情心地問起這個系列小說的情況，說經過一段時間的考慮，覺得就算出版了，他也不會很在意；至於家屬的不滿，他相信也不可能太過持久。他說反正只是記錄那些曾經發生過的事實而已，了不起為了文學效果，有時縮水有時膨脹，應該都是能夠忍受的。再說雖然都是使用真實姓名、地名，可是所謂的「真實」，也只有對那些原本就知道的讀者有意義，數十年之後，真不真實怎麼再去區分、還剩多少意義？比如說「莊秋雄」三個字，這個年代認識他的，當然知道這是

一個真實人物的姓名，可是不認識的呢？或者三、五十年以後呢？「莊秋雄」這三個字也許已經和「卡拉馬助夫」或「劉阿漢」一樣，只是一個小說角色的名字而已，誰還去計較他的真真假假？重要的是，這一代海外台灣人為了家園獨立建國所展現的意志與精神，不能被抹煞；尚未完成的台灣大業，更必須持續。他說意志與精神最重要，其他枝枝節節，不必太在乎。他說人在做天在看，日久見人心；只要秉持真理勇往直前努力去做的事，不會永遠被誤會。他鼓勵沮喪的我，再想想看，適當的時機，就直接發表、出版吧。

三月中旬，台灣人民選出陳水扁做總統了；表面上，台灣人長久以來追尋的獨立建國目標，似乎跨前一大步了。不過，陳水扁迅速表白他的「台灣心、中國情」，接著一再宣示他不會宣佈台灣獨立、不會更改國號不會廢除所謂的國統綱領，而且沾沾自喜，誇耀自己是「中華民國第十任總統」，以及毫無台灣立場的內閣人事佈局等等，顯然清楚昭告天下，台灣的獨立建國大業，還必須另有期待。陳水扁的表現我絲毫不意外，意外的是，台灣人民的抉擇，給了我發表、出版《安安靜靜台灣人》的適當時機。獨立建國運動必須繼續做，覺醒的少數台灣人需要默默奉獻、安安靜靜、無私無我的典範。時間不多，等不及先行發表，等不及貪財賺稿費，就直接出版了吧。真巧，完稿之初預計出版的日子，也正是同一個時候。

大我的必要，讓我決定出版。小我的私情，讓我愧對部份可敬的當事人。大我小我的衝突矛盾，造成我心情特殊的艱苦。

做為終身反對的文字工作者，還是以大我為重吧。一己的艱苦

和伴隨出版以後可能面臨的責任，我個人願意承擔，當然，我迫切
期待海外島內眾多安安靜靜的台灣人站在我這邊，深深鞠躬，非常
感謝。

（2000年6月6日寫於員林）

北美阿里山
－周炻明與吳秀惠

第一章　邂逅

　　一九四九年五月初，朵朵白雲在群山綠樹之間舒緩伸展的一個晴天午後，周炋明第一次看到吳秀惠。

　　十九歲的周炋明參加建國中學三天兩夜的畢業旅行，要去阿里山。小火車爬到神木附近，停了下來，不久列車長通知乘客，機車頭故障了，只好委屈大家下車，用走的去終點站。帶隊的老師說，不用走到終點站，直接走到阿里山賓館就好，晚上要在那裡過夜，大家先把行李拿去放好。老師還說，同一班火車上來的，還有一群北二女中的應屆畢業生，也是來畢業旅行的，一樣要住阿里山賓館：

　　「真巧，如果不是機車頭壞去，我都還不知道。剛剛有一個同學過來自我介紹，我才知道。這個叫做『吳秀惠』的同學問我，能不能拜託各位，幫她們把行李一起拿上去？」

　　周炋明拿到的，是一個深藍色的大皮箱。

　　大皮箱的主人，跟在大皮箱旁邊。周炋明跟她點點頭，說出自己的姓名。皮箱的主人也點點頭，說她就是吳秀惠。秀麗的臉上，冷冷的，好像阿里山的氣溫。

　　大皮箱很重，很難想像，僅僅是畢業旅行，需要帶這麼多行李。一百六十五公分、五十三公斤的周炋明用右手提著，明顯感覺力氣不夠，皮箱的下緣還不時碰到地面。左手拿著自己的，輕重差

好幾倍，周炆明簡直找不到走路的重心，偏偏又是一路上坡。

「皮箱裡面，」周炆明把頭偏向右邊，跟走在皮箱右側的吳秀惠開玩笑：「裝的是石頭嗎？」

吳秀惠搖搖頭，臉色還是冷冷的。

真的提不動了，周炆明乾脆把皮箱扛上右肩。在清冷的空氣中，額頭開始冒汗，呼吸聲和腳步聲也同時變粗加重了，然而，體型纖瘦的吳秀惠還是輕巧巧，走在自己的右邊，一句話也不講，像一塊冰。氣喘如牛，終於扛到阿里山賓館，把皮箱放下來的瞬間，吳秀惠拖著就走向她的同學，依然沒有講半句話，包括最起碼的「謝謝」。

第二天凌晨，要去祝山看日出的途中，周炆明和同學走著走著，忽然看到吳秀惠和同學走在前面的小徑上，便把一肚子氣都發洩在這樣的叫聲裡：

「歐巴桑，走快一點啦！」

第二章　在日本出生

1

　　周烒明，一九三○年六月十八日出生在日本東京。父親「周耀星」，一九○三年出生於台灣，是清水地區漢文先生「周定國」九個兒女當中的屘子，台北國語學校畢業之後，前往日本，考進一橋商科大學讀經濟。大學還沒畢業，就靠自修考上律師，畢業以後，又通過高等官考試，開始在國家鐵路局上班。一九二六年，周耀星與年紀相同的清水女子「施浣清」結婚，兩年後，長子「周炯奎」出生，又過兩年，第二個兒子周烒明來到他的小家庭。

　　周烒明出生的第三年，父親被國鐵調去九州的門司，應該接受小學教育的時候，周烒明唸的，就是門司小學。小學裡頭，日本人最多，其次是韓國人，台灣人很少。周耀星拒絕改日本姓，光看姓名，同學很容易就知道周烒明不是日本人。偶爾打群架，不同國籍的小孩自然而然結成一黨，周烒明永遠屬於少數黨——甚至是極少數，根本不成黨。但是周烒明不怕，該打的架仍然要打，因為他有一個大靠山，高大強壯而又勇敢的台灣同學「周英明」。周英明能文能武，功課好，會寫文章，還會打架。周英明的口頭語是一句台灣俗話「一畚箕的蚯蚓比不上一隻鴨母」，常常告訴周烒明不必怕日本人或韓國人，只要功課好或身體好，就可以做鴨母：

　　「當然必須鍛鍊，做了鴨母以後，就可以把日本人、韓國人、中

國人，或其他國家的人都當做蚯蚓。」

「怎麼鍛鍊？」

「讀書，運動，打野球。」

沒事的時候，周炆明就經常和周英明一起讀書、運動、打野球。

2

小學五年級，周炆明不能繼續跟周英明一起讀書、運動、打野球了。父親調職，離開門司回東京，不久調往仙台，很快又調回東京，周炆明就跟著父親搬來搬去。不只是周炆明搬來搬去，母親也是，哥哥也是，四個妹妹——按照出生順序，「周月坡」、「周月秀」、「周月雅」和「周月澄」也同樣搬來搬去，沒有一個例外。周炆明喜歡把父親想像成一個火車頭，然後包括母親、哥哥和妹妹在內，還有自己，都是車廂，火車頭跑到哪裡，車廂自然就跟到哪裡。車廂自己不會跑，必須靠火車頭拉。父親在國家鐵路局工作，不是火車頭是什麼？

周炆明不大清楚一般的車廂和火車頭是不是很親，但是他清楚自己和父親並不親。父親很少講話——至少在家裡很少講話。父親很少發脾氣，也很少板著面孔，只是很少講話。靜靜坐著，看書。想不透為什麼他需要看那麼多書。偶爾開口，都是簡短的命令句。對母親講話，也是用命令的，彷彿他是官，家人都是他的部下。

父親的確是官，是日本天皇加封的特任官。母親私底下跟周炆明他們講過，要讓天皇加封非常不容易，需要很多條件，學歷、考

試、工作表現，還有許多母親也不清楚的種種：

「總是很不簡單就是，特別是我們台灣人，沒幾個。特任官不但待遇好，以後還能領天皇的恩給，一世人都能領。」

父親的待遇好，周斌明可以清楚體會，因為在東京，家人住的房子很大，不僅住處大而已，小孩還可以送去老師家學小提琴。周斌明知道，同學之中，包括日本人在內，沒有幾個能夠學小提琴，可是他能，哥哥也能。除了能夠讓孩子學小提琴，還有能力照顧兄長的小孩，台灣的堂兄堂弟來了八、九個，都住在一起。母親說，當年父親留學日本，他的大哥，也就是周斌明的大伯父，供應大部份的費用。父親能夠賺錢了，當然必須回報，盡可能把哥哥的孩子叫來日本栽培。母親說，做人第一要懂得報恩：

「你的多桑，很懂得報恩。」

周斌明的看法不一樣。十歲出頭的周斌明以為，父親的做法明顯只是為了炫耀。炫耀自己成功了，發達了，有錢了，可以在哥哥面前，甚至在所有清水地區的鄉親面前抬頭挺胸、揚眉吐氣了，就是這樣，沒有別的意義。事實上，那麼多堂兄堂弟來到日本，吃的住的或者唸書，都是母親一個人處理，父親根本像老爺，除了賺錢，其他都不管，母親增加多少麻煩，恐怕父親都不知道。那些堂兄堂弟，日語能力都還極為有限，勉強唸日本學校，功課完全跟不上，壓力很大，難道不能讓他們留在台灣快快樂樂唸書嗎？

周斌明認為父親為了虛榮心的滿足，害苦了母親，也害苦了堂兄堂弟。然而，有點不滿、有點反感的同時，周斌明卻又有點驕

傲。畢竟，父親成功了，能夠賺錢栽培許多人，住的房子比一般日本人家大，這是不能否認的事實。這個樣子的台灣人，跟日本人、韓國人、中國人或其他國家的人相比，都會贏。會贏的人應該就是鴨母，不是蚯蚓。父親不是蚯蚓，做兒子的也能分享榮耀。

分享榮耀的同時，周炽明多麼盼望，父親能夠跟他多親近一點。多笑，多講一點話，偶爾還能一起打打野球。如果能夠這樣，父親要栽培多少姪兒，甚至連姪女也包括在內，周炽明都不會計較。

3

小學畢業，父親要求周炽明投考「學習院」，母親反對。母親說學習院是專門提供日本貴族子弟唸書的地方，雖然特任官的小孩也有機會進去，但是一個台灣人的孩子去那裡，難免遭受歧視，何必自討苦吃？母親認為周炽明唸東京第九中學就可以了。兩年前，哥哥周炯奎小學畢業時，父親也同樣要求過，母親也同樣反對過，結果母親佔先。兩年後，還是母親佔先。周炽明察覺到，雖然父親是一家之主，但是在家裡，真正的鴨母是母親。

第九中學是一般平民小孩唸的學校，相當有名，學生都很優秀，不好考，不過周炽明考上了。事實上，對周炽明來說，學習院也好，第九中學也罷，都沒有什麼兩樣，因為對於二者，周炽明都完全不瞭解。周炽明比較期待的，還是一個有說有笑的父親。如果父親平易一點，不要那麼沈默，不要那麼嚴肅，家裡的氣氛一定快

樂、輕鬆、溫暖很多。唅哪個學校都一樣，只要家裡的氣氛好，要在功課上做鴨母就沒什麼困難。做了鴨母，還有誰敢隨便歧視？

　　期待落空，家裡的氣氛還是冷冰冰。父親沈默嚴肅，感染到每一個家人，所有的孩子，包括台灣來的，只要父親在家，連走路都特別小聲，能夠不必講話，就盡量避免。至於歡暢大笑，簡直是夢想。周烒明很少跟哥哥或妹妹講話，感覺不大親。偶爾真的有事，大抵都跟母親講，而且是挑父親不在的時候才講，小聲講。表面上生活無憂無慮，住好吃好穿好，功課也好，一般學生追求的，一樣不缺，然而周烒明不滿足，他清楚知道，年輕火熱的心靈，還需要其他的滋養。

　　母親有一個親戚也住東京。親戚清水人，從小跟母親很熟。親戚名叫「蔡繡鸞」，後來嫁給雲林濁水溪南岸西螺的讀書人「廖溫仁」，冠夫姓，變成廖蔡繡鸞。根據母親的說法，廖溫仁是東京帝大醫學部畢業的高材生，多才多藝，除了醫學博士以外，還拿到一個文學博士的學位。廖溫仁在東京工作，一家就在東京定居。母親有時會去找她的親戚，偶爾會帶周烒明一起去。

　　周烒明在廖家體會到輕鬆、親切、溫暖而又歡樂的氣氛。基督徒廖溫仁和廖蔡繡鸞招呼客人無微不至，平易隨和，有說有笑的樣子，和父親完全不一樣。每次周烒明跟母親去，都捨不得回家，一再央求母親多坐一下。終於不得不回家了，就熱切盼望有機會很快再去。歡樂的居家氣氛吸引周烒明的同時，廖溫仁的兒子「廖史豪」也強烈地吸引著周烒明。廖史豪比周烒明年長五歲，已經讀大學

了，不過年齡的差距並沒有妨礙兩個人的交談。或許廖史豪本身是
一個親切盡責的小主人，或許周炌明內心深處始終渴望有一個能夠
分享生活點滴的哥哥，總是兩個人一見如故，講話講不完。有時周
炌明也會反省，到底自己這麼喜歡去廖家，是因為廖溫仁夫婦的好
客，還是因為廖家正好有廖史豪這樣一個大哥哥。想來想去，好像
後者的份量比較重。但是周炌明也不敢肯定，因為即使跟廖史豪在
講話，也不一定是只有兩個人單獨相處啊。經常都是一大堆人在一
起，廖溫仁夫婦也在，歡笑與話題隨時都會交流的啊。想不出答案
的周炌明最後乾脆就不想了，既然想不出答案，一定是問題本身沒
有意義，何必再浪費時間？重要的是那種氣氛，廖溫仁夫婦營造出
那種難得的氣氛，不管誰生活在那裡，都會被感染，都會快樂健
談，廖史豪本身，就是那種氣氛的一部份。

　　熱烈追求這種氣氛的周炌明，後來不必母親帶，自己就經常跑
去廖家了。周炌明很快發現，喜歡去廖家聚會聊天的，不只他一個
人，許多台灣人都喜歡去。幾乎每個晚上，整個屋子裡都擠滿了台
灣人，彷彿那是台灣人的活動中心一般。週末晚上人最多，談天之
餘，廖蔡繡鸞還會帶大家做禮拜。什麼活動周炌明都喜歡，什麼活
動周炌明都跟廖史豪一起做，一年到頭，周炌明恐怕至少有一半以
上的夜晚，在廖家度過。忽然有一天，周炌明就發覺，自己對廖史
豪的感情，比對哥哥周炯奎要親很多。

　　除了歡暢溫暖以外，廖家的客廳裡，還有一種略帶神秘、勇
敢，甚至讓周炌明覺得冒險的氣氛。進進出出的客人，經常跟主人

夫婦交談的，反覆不斷的主題是對日本人、日本政府、日本台灣總督府的批評。批評的神態是不平、氣憤，但是好像又有一點膽怯、害怕。共同的看法是，日本人欺負台灣人。內地的日本人欺負台灣人，台灣的總督府更是欺負台灣人，講來講去，日本人就是台灣人的死對頭，台灣人的大仇人。這樣的談論很能引起周炆明的共鳴，沒錯，從小打群架的對象，就以日本同學居多，韓國人也會打，中國人也會打，但是跟日本人打最多。而且只有日本人最沒風度，打輸了，變成蚯蚓了，就開始趕人，叫人家滾蛋，不要住日本。韓國人不會，中國人也不會。韓國人野蠻，中國人髒，都很討厭，但是至少他們不會趕人。沒錯，日本人最討厭，最會欺負台灣人。

　　既然這樣，台灣人為什麼還要住在日本，讓日本人欺負呢？連批評他們兩句，都得擔驚受怕，不敢公公開開，為什麼？

　　「我們台灣人沒有別的地方可以去啊，」廖史豪這樣解開周炆明的疑惑：「沒辦法啊。本來我們台灣人自己有一塊地，就是台灣，後來，差不多五十年前，中國人跟日本人戰爭，中國人輸了，就把台灣割讓給日本人，日本人就去台灣設總督府，欺負台灣人。我們來日本住，還比住在台灣好很多咧，沒有別的地方可以去啊，只好住日本。不過總是心不甘情不願，想要把日本人從台灣趕走，那個時候我們就可以回台灣去，再也不必害怕被日本人欺負了。那些大人想的，包括我的多桑和卡將在內，還有我的幾個叔叔，都一樣，就是怎樣可以把日本人趕走。可是你知道，這裡是日本，在日本做這種打算，有多危險，他們當然也怕。」

「你所說的，有關我們台灣的，跟我們在學校裡唸的不一樣。」

「學校裡唸的，是日本人的想法。教科書是日本人寫的，當然寫的是他們的想法，我們台灣人不能被他們騙去。」

「可是照你說的，」周斌明還是覺得不妥，出現在眼前的，仍舊是一片黑暗：「台灣是因為中國人打輸日本人，才割讓給日本人的，一旦我們把日本人趕走以後，台灣不是要歸還中國嗎？中國人跟日本人一樣，也很討厭，他們就不會欺負台灣人嗎？」

「民族自決嘛，第一次世界大戰以後，許多弱小民族都是靠民族自決獨立的，台灣也可以比照辦理，只要大家努力。」

「獨立的意思就是我們台灣人自己一國是不是？」彷彿在暗夜裡看見亮光，周斌明興奮起來了：「那個時候，我們自己一國，跟日本無關，也跟中國無關，就不必怕別人欺負了是不是？」

「理論上是這樣啦，」廖史豪的語氣還是淡淡的：「他們的理想也是這樣啦，但是哪有那麼容易？還需要許多人打拚。」

就算沒有那麼容易，總是一條路，一條明路。十四歲的周斌明隱隱約約想到的是，如果有機會，希望自己也能走上這條打拚的道路。

廖溫仁過世了，才五十二歲。廖家的聚會並沒有中斷，廖蔡繡鸞繼續扮演主人的角色，許許多多台灣人照樣進進出出，依然討論同樣的話題。周斌明還是三天兩頭就跑過去，繼續跟廖史豪講個不停。

4

一九四五年太平洋戰爭末期，四到八月中間，美國人的飛機開始對東京地區展開無情的轟炸，整個東京幾乎被炸成平地。周斌明的中學課業中輟了，所有的中學生都被政府「學徒動員」了，沒有一個例外。周斌明被調去工廠做子彈，早上出門晚上不一定能夠回家，許多同學就在工廠喪生，工廠是美國人轟炸的重點。電力供應常常中斷，沒有暖氣，很冷。更可怕的是，沒有東西吃。偶爾回到學校，也沒上什麼正課，多次被集合去操場，帶著英文教科書去，丟成一堆，放火燒，校長還訓話，叫大家仇視美國人。周斌明感覺無聊，完全不明白，燒英文書、仇視美國人，跟戰爭的結局有什麼關係。

戰爭結束了，日本政府對待中國人和韓國人的態度忽然一百八十度大轉變，生活種種開始優待戰勝國的國民，包括台灣人在內，甚至還設有特別的公車，專門服務戰勝國的國民。不再是鴨母了，都變成蚯蚓了。每一個日本人的神情忽然都變可憐了，往日的氣焰全部消失，同學的樣子也都不同了，客客氣氣，彷彿還有一定程度的自卑。戰勝國的同學明顯耀武揚威，其中也有台灣人，平常講日本話、過日本生活的台灣人，突然在胸前掛上中國國旗的標誌，享受特權，周斌明很不習慣，也很反感。不過，物資實在缺乏，特權經常也無濟於事，沒有東西吃就是沒有東西吃，特權也變不出來。時常兩、三個禮拜，看不到一粒米。大部份時候，靠水果充飢。生澀的蘋果，吃到嘴巴發麻。也吃過豆餅，養豬用的。蛋白質不夠，

臉開始水腫。偏偏真正的生活當中卻缺水,衛生條件完全破壞,家人和同學普遍生頭蝨,連車站都得噴灑DDT。身為特任官的父親也無能為力,照樣臉水腫,照樣生頭蝨,照樣餓肚子。

就在這樣一個生活困窘的時刻,母親告訴周燉明兄弟,父親決定搬回台灣。不過東京待不下去,並不是父親決定返台的原因。根據母親的說法,東京物資缺乏,台灣應該也會碰到相同的困難,長期戰爭的後遺症,不可能只是看上東京。父親決定回去台灣,是因為受到從前國語學校的同窗「謝南光」的催促。母親說,謝南光在國民黨佔領軍裡擔任重要職務,多次要求老同學回去一起建設自己的家鄉。母親強調,父親是有理想的,在家鄉迫切需要重建的時候,父親願意回去參與。

5

一九四六年九月上旬,周燉明全家——包括剛剛出生不久的第五個妹妹「周月玲」,以及八個堂兄堂弟,在父親的帶領底下,從東京先坐美國人的軍艦到廣島,再換船回基隆。船行兩天,周燉明沒有暈船。除了睡覺以外,大部份時間,他在船上四處走動,聽其他的乘客講話。船上的氣氛相當熱烈,充滿喜悅和希望。大人講話的口氣是,台灣終於是自己的了,不必再被日本人統治了,可以按照自己的理想建設了。大人都跟父親一樣,滿懷欣喜,期待回去參與建設。大人的喜悅影響到小孩,小孩跟著大人一起高興。

周燉明不大瞭解台灣。來到這個人世間十六年,周燉明第一次

要去台灣。感覺裡，台灣是父母親出生的所在，父母親的故鄉。對於台灣模模糊糊的認識，都是透過父母親和堂兄堂弟的描述，偏偏父親很少講話，堂兄堂弟也不常開口，能夠提供周斌明的，非常有限。母親說的比較多，可是大部份偏向吃的，或者說，大部份偏向日本比較吃不到的，比如說，台灣出產很好吃的香蕉，許多地方都種香蕉。

雖然對於台灣的瞭解有限，可是周斌明的心情還是極為興奮。船上的氣氛感染到他，內心深處幽幽微微的期望也讓他雀躍。幽幽微微的期望來自東京廖家，特別是，廖史豪。戰爭結束了，蚯蚓日本人交出台灣了，民族自決，讓台灣獨立的機會出現了。有機會就有可能，那麼多人殷殷盼望，那麼多在廖家進進出出的台灣人殷殷盼望，機會出現了，自然令人雀躍。一種人一個國家，不必受別人欺負，怎麼不令人雀躍？

當然，十六歲的周斌明根本不知道謝南光是誰，根本不知道國民黨佔領軍是什麼東西，甚至他已經忘記，日本學校裡的中國人也是很討厭的，他沒有想到，國民黨佔領軍正好是從中國來的。

第一眼看見台灣，周斌明的感覺是美麗，非比尋常的美麗，從來不曾看過的美麗。美麗之外，還顯得和平，還顯得快樂。抵達基隆是黃昏，夕陽染紅了安靜寬闊的海面，漁船三三兩兩，在附近作業，岸上的燈火亮了，燈火的後面，是線條起伏的山巒，翠綠的草樹，在茫茫的暮色當中，呈現安詳穩定的美。父親和母親的故鄉，居然是這麼美麗安詳的所在！這麼美麗安詳的所在，居然是我周斌

明的國家！少年的心靈徹底感動了，淚水不自覺湧上眼眶，在夕陽裡閃閃發亮。

　　周炳明的感動不久就被打斷了，因為船隻要入港，十幾個拿槍的士兵坐一艘小船過來，上船說要檢查，穿著都相當破舊，其中三個還打赤腳。士兵講話很大聲，怪腔怪調的中國話周炳明聽不大懂，應該是在吆喝乘客到甲板上面排隊，不客氣的聲調和態度很明顯，還有一個士兵，好像在問旁邊的同伴，一個人要收多少錢。這些中國兵的舉止，怎麼配得上基隆港美麗安詳的景色？周炳明有點失望，嘆了一口氣。

　　上岸以後，周炳明看到更多中國兵，穿著都差不多，有的還拿著黑雨傘，有的提著畚箕，有的更誇張了，居然揹著鍋子，成群結隊，都在港口一帶閒逛。就是這樣的中國兵，打敗日本皇軍的嗎？周炳明心底大亂，覺得有時鴨母也有可能被蚯蚓吞吃。

　　幸好母親買了一大串香蕉，分給孩子。周炳明一口氣吃了兩條，芬芳的甜味總算比較能夠和美麗安詳的景色相配。

　　坐火車南下台中，堂兄堂弟都回清水去了，父親母親帶著兒女總共九人，暫時在火車站前面找旅社住。母親說，人太多，不能去別人的家裡打擾，就算是親兄弟也不能那麼靠俗。

　　6

　　父親打算叫兩個兒子進入台中一中繼續唸書，可是沒機會，就讓孩子閒著。不過每天下午三到五點，固定會有一個上海人到旅社

來，教周斌明和哥哥、妹妹講北京話，並且學習寫漢字，這個上海人是父親找來的。母親也積極教孩子講台灣話，以前在日本，平常都講日本話，即使是雙親之間，也不大講台灣話，回到台灣，必須從頭學習。

父親想去交通部工作，因爲那是他的老本行。但是，去台北找了幾次，都不大順利。母親說，新的政府反日的傾向很重，謝南光也幫不上忙。母親說，父親有點後悔回來，雖然有理想，希望參與家鄉的建設，可是找不到工作，理想就很難發揮。

一直等到年底，父親才找到工作。母親說，幸好國語學校另外一個老同窗「游彌堅」伸出援手，叫父親去台北市政府的公共事業管理處當處長，雖然不是交通部，至少和父親的本行相關。母親還說，原來這個處長是廖史豪的叔叔「廖文毅」在做，廖文毅不做了，游彌堅才把這個職位交給父親。處長配有宿舍，在台北市東門附近。周斌明不必住旅館了，跟著雙親搬去台北住。

廖史豪和他的母親也回台灣了，住在和平東路一棟有水池的日式建築裡，大半的時間，周斌明都和廖史豪在一起，看書，聽音樂，聊天，一到黃昏，就去師範學院的操場打球。廖史豪對中國人很不滿，認爲中國人要強佔台灣，不讓台灣人民自決獨立。又批評中國政府無能、貪污、腐敗，把台灣搞得亂七八糟，物價暴漲，人民的生活比日本時代還苦。廖史豪說，總有一天要把中國人趕出去。回到台灣，閒著將近半年了，周斌明的生活的確沒什麼趣味。看看報紙，偶爾聽父親發發牢騷，母親也會講幾句，少年純潔的心

靈本來就夠敏銳，接收外在的訊息並不困難，加上對廖史豪的親近
與信任，周炎明清楚察覺，故鄉的中國人，比從前的中國同學討厭
太多——不只討厭，應該說是可惡，可惡太多！沒錯，這麼可惡的
中國人，怎麼可以讓他們留在台灣？

　　一九四七年年初，建國中學舉辦插班考試，周炎明和哥哥都去
考，哥哥錄取了，讀高三。周炎明沒有錄取，不過後來也進去了，
讀高二。既然考不上，怎麼又能進去？母親說，因為學校裡有一個
姓蔡的英文老師是周炎明門司小學的好朋友周英明的姊夫，這門親
事正好是周炎明的父親做的，這個英文老師不知道怎樣幫忙，周炎
明就進去了。母親還說，校長「陳文彬」也是父親國語學校的同
學，說不定跟周炎明能夠入學也有一點關係。母親的結論是，中國
人的社會很特殊，人際關係勝過一切。母親接著又說，陳文彬的女
兒很有文學天分，才唸高中，就出版一本散文集「漂浪的小羊」。
周炎明不知道母親為什麼要提到散文集，也沒有問。

　　7

　　二月的最後一天，一大早進入教室的周炎明發現班上同學的情
緒沸騰了，不知道為了什麼緣故，大家正在你一言我一語，爭先恐
後表達憤怒的意見。問隔壁的同學，才知道中國人又欺負台灣人
了：

　　「你都不知道嗎？昨天晚上，大稻埕，天馬茶行那邊，專賣局的
中國人打死人了，打死一個台灣人了，還有一個賣香菸的歐巴桑也

被打傷了。大家很生氣啊，忍耐夠久了啊，就不放他們干休，追，包圍警察局，一定要把兇手拖出來。他們中國人官官相護，置之不理。大家就生氣了，看到中國人就打了，天翻地覆了，你都還不知道啊？」

憤怒不已的同學七嘴八舌，很快做成決議，不上課了，要去街上為死去的台灣人報仇。周斌明怒火中燒，跟著同學往校門口衝過去。太可惡了，來到台灣亂亂搞，殺了人還官官相護，太可惡了，不能原諒。

校長陳文彬擋在校門口，揮舞著枴杖不讓學生出去，大聲喊著他有責任保護學生。學生的聲音更大，說要出去拯救台北市民。校長擋不住，周斌明就跟著同學跑出學校，跑到菸酒專賣局，正好看到一輛烏頭仔車開過來，任何台灣人都知道，那是中國人官員坐的車子。周斌明雙手張開，把烏頭仔車擋下來，同學拉開車門，拖出車子裡面的中國人就打。打完，開始向門窗緊閉的專賣局丟石頭，丟到手酸。不久，聽說長官公署前面聚集了許多人，正在要求陳儀交出殺人兇手，大家就往長官公署的方向走去。接近長官公署的時候，周斌明聽見槍聲。順著聲音的來源望過去，看到長官公署的屋頂上，中國兵正在發射機關槍，對著台灣人掃射！許多人躺在地上哀哀叫，顯然是中彈了，周斌明想衝過去救，可是不敢。正好一輛插著美國國旗的車子經過，周斌明攔下車子，拜託裡頭的美國人幫忙救人。美國人答應了，開車子過去救了一個，可惜送到台大醫院以後，腦漿已經外溢，還是死了。

　　同學計畫，晚上要趁黑攻佔憲兵隊，搶奪武器，周炆明想起宿舍裡面有一把日本刀，聽說是戰爭結束以前住過同一棟宿舍的一個日本議員留下來的，就回去拿，準備進攻憲兵隊時當做武器。父親不在，母親在家。母親得知兒子的計畫，拚命阻擋。兒子堅持要出門，母親大哭。後來晚上下雨，計畫取消。

　　衝突發生之前幾天，周炆明還和廖史豪見過面，當時廖史豪說，有事必須去香港一趟，和他的叔叔廖文毅等人一起去。但是衝突期間，周炆明聽到風聲，說廖史豪已經回到台灣，不過被抓走了，沒有人知道被抓到哪裡去。天天都有人被抓，天天都有人被槍斃，同學說，整個台灣都生氣了，人民都不願意再忍耐了，全面反抗了。廖史豪只是一個人，就算真的被抓了，在動亂的時代裡，也沒有什麼特殊。周炆明當然無法查證，只有憤怒流淚。

　　國民黨的大頭目蔣介石派兵進入台灣，開始街頭屠殺。校長陳文彬跑了，據說經由香港，抵達中國。父親也跑了，沒有人知道他的下落。母親倒是老神在在，只是簡單地說，因為以前父親在日本時，和「林茂生」很熟，林茂生被抓去了，父親不跑不行。然後就叫周炆明在廚房裡挖了一個三、四尺深的洞，把那把日本軍刀埋下去。厝邊一個名叫「林貴端」的律師也被抓走了。四月中旬以後，父親回來了，還是去公共事業管理處上班。周炆明繼續唸書，高二以後，升高三。

8

高三這年的美術老師叫做「張萬傳」，很特別，上課的時候喜歡講政治，不斷提醒學生，不要忘記自己是台灣人。周斌明喜歡上張萬傳的課，同時開始喜歡畫畫，常常主動找張萬傳問東問西。廖史豪不在了，周斌明沒有地方可以去，有時張萬傳要去淡水河邊畫畫，周斌明知道了，就跟他去。張萬傳不是只會談論政治而已。經常一起出去畫畫的，還有一個初中二年級的學弟，叫做「林保山」。

母親看到周斌明喜歡畫畫，就說要介紹一個畫家教他。母親說她還沒有結婚以前，有一個相當要好的朋友住大甲。這個朋友後來嫁給一個畫家，也住台北。畫家的名字叫做「廖繼春」。母親真的介紹了，帶著周斌明去廖繼春家，還帶了禮物，很正式，好像正式拜師學藝的樣子。廖繼春沒有拒絕，周斌明多了一個老師，多了一個請教和畫畫的去處。

教數學的老師也很特別，姓王，台灣意識很強，聽說有一個哥哥台灣意識更強，叫做「王育德」，本來在台南一中教書，二二八大動亂前後，跑到日本去了。中國文的老師「林雙和」也不錯，從頭到尾用台灣話上課，連朗誦課文也是使用台灣話，很有意思。有一次，周斌明在週記上面談到二二八，批評蔣介石，被教去訓導處罵，林雙和不知道從哪邊聽到這件事，還特別跑來安慰周斌明，同時帶他去西門町看了一場電影。

忍不住偶爾還是會跑去和平東路廖史豪家，情感親密、勝過大

哥的好朋友雖然不在，去聽聽音樂也好。在廖家，周斌明常常碰到一個來自雲林鄉下的年輕人「黃雲松」，兩個人年紀差不多，也多次結伴去師範學院打籃球。一個不必上課的春天午後，周斌明去廖家，想找黃雲松一起去打球，卻意外看到廖史豪。對於過去的種種，廖史豪絕口不提。喜出望外的周斌明也沒有多問，只是盼望日子能夠回到從前，可以和廖史豪經常見面，聽音樂、看書、打球，像跟著大哥一樣，跟著他。不過重新現身的廖史豪看起來比從前忙碌，也比從前神秘，對待周斌明仍然同樣親切，可是講話似乎有點吞吞吐吐，和周斌明在一起的時間也少了，有一次周斌明問他都在忙些什麼，得到的答案很簡單，說是在辦雜誌。

9

一九四九年五月，高中快畢業了，周斌明就參加班上同學的畢業旅行，從嘉義坐小火車上阿里山。十九歲的周斌明根本不曾想到，會在阿里山認識吳秀惠；更加不曾想到，命運之神已經安排好了，纖瘦端麗的吳秀惠將在他的生命當中，扮演何等重要的角色。

第三章　完整的人

1

　　吳秀惠，一九三一年元月二十日出生於古都府城台南。父親「吳牪」，台南縣學甲頭港的農家子弟，一八九八年出生。開始接受公學校教育時，日本籍的老師一口咬定漢字裡頭沒有「牪」這個字，把他的名字改成形狀有一點類似的「拜」，從此吳牪變成吳拜，就這麼一路拜下來。台北國語學校畢業以後，吳拜返鄉，在佳里公學校教書。班上有一個北門來的女生比較晚入學，小他三歲。女生名叫「王彩玉」，唸完公學校，跟吳拜結婚，成為先生娘。一九二一年，王彩玉生下頭胎，男的，取名「吳新英」，兩年後，生下第二胎，女的，取名「吳秀女」，又兩年，再生一個女嬰，可是很快夭折了，還沒有來得及取名字。不久，吳拜不教書了，就在佳里街上開書店。有一天，一個日本警察來找麻煩，指責吳拜沒有把招牌放好。吳拜判斷，警察應該是被同一條街上另外一家日本人經營的書店利用了，故意想空想隙，要來打擊同行的生意，便毅然決然，出面控告警察勾結商人，迫害良民。台灣平民控告日本警察，明顯是雞蛋碰石頭，這下不但書店開不下去，佳里也住不下去了，只好帶著妻子兒女，到府城台南市租房子住，看看有沒有就業的機會。在台南，吳拜結識文化協會的「蔡培火」、「韓石泉」等人，覺得理念相同，就加入文化協會，熱心參與活動，被警察拘留過一

次。一九二九年，王彩玉生第四胎，男的，取名「吳新雄」。一九
三一年元月二十日，王彩玉在新樓醫院生下的女兒「吳秀惠」是第
五胎。這個時候，父親吳拜無業，年紀三十三。

吳秀惠四歲那年，父親找到工作了，是台灣民報的記者，上班
的地點在台北。吳秀惠左手被十二歲的姊姊秀女牽著，右手牽著剛
剛學會走路的弟弟「新平」，跟父親母親慢慢走到火車站坐車。母
親懷著第七胎，產期已近，走不快。抵達台北，在古亭街租了一棟
日本式的房子，一家七口，準備迎接陌生城市、新的生活。不久七
口變爲八口，最小的一個妹妹「秀枝」也來到人間湊熱鬧。

兩年以後，父親被報社派去花蓮，做記者兼開拓業務，全家再
度搬遷。這次的搬遷靈活多了，因爲有過經驗，而且母親肚子空
著。

數十萬年以來，山海始終溫柔相伴的美麗小鎮花蓮，是吳秀惠
開始唸書的所在，不過長大以後的吳秀惠，對於花蓮的記憶不多，
只是永遠記得，坐同一張桌子的小朋友叫做「林金足」，眼睛又大
又亮。

2

一九四○年春天，父親又換工作了。新的頭路在非常遙遠、非
常陌生的地方，在中國上海。母親的弟弟，吳秀惠的舅舅「王麗明」
在上海開業做醫師，業務興隆，忙不過來，請姊夫過去幫忙行政。
又要搬家了，要搬很遠。大哥新英在高等學校唸尋常科，有學寮

住。大姊秀女唸第三高女，也有學寮住。兩個人便留在台北，其他四個小的，跟隨父親母親前往中國。從基隆港搭船，三天抵達上海。母親暈船，吳秀惠沒有暈，時常在甲板上跑來跑去，還帶著弟弟妹妹，去跟開船的日本人講話，聽日本人描述航海生活的種種。這年，吳秀惠九歲。

　　在上海不必租房子，就住舅舅家的洋樓。洋樓很大，舅舅請了五個佣人，佣人講的話，吳秀惠一句也聽不懂。問母親，母親說佣人講的是上海話，她也聽不懂。洋樓外面有圍牆，圍牆很高，幾乎有吳秀惠的兩倍高，上面還黏著碎玻璃，母親說，舅舅講的，不這樣做不行，中國人會進來偷東西。洋樓位於法國租界的老鋪子路，對面就有一個公園。母親說，公園門口真的有一個牌子，寫著「狗與中國人不能進入」的漢字。母親說有一次她想進去，守門的就不准。母親告訴守門的，自己是台灣人，不是中國人，守門的才讓她進去。母親的結論是，從前在台灣聽日本人說中國的公園有這種牌子，覺得不可思議，認為是日本人故意嘲笑中國人，沒想到是真的：

　　「中國人好可憐。」

　　吳秀惠對中國人的第一印象和母親不一樣。吳秀惠覺得中國人可怕，不是可憐。父親和舅舅安排，吳秀惠繼續唸書，和弟弟新平，以及舅舅的兩個小孩，都唸日本租界裡頭的「中部小學」。從洋樓要到中部小學去，必須經過中國人居住的地區，舅舅吩咐司機天天開車接送，司機是中國人，好像不大喜歡接送小孩，開車的時

候，臉色都臭臭。有一次吳秀惠問他爲什麼，司機說，因爲送去中部小學，必須看到日本國旗，他討厭日本國旗。司機說他搞不清楚，王醫師和吳先生人都不錯，爲什麼要讓小孩讀日本學校。不久，司機偷了錢，逃走了。舅舅另外請了司機，還是叫他接送小孩上下學。中國人經常對著車子丟石頭，隔著緊緊關閉的玻璃窗，吳秀惠覺得臉色凶惡的中國人眞可怕。平時，舅舅嚴格禁止小孩單獨經過中國區，說會被綁票。想到中國人可能會綁小孩，吳秀惠就覺得更可怕，甚至可惡了。

　　冬天來臨以後，吳秀惠慢慢就同意母親對中國人的看法了。下雪，路邊有不少中國人凍死。吳秀惠坐車經過，看多了，掉眼淚，還做惡夢。每年都會碰到冬天，碰到冬天就會有人凍死，的確是可憐的民族。

　　父親很會經營醫院，陸陸續續從台灣聘了三十幾個醫師來，開了兩家大醫院，一家叫做「台灣第一綜合醫院」，一家叫做「台灣第二綜合醫院」，院長都是舅舅。母親說，父親好像打算長久住下去。母親又說，事實上有不少台灣人就一直住上海，北門地區就有好幾戶，還有人在汪精衛的臨時政府裡做官。這些北門人，跟醫院有來往，吳秀惠偶爾跟母親去找這些同鄉，看到他們住的房子，才眞正是大，從警衛室到正屋，開車好幾分鐘，衛兵還向車子敬禮。舅舅的洋樓跟這種房子比起來，簡直寒酸太多。

3

　大哥新英的身體不好，肺病，休學了。太平洋戰爭已經爆發，要把他接到上海或送去日本醫治療養都有危險，只好讓他在台灣待著，但是需要有人照顧，母親已經沒有心情留在上海。吳新雄應該唸中學了，但是在上海找不到好的學校唸，吳秀惠很快也要上中學了，父親認為一樣會碰到相同的困擾，兩個孩子還是必須回台灣唸書。所以就決定讓母親和吳新雄、吳秀惠返台，另外兩個小孩都要跟，弟弟新平和妹妹秀枝不願意和母親分開。一九四二年春末，吳秀惠跟著母親、哥哥、弟弟和妹妹返回台灣，還是在台北市的古亭街租房子住。曾經住過那一帶，母親說比較熟。父親一個人留在上海工作。

　吳秀惠進入「錦」小學五年級。功課沒有困難，因為在上海唸的，也是日本學校。不過人緣不好，沒有朋友。中途轉進來的，難免遭受排斥。偏偏日語發音又很準，日本籍的老師在她的胸前掛上「國語」牌子，叫同學向她學習。同學對她不友善，認為她拍老師馬屁，叫她「三腳仔」。日子不好過，吳秀惠只有忍耐。兩個月以後，改善關係的機會意外出現了。有一次，老師講到戰爭期間的配給制度，認為沒有什麼不公平。老師舉肥皂做例子，說台灣人骯髒不洗澡，肥皂配給少一點本來就是應該的。吳秀惠感覺受到侮辱，站起來反駁。從此以後，同學就接納這個新朋友了。

　小學畢業，老師鼓勵吳秀惠投考第一高女。吳秀惠成績很好，老師認為她可以順利過關。不過吳秀惠選擇了第三高女，就是姊姊

秀女曾經唸過的學校，因為吳秀惠喜歡和台灣人一起唸書。那個時候，台北有四個高女，第一、第二、第四幾乎專收日本學生，第一水準最高，當然，投考沒有限制，可是這三所學校的入學考試，都根據小學校的教材命題，一般台灣人的小孩唸公學校，教材不同，很難競爭，立足點非常不公平。台灣人的優秀少女，頂多只能考第三高女。第三高女的入學考試，針對公學校的教材出題，本來就是為台灣人準備的。吳秀惠唸的是小學校，但是她仍然選擇第三高女。

　　吳秀惠順利考上，唸完三年初中，直升高中，又唸了三年。少女時代所有的記憶，幾乎都寫在第三高女的天空。

　　4

　　一個年級四班，松、竹、梅、菊，吳秀惠被編進「一梅」，然後升上「二梅」、「三梅」。三朵梅花，都同一個導師，是一個名叫「釜娥」的日本女性。釜娥曾經擔任過大姊秀女的導師，所以對吳秀惠特別疼愛照顧。她教國語，也就是日文，帶領學生欣賞並寫作俳句、短歌，每年一次，還讓同學比賽，作品交出來，姓名蓋住，公平評審。成績分三等，按照順序是天、地、人，吳秀惠一年級就得到「天」，釜娥大加讚美。吳秀惠喜歡文學，大概是因為從小有機會接觸。大哥新英非常喜歡看書，父親給他買了很多書，日本字的，漫畫、童話、少年小說，還有世界文學名著「戰爭與和平」、「罪與罰」、「悲慘世界」等等，很多很多。識字以後，吳秀惠

就跟著大哥，亂翻亂看。看得懂的，反覆再三，看不懂的，也生吞活剝。除了看，還想寫。九歲起，就買來日記簿，一個人亂塗亂寫，當做生活中隱密的快樂之一。熱心認真的釜娥要帶這個女孩進入文學世界，並不困難。釜娥得到了好學生，吳秀惠也得到了好老師。少女時代崇拜的老師，影響學生的範圍不可想像，哪裡只是功課而已？

當然不只是功課，不只是文學，做為一個負責任的導師，無時無刻，釜娥不斷提醒學生的，是怎樣做一個完整的人。釜娥說，完整的人必須有理想有熱情，盡自己最大的能力，替別人做事，為大眾服務。釜娥強調，越是聰明的人，越是能力高強的人，越應該替別人做事，越應該為大眾服務。人生的價值，不在個人吃穿生活的滿足，釜娥說，替別人做越多事，人生越有價值。單純美好的正義感，獻身人群的價值觀，深深刻畫在少女吳秀惠的心底。

太平洋戰爭吃緊，學校上課很不正常，大部份時間，吳秀惠和班上同學被動員到醫院去，幫軍方照顧傷患。同時接受軍事訓練，削尖竹片，學習射箭。有一段日子，母親認為台北會遭受美國人攻擊，乾脆帶著孩子回父親學甲頭港的老家躲避。吳秀惠喜歡父親的老家，有空曠的鹽田，有好吃的海產，還有許多年紀相彷彿的表兄弟妹，爬到樹上摘楊桃、番石榴，去河邊釣魚、撈毛蟹，都是吳秀惠未曾有過的新鮮經驗。偶爾也會回北門母親的老家，慈祥的阿媽被吳秀惠黏來黏去，始終滿面笑容。吃飯的時候，舅媽煮兩鍋，一鍋白米飯，一鍋蕃薯簽。白米飯要招待台北來的客人，蕃薯簽自己

家人吃，吳秀惠喜歡吃蕃薯簽，無論如何一定要跟舅媽換。

　　5

　　戰爭結束，母親帶著小孩，一大串，重返台北。日本人打敗了，釜娥老師很悲傷，但是吳秀惠的感覺完全不一樣。吳秀惠必須承認，求學的過程裡頭，幾個日本籍的老師對她真的非常好，沒話說，比如釜娥。可是這樣的日本老師畢竟是少數，極少數，大部份的日本老師，或日本同學，甚至社會上一般的日本人，言行舉止都有相當明顯的優越感，高高在上，驕傲，瞧不起台灣人。就算釜娥老師，或其他對吳秀惠很好的老師，那種好都不大純粹，不論再好，難免都讓吳秀惠產生一種被同情、被施恩，或者是被憐憫的感覺。吳秀惠不喜歡被輕視，也不喜歡被同情、施恩，或憐憫，日本人打敗了，必須退出台灣了，再也不能輕視或憐憫台灣人了，吳秀惠覺得高興。至於接著要來到台灣的中國人，會對台灣人民採取什麼樣的態度，十四歲的吳秀惠想都沒有想過。印象當中的中國人，可怕、可惡而又可憐，不過新的政府一再宣稱，台灣人民都是自己的同胞，中國是台灣人民的祖國，竭誠歡迎台灣人民回到祖國的懷抱，做第一等國民，不必再被日本人欺負。中國人百百種，不一定都像上海的那樣，吳秀惠這樣安慰自己，也這樣期待。

　　祖國的軍隊來了，學校叫學生去路邊排隊歡迎，吳秀惠跟著同學去了。學校交代學生，看到軍隊，就用力鼓掌。但是祖國來的軍隊一點也不威風，沒什麼精神，一面走路還一面講話，好多士兵都

挑著破破爛爛的炊煮用具，比起吳秀惠看慣了的日本兵，實在相差太多。這樣的軍隊能夠打敗日本兵，吳秀惠覺得不可思議。

學校換校長，一個中國人，女性，叫做「鄭英勵」。新校長帶來不少親戚，就住在校內的紀念館裡。紀念館是日本式的榻榻米通鋪，校長的親戚鞋子也不脫，就在榻榻米上面走來走去，還在館裡煮飯吃東西。這樣的情況也讓吳秀惠覺得不可思議。

更加不可思議的事情發生了，校長下達新的規定，學生中午一律不准外出，必須在學校用餐。紀念館同時改成福利社，開始賣吃的，親戚七手八腳在經營，東西不好吃，價錢卻是外面的兩倍。吳秀惠感覺不滿，其他同學也感覺不滿，就一起商量應付的辦法。中午不能出去，是因為有人看守校門。看守校門的也是中國人，校長帶來的親戚。但是這個親戚好講話，幾包香煙就讓他眼睜眼閉了。打通校門，跟外面的商店合作，拿食物進來賣，生意非常好，因為好吃，價錢又公道。全班一起做，賺的錢就買書，成立班級圖書室。兩、三個禮拜以後，訓導處展開調查，嚴加禁止，包括吳秀惠在內，帶頭的六、七個人都被記一個小過，同時警告，再繼續破壞校規，就要退學。

記過需要導師批准。釜娥還沒有離開，還在擔任吳秀惠的導師。釜娥說學生做的沒錯，但是她只是一個等待遣送的戰敗國國民，自身都已難保了，怎麼還有能力保護學生。釜娥的聲音低低的，不過吳秀惠清清楚楚聽見導師這樣說：

「只有自己的國家，才能夠保護自己的國民。妳們台灣人沒有自

己的國家，行爲的對與錯，永遠都會跟統治者相反，講道理沒有用。」

　　新的政府，國民黨政府不是說，台灣人的祖國就是中國嗎？台灣人怎麼沒有自己的國家？吳秀惠不大瞭解導師話裡頭的意思，可是被記一個小過很不甘心。她眞希望，有人能夠告訴她，究竟錯在哪裡。

　　6

　　一九四六年六月，學校更改名稱。不叫第三高女了，新的校名是「第二女中」。原來的第一高女、第二高女和第四高女，三間日本小孩就讀的學校合併，改稱「第一女中」。吳秀惠不服氣，班上同學也不服氣。分班的方式沒變，班級的名稱還是「三梅」。三梅的同學不服氣。怎麼她們永遠「第一」？日據時代她們第一，「祖國」來了，她們仍舊是第一？日本人祖護自己的小孩，祖國呢？祖國難道也沒有公平的對待？憑什麼她們永遠第一？第一應該是比較優秀的意思，比都沒比過，怎們就讓她們第一？

　　不願接受第二女中的校名，吳秀惠和三梅的同學去教育廳抗議。晚上摸黑，還跟五、六個同學把校門口第二女中的木牌拆下來，丟在附近的農田裡。後來第三高女的校友會會長、一個叫做「謝娥」的國大代表出面安撫，說她要替小學妹去交涉。結果當然是不了了之。

　　直升高一，除了少數幾個去考第一女中以外，大部份感情深厚

的初中同學仍然在一起，只是釜娥終於回日本去了，美中不足。但是，和諧的友情帶來快樂的生活，吳秀惠覺得生命多采多姿。十幾個死忠的姊妹結成一個小小的團體，除了讀書，還演話劇、編壁報、唱歌、辯論。週末假日，就去爬山，或去碧潭划船。少女的生活，無憂無慮。中國文的老師，很會教書的東北人，忽然失踪了，聽說是共產黨，被抓走了。吳秀惠沒有什麼感覺，連他的姓名都記不住。少女關心的，不是這些。二二八當天，照樣去學校，校長擋在門口，說不必上課了，叫大家趕快回家。校長說壞人作亂，不過沒什麼關係，政府很快就會消滅壞人。回家途中，兩個中國籍的同學要求吳秀惠保護，吳秀惠分別送她們回家。回家之後聽廣播，才知道事態嚴重。不過住家一帶，沒有聽到槍聲。大哥新英肺病早就好了，在台灣大學醫學院唸醫科，說醫院那邊死了不少人，有的同學被抓走了，也有一些教授被抓。母親禁止孩子外出，吳秀惠在家裡悶了好幾天。事後回到學校上課，沒有任何一個老師提到二二八。

7

高三的物理老師是一個名叫「鄭秀琴」的台灣年輕女性，曾經留學日本的藥劑師，輕柔的嗓音非常悅耳，素雅的穿著打扮也在為她的嗓音助陣，冰冷枯燥的教材經過她美妙的詮釋，似乎都活過來了。吳秀惠喜歡上物理課。有物理課的日子，吳秀惠就精神十足，沒有物理課的日子，吳秀惠就若有所失。唸書這麼多年了，只知道

自己偏好文學，不曉得自己對物理也有這麼大的興趣。可是下課之後，自己再讀物理，活的彷彿又變成死的。後來吳秀惠就明白了，自己是喜歡物理老師，「順便」就也喜歡物理了。喜歡物理只不過是愛屋及烏而已。

吳秀惠喜歡聽物理老師講話，喜歡看物理老師的臉，同時渴望知道物理老師的一切。同班的死黨好友裡頭，有人就是耳朵特別尖，消息特別靈通，包打聽。很快吳秀惠就知道物理老師的出身、年紀，知道物理老師的嗜好、興趣，甚至知道物理老師特別喜歡的零食。下意識裡，吳秀惠把物理老師當做一面鏡子，天天照，時時照，希望自己和鏡子裡的偶像一模一樣。如果說初中三年影響吳秀惠最大的，是導師釜娥，那麼高中三年，應該就是物理老師鄲秀琴了。

喜歡的程度日益增濃，十八歲的少女比起三年前，心思更加精靈古怪。精靈古怪的心思會讓喜歡變質，喜歡不會永遠只是欣賞式的喜歡，會漸漸變成佔有式的喜歡。光是欣賞不夠，希望進一步佔有。物理老師的年紀，以及小姑獨處的身份，提供了吳秀惠佔有的方便。吳秀惠渴望佔有物理老師，透過自己的大哥新英，佔有鄲秀琴，讓鄲秀琴變成自己的大嫂，而不是任何人的。吳秀惠想到就做，真的介紹大哥新英和鄲秀琴老師認識交往，可惜最後沒有成功，好像兄妹兩人的眼光差異不小，大哥不像妹妹那麼喜歡。吳秀惠很失望，直覺以為大哥沒有長眼睛，唸台大醫科也不一定有什麼前途。很長的一段日子裡，吳秀惠不跟大哥講話。事實上，吳秀惠

從小就不大跟大哥和大姊講話，年齡有差距吧，一個差十歲，一個差八歲，都太多了，而且沒有共同的上海經驗。吳秀惠跟二哥新雄和弟弟妹妹比較好，四個一國，對於大哥大姊，感情是敬重多於友愛。既然事實證明大哥沒長眼睛，似乎也就不值得敬重了。至於鄞秀琴老師，在吳秀惠的眼裡，依然完美無缺，言行舉止，依然深深影響吳秀惠。

8

一九四九年五月，班上舉辦畢業旅行，導師帶隊，決定去阿里山，四天三夜。從台北坐火車一路南下嘉義，十八歲的吳秀惠和她的死黨好友心情飛揚，還沒通過大甲溪呢，似乎就已經望見阿里山的神木了。在學校的課本裡，讀過一篇散文，題目叫做「阿里山五奇」，少女的心中，自然各有奇形怪狀的神木。抵達嘉義，改搭小火車上山，一個眼尖的死黨告訴吳秀惠，也告訴其他同學，僅僅瞞著帶隊的導師，說前面的車廂裡，坐著一群臭男生，其中幾個穿著建國中學的制服，好像有意炫耀展寶。後來火車就不走了，真正看到神木以後就偷懶了，列車長還叫大家直接走到終點站。走是沒關係啦，行李怎麼辦？大包小包那麼重，怎麼提得上去？同學商量，打那群臭男生的主意。同學說吳秀惠最會講話，公推她去交涉。下車之後，看到男生群中有一個年紀比較大的，好像是帶隊的老師，吳秀惠就去拜託。

幫吳秀惠拿行李的男生自我介紹，叫做周斌明。中間那個字吳

秀惠從來不曾看過，奇奇怪怪，跟父親原來的名字「忭」一樣怪。吳秀惠有點納悶，這樣的一個怪字，小時候怎麼沒有被日本人老師改掉，莫非他的老師不是日本人？

　　吳秀惠打量周炆明，比自己高出至少十公分，壯壯的。當然吳秀惠自己也不高，一百五十六而已，所以周炆明也不高。可是壯壯的，看得出來。就算不高不壯好了，一個皮箱罷了，雖然有點重，卻也不是非常重，否則自己一個瘦弱的女生，怎麼能夠從台北帶到神木？可是周炆明這個陌生的壯壯男生提著，好像覺得很重，表情有點不甘不願，很沒禮貌，還嘲笑人家，裡頭是不是裝石頭。皮箱裡頭怎麼可能裝石頭？哪有人會裝石頭去參加畢業旅行？何況這個深藍色的大皮箱，是吳秀惠最寶貝的一個皮箱，是十一歲那年，從上海回來以前，父親特別去外國人的商店買給她裝衣服的，父親說，價錢很貴的。這麼貴的皮箱，怎麼可能用來裝石頭？自以為幽默嗎？男生幫女生忙，偶爾一次，就心不甘情不願，後來還故意扛到肩膀上面去，彷彿有意昭告天下，他幫了我吳秀惠多大的忙。其實，跟同學比過，我的行李也不是最重的，其他男生都沒有扛到肩上，就你一個人標新立異，叫我難堪。而且，一路上不講話，雖然沒有看見你的臉，想也知道，九成是臭的，很臭的。

　　吳秀惠想東想西，覺得有點委屈。幾次想叫周炆明把行李放下來，又怕自己提不動。不知道，投宿的地方，阿里山賓館還有多遠？

　　吳秀惠心底有氣，就默默走著。偏偏卻聽到，其他同學和其他

男生有說有笑。天氣不錯，白雲漂浮在遠方的山間，林立的大樹，告訴吳秀惠什麼叫做生命，什麼叫做翠綠。可是吳秀惠氣著，沒有心情欣賞。

　　終於到達賓館了，周斌明放下皮箱的同時，吳秀惠向他道謝，可是對方不理不睬，好像完全沒有聽到一般。真是沒有禮貌，真是不甘不願。吳秀惠只好拖著皮箱，轉頭就走。正好導師在櫃檯前面，分發房間的鑰匙。

　　吳秀惠確定，這個陌生的男孩周斌明真的心不甘情不願，因為第二天清晨，去看日出途中，他還故意叫自己歐巴桑。

　　男生都是這樣的嗎？做點事就生氣的嗎？吳秀惠越想越煩，想找死黨同學問問看，不知道為什麼，又有一點不好意思，乾脆就不想了。

第四章 俱樂部

1

一九四九年夏天，吳秀惠高中畢業，考進台灣大學醫學院醫科。錄取新生六十名，男生五十四個，六個女生當中，五個中國人。

唸醫科，是父親吳拜的意思。或者應該更確切一點說清楚，是父親強烈的主張。上海的醫院生意興隆，可是欠缺自己的人，除了舅舅以外，都是別人。父親說，辛辛苦苦經營，錢都讓別人賺走，不划算。父親希望自己的兒女做醫師，錢自己賺。大哥新英唸的是醫科，本來可以符合父親的期待，但是大哥的興趣所在是公共衛生，喜歡教書，沒有走上診病醫師的道路。大姊秀女第三高女畢業，沒有繼續升學，不久就結婚了。二哥新雄唸台灣大學歷史系，不可能成為醫師。三個子女都落空以後，父親決定對第四個加強管制。

吳秀惠本來的願望是文學，高三以後有點想唸物理，但是意願都不是那麼強烈，還沒有到達非唸不可、必須與父親的期待互相衝突的程度，再加上台大醫科是一顆閃閃發光的鑽石，是當時台灣社會大部份學生和家長的目光焦點、第一志願。能夠考上台大醫科，可以自我肯定，也可以讓人羨慕。少女的虛榮心，原來就不會拒絕別人的羨慕，第二女中，而不是第一女中的出身，更需要台大醫科

來自我肯定。吳秀惠進入醫科，事實上也沒有什麼掙扎。

　　一九四九年起，台大醫科唸七年。以前只唸五年，含實習。七年也含實習。修業年限延長，主要是想對學生加強基礎科學生物、化學、物理等等的訓練，不僅僅只是培養會看病的醫師。頭兩年上的，幾乎就是這些基礎科目，在校本部，也沒有去醫學院。對於吳秀惠來說，這些基礎科學沒什麼，特別是物理，感謝無緣的大嫂熱心教導，吳秀惠根基深厚，駕輕就熟，一點壓力也沒有。但是功課上輕輕鬆鬆，並不表示學生生活就同樣輕輕鬆鬆。學生生活要輕輕鬆鬆，必須像從前唸第二女中時一樣，有一群吱吱喳喳、無所不談的死黨好友。醫科沒有，男生不必講了，生活領域不相同。女生呢，只有吳秀惠一個是台灣人。對於中國人，包括中國女生的看法，吳秀惠基本上沒什麼改變，就是可怕、可惡和可憐。年紀漸漸大了，也經歷過二二八大衝突了，吳秀惠的看法還是差不多。從前的校長鄭英勵可惡，校長的親戚，除了看守校門的那個，也可惡，而看守校門的那個，是可憐，幾包香煙就背叛親戚了。高中一年級的中國文老師，會教書，人也不錯，但是被抓走了，還是可憐。生活當中，非常奇怪，自然就不會和中國人親近。班上也有中國籍的同學，不過十幾個死黨好友裡頭，一個中國人也沒有。吳秀惠冷靜反省，交往的過程順其自然，並沒有刻意劃清界限，真奇怪，就是不會跟中國同學密切起來。正是這種自然而然的發展，讓吳秀惠吃驚。物以類聚，不同族群的人本來就不會聚在一起的吧？沒什麼特別，也沒什麼奇怪的吧？台灣人和中國人是不同的族群，即使歷史

的偶然把他們放在同一個海島上面，也不可能很快融合的吧？而且現實生活當中，中國人還在政治、經濟利益上面佔盡優勢？敏銳的少女吳秀惠雖然不曾刻意用心，對於這種客觀地位的懸殊也不可能無知無覺。斷斷續續聽母親講一些，聽兄長講一些，聽同學講一些，還有新聞報紙的消息等等，慢慢累積的印象，吳秀惠也能清楚感知，中國人取代日本人，做為台灣島上統治者的事實。什麼台灣人也是中國人，什麼中國是台灣人的祖國，吳秀惠當然已經不再相信。不過善良純真的本性，也不可能滋生任何仇恨的種子，頂多只是覺得中國人可惡而已，可惡的感覺如果沒有強化成仇恨，就會轉變為可憐。沒錯，吳秀惠覺得中國人可憐。無知、低能、不守法、不愛乾淨等等，吳秀惠不喜歡和中國人交往，自然而然不喜歡，天生不喜歡。但是，醫科同班的同學當中，只有她一個台灣女生。她感覺孤獨，輕鬆不起來。

　　幸好是在大學部上課，從前的死黨考上台灣大學的，總共有六個，雖然不同系，來往還算方便，多多少少減輕了吳秀惠孤單的窘境。然而三年級以後，搬到醫學院上課，跟死黨的距離就遠了。生活的圈子不同，又有人開始交男朋友，死黨慢慢也就沒有那麼死黨了。孤單的感覺再度抓住吳秀惠的同時，醫科的課業加重了。除了生物，一天到晚都在上醫科的本科課程，解剖、藥理、細菌、寄生蟲。睜開眼睛就是這些，閉上眼睛還是這些，吳秀惠一點興趣也沒有。功課有壓力，生活缺同伴，吳秀惠想要轉系，回校本部唸書。父親反對，激烈反對，母親也站在父親那邊，吳秀惠沒有能力抗

爭。

　　客觀環境也讓吳秀惠不忍心抗爭，父親母親已經夠傷心的了，吳秀惠怎麼還能和他們抗爭？父親母親不是因為吳秀惠而傷心，是因為吳秀惠的弟弟吳新平。吳新平好好的建國中學不唸，居然悄悄坐船離開台灣，偷渡到日本去了。去做什麼？誰也不知道。

　　吳秀惠繼續唸醫科，心情苦惱。

　　2

　　一個叫做「董大成」的教授適時拯救了吳秀惠。董大成，三十五歲左右，日據時代的醫專畢業之後，留下來教書做研究，後來去美國的威斯康新大學拿到博士學位，重返母校教書，正好教到吳秀惠的生物。董大成不僅會教書，還會跟年輕的學生相處。剛剛從威斯康新帶回來的新知識，對吳秀惠當然有吸引力，美國式教學的開明作風，也叫吳秀惠欣賞折服。吳秀惠喜歡上董大成的課，下課以後，有空的時候，也喜歡去幫董大成做實驗，生物或化學的實驗。相處的時間比較多，除了課業，就會談到其他的種種。知道吳秀惠對醫學院的功課沒有興趣，並且因為欠缺同伴而心情孤單，董大成建議她設法結交新的朋友。董大成說，高中時代的死黨知己自然可貴，是人生旅途的珍寶，但是無論如何，高中畢竟已經過去了，那個階段結束了，友情雖然可以延續，不過要再像往昔一樣，無所不談或形影不離，事實上根本不可能了：

　　「人生許多事情不能強求，過去的就要瀟灑一點，讓他過去。相

同的環境，包括生活求學等等，才有可能產生相同的關心與話題，才有可能培養現階段的友情。過去大家很好，沒錯，那是因為過去大家在一個班上唸書，生活的方式和追求的目標相當一致，當然有共同的關心，有共同的話題。畢業以後，大家不在一起了，唸的科系也不一樣了，感情就不可能跟過去一樣。但是，過去的同學分散了，現在還有新的同學啊。過去能夠跟同學變成死黨，現在也能跟同學變成死黨啊。試試看，去接觸現在的同學。只要跟同學的感情變好，上課的氣氛就會完全改變，不管學的是什麼，跟好朋友一起學，效果都會比較好，說不定慢慢就會對醫學院的課程產生興趣了。」

　　吳秀惠承認董大成講的有道理，問題是，吳秀惠不知道應該如何開始結交。班上的活動，吳秀惠一直很少參加，女生的活動，五個中國人很少找過吳秀惠，就算找了，吳秀惠很可能也不會參加；男生的活動，一個女生孤孤單單去，沒有人做伴，又很不習慣。女生的活動不參加，男生的活動也不參加，班上就沒有她能參加的活動了。大部份時間，她獨來獨往。下課時，同學在聊天，她也只有安安靜靜旁聽。並且，在吳秀惠的內心深處，因為三不五時旁聽同學的聊天，對同學逐漸產生輕視的、不屑的心理，隱隱約約覺得，同學都沒什麼理想，沒什麼熱情，都不是初中導師釜娥所說的「完整的人」，甚至連什麼是完整的人，都不知道。下意識裡，認為同學水準不高，比高中那些死黨俗氣太多，吳秀惠還不大想跟他們做朋友呢。同學的話題的確俗氣，常常講的，就是畢業以後如何開業

賺錢，或者是什麼人跟什麼人，為了讓女兒嫁給醫師，願意出多少兼多少嫁妝。講來講去，都繞著錢，不曾講到別人，不曾講到大眾，從來沒有展現過高級知識份子應有的理想或熱情，真是太俗氣了。吳秀惠是有理想有熱情的，初中以後，一直用理想和熱情在自我期許的。有理想又有熱情的吳秀惠，瞧不起班上那些開口閉口錢錢錢的同學。孤芳自賞的吳秀惠不知道怎麼去跟這些同學結交。

董大成提供了具體的方法：

「美國的大學生很喜歡這樣，找出志同道合的同學，組成俱樂部，當然都是小小的，尤其是剛開始的時候，可是久而久之，透過不斷的聚會和活動，會吸引其他想法類似的同學進來，規模就會漸漸加大。這個方法說不定妳也可以試試看。至於妳對班上同學的看法，說不定並不公平，妳跟他們都沒有接觸過，根本談不上瞭解以前，就認定他們沒有理想沒有熱情，這樣太武斷，不科學。就算妳的判斷正確，那也沒什麼，人類的社會本來就是這樣，有理想有熱情的，畢竟只是少數，或極少數，可是，歷史的發展又明明白白告訴我們，在任何時代或任何地方，都會出現這樣的人物，不可能完全沒有，一個也沒有。很可能就在妳認為同學都很俗氣的同時，同學也認為妳很俗氣，互相不瞭解嘛。試試看，組個俱樂部，公開的，先找出幾個志同道合的，如果發展順利的話，就不僅僅只是替自己找朋友了。」

吳秀惠聽董大成的話，在班上的佈告欄貼出一張成立俱樂部徵求會員的單子。吳秀惠把俱樂部的名稱取做「ROV」，同時加以說

明。「R」是Rose，玫瑰，代表的是熱情，「O」是Orchid，蘭花，代表純潔，「V」是Violet，紫羅蘭，代表誠意。「ROV俱樂部」成立的目的，就是想結合熱情純潔的同學，透過聚會活動共同勉勵，做一個完整的人，誠心誠意追求知識份子應有的理想。

3

一個禮拜以內，五個同學找吳秀惠報名參加，都是男生，都是台灣人。這是吳秀惠在台大醫科結交的第一批朋友。吳秀惠和這些朋友，在董大成的引導底下，下課以後一起讀書、聽音樂、吃東西、散步、談天，碰到比較長的假日，就去爬山。吳秀惠的生活充實多了，許多課程雖然還是興趣不大，不過真正去唸，天資也還可以應付，壓力慢慢消失。活動持續，效果出現，一年以後，成員將近二十，其中大部份是年紀比較輕的學弟學妹，一個叫做「李明亮」，和另外一個叫做「韓良誠」的，跟吳秀惠特別有話說。

有一天，俱樂部聚會的時候，周烒明前來報名參加。

吳秀惠記得周烒明的名字，從阿里山第一次見面就記得了，然後一直記著。不過周烒明的形容樣貌，吳秀惠已經印象模糊。但是，看到周烒明的刹那，吳秀惠馬上又記起來了。沒錯，就是那個有點臭臭的、生氣的、沒有禮貌的臉。可是吳秀惠不知道周烒明也唸台大醫科，吳秀惠的班上，沒有周烒明這個人，平常在校園裡，也不曾見過。

吳秀惠看周烒明填寫的個人基本資料，才知道周烒明比自己低

一屆，但是大一歲，是一個年長的學弟。

第五章　學寮

1

周炋明的升學之路，不像吳秀惠那麼順利平坦。

事實上，不僅僅是升學，日常生活對周炋明而言，都不平坦順利。

從阿里山下來不久，高中畢業前夕，父親周耀星不再擔任處長，離開台北市政府的公共事業管理處。母親說，父親認爲中國的官場很黑暗，正直的人在裡頭很難生存，想要有所發揮，更是天方夜譚，適應不良，只有離開。放棄政府裡面的職務，就等於宣告放棄原先返台參與建設家鄉的理想，父親心情鬱悶，沈默嚴肅的面容，經常籠罩著一層寒冰。偏巧禍不單行，從日本帶回台灣投資在菊元百貨公司的多年積蓄也被倒掉了，生活頓時陷入困境。租不起路邊的大房子了，搬到巷子裡租小房子，十五、六坪大小吧，戰前住在東京，光是客廳就比整棟小房子寬敞。一家九口擠在一起睡，榻榻米的通鋪。哥哥周炯奎大學唸到一半，開始出去打工，經常還把教授的講義草稿拿回家，和周炋明一起刻鋼板，計張論酬。有空的時候，周炋明也去大安區公所幫忙整理資料，賺取微薄的工錢，交給母親貼補家用。孩子太多了，每個都要吃，每天都要吃，日子不好過。

應該考大學了，周炋明卻沒有心情。就算考上了，有能力註冊

嗎？可是乾脆放棄，又不甘心。矛盾掙扎，增添了北台灣夏季的暑熱，周斌明濃密粗黑的眉毛，一直緊緊鎖在一起。煩悶到了極點，而又沒有機會打工的時候，周斌明就去畫畫。有時找張萬傳老師一起出去畫，有時找學弟林保山，有時一個人，畫架揹著，就到植物園或新公園去，一畫畫半天。當然有時也會去廖繼春那裡。不過不管是在什麼地方，不管是跟誰一起畫，從前因為畫畫得到的單純的快樂，似乎突然都消失了。假如線條、色彩不能發洩內心的苦悶，說不定周斌明也就不再畫畫了。內心苦惱，線條與色彩當然也隨著改變，張萬傳看出來了，廖繼春也看出來了。兩個人不約而同，問出了問題的癥結，並且不約而同，試圖指點周斌明一條可行的道路，鼓勵周斌明投考師範學院的美術系。師範學院唸書不用錢，不會增加家中經濟的負擔，照樣唸大學，還能符合自己的興趣：

「這叫做一舉數得。」

周斌明接受了，並且考上了。不但考上了，還考第一名。

父親沒有說什麼，但是周斌明看得出來，直覺判斷父親不高興。錄取通知寄來的時候，父親看都不看一眼。母親證實周斌明的判斷，她說父親認為畫畫沒有前途，不僅畫畫沒有前途，所有的藝術創作都沒有前途。在強權的統治底下，現實的謀生技能最重要，所有不能餵飽肚子的才藝，都沒有前途。父親明白告訴母親，做醫師最有前途。任何的政權，任何的體制，統治階級，獨裁者或是貴族，都一律會肚子痛、胃痛或牙齒痛，都不得不靠醫師治病維持健康。世界上沒有任何一種行業，比醫師更能餵飽肚子，所以世界上

沒有任何一種行業，比醫師更有前途。父親希望周炫明重考，唸醫科做醫師，父親說，不要以為他破產了，就沒有辦法栽培小孩唸醫科，就必須讓小孩去唸免錢的師範學校。

父親說到做到，去新公園旁邊，衡陽路的三葉莊樓上，租了一間辦公室，開業做律師。案子不多，一家人起碼的生活所需，卻也夠了。

父親既然有心栽培兒子，兒子哪有拒絕的道理？事實上，周炫明完全同意父親的看法。人生不能沒有興趣，謀生技能以外的興趣。畫畫也好，拉小提琴也好，都是很好的人生興趣。興趣能夠滋潤人生，能夠豐富人生。然而，人生卻也不能只有興趣，肚子餓了，身體冷了，興趣幫不上忙。人生還是需要謀生的技能，有了謀生的技能，興趣才有意義。周炫明知道自己喜歡畫畫，對畫畫有興趣，可是從來不曾想過，這世人要靠畫畫謀生，頂多，畫畫只是正常生活以外，一種高雅的消遣罷了。假如不是因為貪圖師範學院唸書不用錢，假如不是擔心沒有機會唸大學，周炫明也不一定會去投考師範學院的美術系。既然父親又有收入了，可以栽培小孩了，周炫明願意聽話，重考。

第二年夏天，周炫明考進台灣大學醫學院醫科，最後一名錄取。

2

註冊入學，周炫明運氣很好，居然能夠抽到學寮的床位。醫學

院有學寮,日本人建造醫專的同時,就為學生準備的,早期學生少,夠住,戰後學生漸漸增多,床位不足,就必須抽籤,新生,又住台北,機會少之又少,但是幸運之神眷顧周烑明,竟然讓他抽到床位。

學寮座落在中山南路十一號,木造的建築見證過長久季節和殖民政權的交替,早已老舊,隔音差,談不上什麼設備,下雨還會漏水,連樓梯都有一點隱隱約約的搖晃,但是就在醫學院裡頭,上課生活融為一體,非常非便。事實上,就算學寮距離上課的地點很遠,抽中床位的周烑明還是會極為欣喜,因為,租來的房子實在太小了,全家九口擠著睡的通鋪實在太窄了,學寮裡有個便宜的床位住,真是生活起居的一大解脫。

搬進學寮以後,周烑明自然接觸,慢慢體會,一個學期不到吧,就發現原來的欣喜根本不夠,根本太少,完全沒有碰觸到問題的重點。學寮生活的好處,不僅是方便而已,不僅是便宜而已,最重要的是,學寮管理制度的設計,提供了學生自我訓練、隨意發揮的自由空間。承續日本時代的傳統,學寮的管理高度自治,一律由學生負責,包括煮飯和清掃在內。住宿的學生先選出一個學寮長帶頭,然後由學寮長主持,成立總務、康樂、文化、炊事四部,分別找出同學,輪流擔任委員,協助處理相關雜事,為同學服務。兩百多個通過嚴格考試,精挑細選的台灣青年,在學寮裡面,就這樣食衣住行起來,不分貧富,不論家世,分工合作,先學習怎樣做一個人,一個能夠和別人和諧相處、為別人做事、共同生活的人,再學

習怎樣做一個仁心仁術的醫師。

　　就像小魚游入大海，周斌明第一次接觸到這麼自由的生活環境，同時體會到只有恰當自制、彼此尊重才能享受自由的道理。擁有充分的權利，可以處理自己的一切，周斌明非常高興，第一次覺得自己是一個人，一個真正的人，一個有自由意志的人，不過周斌明也不時提醒自己，學寮裡頭，甚至學寮外面，任何一個同學，都跟自己一樣。擴大開來，台灣大學醫學院內外，整個台灣島上，還有全世界，每一個有生命的個體，都和自己一樣。崇尚自由、尊重生命的觀念，無形之中就成為周斌明終生堅定的信仰。

　　既然一切自理，勞動變成天經地義。煮飯清掃只是起碼的自我要求而已，甚至連養豬都是學寮同學的經常業務。沒有任何人知道，已經是多久以前的傳統，總是學寮每年都養兩隻豬，年底，豬長大了，就殺一隻加菜，另外一隻賣掉，運用得到的豬錢，再買兩隻小豬來養，明年年底派上相同的用場。周斌明喜歡這種設計，喜歡加菜，平時也喜歡跟著炊事部的寮友一起去餵豬。類似的勞動周斌明以前不曾嘗試過，感覺新鮮而有趣，跟打野球、打籃球的體力活動不一樣。

　　第二學期開始，周斌明主動向學寮長表示，願意接受任務指派，擔任任何部門的委員，參與學寮的公共事務。學寮長問周斌明平常喜歡做什麼，周斌明說喜歡畫畫，學寮長就叫他參加文化部，幫忙佈置學寮。周斌明盡心盡力，除了佈置以外，還說服學寮長同意，定期出版學寮的寮刊。創刊號，周斌明就寫了一篇小說，虛構

的，完全沒有經驗的，可是有點憧憬的戀愛故事。新生周烒明快樂、積極而又活躍。

3

陽光不可能永遠高照。生活當中，沒有那麼快樂的事情還是有，而且不少。首先是個人的，經濟上的。雖然父親願意提供求學費用，可是周烒明不忍心把整個擔子，都放在父親的肩膀，課餘的時間，周烒明盡量尋求打工的機會，希望減輕父親的負擔。和部份貧苦的同學一樣，經常做的是家庭教師，教高中學生的英文或數學，曾經教過大富翁「蔡萬春」的小孩。偶爾還做一些別的，比如說，醫學院教學的相關教具，人體器官、內臟、神經、骨骼的大幅掛圖，周烒明就畫了很多，都在解剖室畫，一面畫一面感謝張萬傳和廖繼春。是有酬勞的，後來自己上課，教授用的，就是自己的「作品」。在解剖室裡，除了畫圖，周烒明同時學到不少寫真照相的技術，算是意外的酬勞。

大環境，外在的事情，也有一些不大快樂，或者應該說，很不快樂。高年級的寮友有時會講起過去的種種，講來講去，就會講到二二八。二二八的悲慘記憶，清楚寫在學寮裡。寮友明確指出，哪間寢室，當時就住著誰誰誰，誰被抓走了，誰被槍斃了，誰永遠失踪了，誰運氣最好，還在火燒島。周烒明在學寮裡走來走去，沒有一間寢室是陌生的，可是當年的主人呢？那些千挑百選的優秀台灣青年，究竟遭受怎樣的天譴？周烒明不認識這些學長，但是想到的

時候，就想哭。現實環境裡，活生生的不幸更是讓周斌明忍不住流下大串大串的眼淚。廖史豪又不見了，不過這次跟二二八那次不一樣。二二八那次，周斌明根本無法確定，廖史豪是不是真的被抓走，這次，能夠確定了，因爲報紙上有刊。消息不多，大概是說，廖史豪的叔叔廖文毅在香港成立一個什麼「台灣再解放同盟」，這個同盟的台灣支部，就設在和平東路廖家，由廖史豪負責。被國民黨政府破獲了，好多人被捕，包括廖史豪在內。起訴，判決，廖史豪七年，有期徒刑。

七年，周斌明淒涼地想著，時間正好夠唸一個醫科！

4

陽光不可能永遠高照，但是年輕旺盛的生命力，卻也不可能讓烏雲盤旋太久。又要唸書，又要打工，周斌明沒有太多時間感傷。何況，除了唸書打工，升上二年級以後，熱愛運動的周斌明還在醫學院組成足球隊，踢倒物理系，爭得全校的總冠軍。此外，野球隊他也參加了，是校隊當家的二壘手。體力活動大出風頭，才藝活動也不落人後，加入醫學院的弦樂團，擔任主力小提琴手，還組織畫圖社，找時間和同學出外寫生。生命鮮活，充分跳躍。活動之外，功課也能維持一定的水準，成績不錯，拿過板橋大戶「林本源」兒子的獎學金。

活躍積極的周斌明在台大醫學院，是一個能文能武的名人。周斌明相信，醫學院的學生，不管前屆後屆，應該大部份都知道他，

就好像他知道整個醫學院的種種一樣。

　　奇怪的是，大他一屆的吳秀惠居然是個例外。不知道阿里山上那個沒有禮貌的建中學生，居然是她醫學院的學弟。

　　當然，這樣的例外周斌明是不知道的，並且是不可想像的。特別是，偏偏他又知道那個帶著大皮箱上阿里山的北二女中學生吳秀惠，早他一年進入醫學院。而且是，剛剛入學不久就知道了，學寮裡，跟吳秀惠同班的寮友提過。在校園裡，周斌明也多次看過，纖瘦的身材，端麗的面容，跟偶然湧現腦海的人影，一模一樣。冰冷的神情，也一樣。

　　吳秀惠組織「ROV俱樂部」之初，周斌明就聽寮友大概說過，可是「俱樂部」這個外來語怪怪的，周斌明下意識以為，既然名稱叫做俱樂部，顧名思義，應該就是一個追求快樂、吃喝玩樂的團體。周斌明清楚自己沒有時間吃喝玩樂，也沒有多餘的金錢吃喝玩樂，所以對於這樣一個俱樂部，也就沒有多加注意。可是三不五時還是免不了會產生好奇，那麼一個冰冷的人，能夠追求什麼快樂？

　　後來班上同學帶回來的訊息不一樣。班上同學去參加俱樂部，告訴周斌明活動的內容，還說會員如何關心社會，如何用心討論，培養熱情，堅持理想，學習做一個完整的人，誠心誠意希望將來能夠為眾人做事。同學說了好多次，而且不只一個同學說。

　　周斌明改變看法，決定加入。

第六章　初識或重逢

周斌明加入ROV俱樂部，對於吳秀惠來說，不知道應該算重逢，還是初識？的確見過面，將近三年前，在阿里山見過面。正如三月的櫻花，會在阿里山上綻放，客觀的事實，誰也不能否認。可是，那種臭著臉生氣的見面，算是見面嗎？除了嘲諷，幾乎一句話都沒交談，算是見面嗎？吳秀惠忍不住懷疑。

假如第一次的見面不算初識，那麼第二次的見面當然不算重逢。沒有初識，怎麼可能重逢？一直以完整的人自我期許的吳秀惠，對於生命當中的任何細節都很認真，都很投入。導師釜娥講過，認真投入的人才會看重自己，並且同樣看重別人，看重有情世界的種種。認真投入的人，熱情才能夠提昇，理想才能夠持久。初識就是初識，重逢就是重逢，怎麼可以馬虎？初識應該有初識的樣子，氣呼呼、臉臭臭、沒有和諧親切的交談，怎麼算得上初識？可是——可是，周斌明前來申請加入俱樂部，吳秀惠看到他的感覺，明顯卻是重逢。吳秀惠心底矛盾，在初識與重逢之間，反覆思量。

二十二歲的吳秀惠還太年輕，不知道這樣的矛盾與思量根本是不必要的，因為接下來相處的機會很多，時間很長，她不必焦急，她可以慢慢去體會初識與重逢的差異，也會終於自然明白，說不定初識和重逢，本來就是孿生兄弟。

　　成為俱樂部的會員，儘管周斌明的一天，仍然僅僅只有二十四個鐘頭，儘管他仍然必須運動打球、畫畫、拉小提琴，並且擔任高中學生的家庭教師，但是他盡可能調整時間，參與俱樂部的活動。在周斌明的感覺裡，俱樂部裡面的氣氛跟學寮不一樣，跟班上不一樣，也跟足球隊或野球隊不一樣，同質性比較高，都是自己來的，理想相近。也比較安靜，比較知性。熱心大眾事務，那是當然，年輕而急切的心靈，卻不大清楚，所謂的「大眾」正好是現實的島嶼政治。好思考，勇於表達，如果要求進一步落實，困難卻還很多。學寮的氣氛比較全面，各路人馬，相激相盪；班上的氣氛也差不多，出身不同，背景不一，各執己見或冷漠相待，算是正常。球隊的氣氛真好，一起流汗，一起爭取勝利，成員的感情像兄弟，但是，活動激烈，奔跑不停，知性不足，停頓的空間也不夠。俱樂部的氣氛，倒是跟畫圖社或弦樂團有點相像，都是寧靜的、優雅的，傾向思考卻又不會自命清高的。這種氣氛周斌明喜歡。這個正在接受醫師訓練的年輕人，身上同時流著感性跟理性的血液，狂野，奔放，敏銳，細膩，在他的言談舉止裡面，呈現奇異的和諧。許許多多性質不同、氣氛相異的大小團體，都是他人格成長養分的來源。周斌明本人不一定知道，心靈的需要，自然展開熱烈的追求。就算活動再多、生活再忙，周斌明都會盡可能參加俱樂部的活動，因為那是一種本能的需求。沒錯，俱樂部有缺點，模糊，空談，等等。但是隱隱約約，周斌明瞭解俱樂部的缺點，恐怕正好也是自己的缺點。周斌明渴望透過整個俱樂部的活動，和所有俱樂部的成員，慢

慢學習，一起長大。

2

　　周斌明和吳秀惠很少落單，都是一大群人共同活動。人多有好處，對於吳秀惠而言，初識或重逢的矛盾與思量不必太早引爆。對於周斌明，這個方面的矛盾不曾發生，因為早在加入俱樂部之前，已經多次在校園裡碰過吳秀惠，內心深處，吳秀惠是個熟人，是台大醫學院整個環境裡頭的一部份。不僅初識，不僅重逢，都已經不知碰過多少次了。可是偶爾回想第一次見面的情形，還是難免感覺有那麼一點生澀與尷尬。人多很好，人多可以化解生澀或尷尬。

　　但是，不可能永遠人多，一次期中考那個禮拜，周斌明三年級上學期，吳秀惠四年級上學期那次，俱樂部例行活動時，大家忙著準備考試吧，出席的成員沒幾個。活動不成，僅有的幾個成員紛紛離開了，等到周斌明也想回學寮唸書的時候，現場只剩他和吳秀惠兩個人了。周斌明站起來，又坐下去，忽然不大清楚自己是不是真的想走。自己一走，豈不是只剩吳秀惠一人？只剩一人，吳秀惠當然也會跟著離開，萬一那個時候，又有其他成員來到，怎麼辦？周斌明按照自己的邏輯，模糊推理，結論好像是，不應該留下吳秀惠一個人。結論是不是真的這樣，周斌明也不大確定，總是他又坐下了。

　　然後，周斌明就聽到吳秀惠在跟他講話，不知道為什麼，很快就講到阿里山的畢業旅行。

　　吳秀惠看到周斌明站起來，以為他想走了，沒想到他又坐下。吳秀惠覺得應該跟他講講話。他參加自己組織的俱樂部，算是肯定自己的構想，應該謝謝他。已經進來這麼久了，自己還不曾單獨跟他講過什麼話，當然也不曾道過謝。機會來了，吳秀惠不想錯過。然而，不知道為什麼，一下就講到阿里山的畢業旅行。吳秀惠沒有準備要講這個的。不過她也沒有準備要講別的。只是覺得應該講話，應該跟周斌明講話，忽然就講到阿里山了。

　　兩個人都開始講到阿里山，小火車、神木、櫻花、雲海。

　　「風景是很漂亮啦，不過感覺不是很好，」吳秀惠知道自己接著要講的是什麼，並且覺得有點不妥，只是無法控制自己的嘴巴：「因為碰到非常沒有禮貌的人。」

　　「是啊是啊，居然有人，連一聲謝謝都不說，人家幫她扛了半個鐘頭行李，一句謝謝都沒有，真的是非常沒有禮貌。」

　　「我哪裡沒有說？」吳秀惠覺得被冤枉了：「我有說啊。」

　　「妳有說，為什麼我沒有聽到？」

　　「我有說，我當然有說，剛剛到賓館，你還沒有把皮箱放下來，我就說了，你根本不理我，沒有禮貌。」

　　「不可能，如果妳當時有說，我一定會聽到。我什麼也沒有聽到，妳根本沒有說，拖著皮箱，很生氣，就去找妳的同學了。」

　　「我哪有生氣？是你自己在生氣。沒錯，你就是因為在生氣，所以沒有聽見我在說謝謝。」

　　「我生氣？我為什麼生氣？我沒有理由生氣啊。」

「怎麼沒有理由？因為你嫌我的皮箱重，不肯幫我拿，心不甘情不願，當然生氣。還嘲笑我，說我皮箱裡面裝石頭，故意扛到肩膀上面去，讓所有的同學都知道，你幫了我多大的忙，恩重如山。你明明在生氣，氣到聽不見我在講謝謝。」

「皮箱是真的很重。」

「還有人比我重。」

「我不知道是不是有人比妳重，但是妳的皮箱真的很重。雖然很重，可是我還是非常願意幫妳拿。問妳是不是裝石頭，只是開開玩笑。扛到肩膀上面，是因為實在拿不動。我根本沒有生氣，是妳自己在生氣，妳氣到一句話都不講。」

「那是因為你不講，我才沒有生氣。你是男生，男生不講話，女生怎麼能夠主動講？彼此又不認識。」

「可是我真的沒有生氣，很重，累，上坡，流汗，我沒有辦法講話。我沒有生氣，只是沒有辦法講話。是妳自己在生氣，妳根本不重，輕輕鬆鬆走路看風景，妳就是不肯跟我講話，連謝謝都不講，真是沒有禮貌。」

「你還敢說？打人喊救人，你最有禮貌！最有禮貌的紳士，為什麼叫人家歐巴桑？」

「妳會口渴嗎？」唇槍舌戰一陣子，周炆明覺得有一點口渴：「我們去三葉莊喝杯酸梅汁好嗎？我請客。」

「如果你是為了表示抱歉，我願意接受。」

酸梅汁還在新公園對面呢，吳秀惠就聞到略帶酸甜的清香了。

應該是酸梅發酵吧，吳秀惠忽然覺得，周炆明並沒有記憶當中的不禮貌。也許當時，他真的沒有聽見自己的道謝，自己一向講話，並不大聲，特別是對著一個陌生的男孩，臉還臭臭的。至於「裝石頭」或「歐巴桑」云云，年輕人的玩笑，事實上也很平常啊。這樣一想的吳秀惠，反而覺得自己有點不禮貌了，自己應該道謝，道謝應該誠心誠意，確實讓對方感受到，怎麼可以隨隨便便，自己說了就算？

不過儘管內心變軟，吳秀惠的嘴巴依然堅持，年輕的小姐，怎麼能夠這麼輕易認輸？酸梅汁當然喝了，話題也技巧地轉換了，有說有笑的兩個年輕人，慢慢穿過新公園回學校，阿里山上的種種，不知不覺當中，也產生了質變。不再是矛盾與思量，也不再是生澀和尷尬，一言一語，一點一滴，都成為青春年少溫馨的回憶之一。

漸漸經常在一起聊聊天，對方的種種，自然而然比較熟悉了。同樣的求學與活動環境，同樣的俱樂部，許多朋友重疊，資料迅速傳播交換，周炆明與吳秀惠彼此都還非常短暫的人生，怎麼可能殘留秘密？

只是，命運之神的旨意高深莫測，愛情的奇妙金箭還在打造當中，尚未向兩人清楚顯示。

3

吳秀惠的功課穩定發展，應該學的，她都學，天資不錯，領悟當然也有可觀，漸漸具備醫師的專業技術，指日可待。然而對於醫

學科目，甚至對於成爲一個醫師，仍然沒有什麼興趣。

　　五年級以後，臨床的課程逐漸增多，帶給吳秀惠相當大的困擾。外科開刀，第一次上課，看教授操刀。刀子畫入人體，血液往外滲出的同時，吳秀惠就昏倒了。不僅昏倒一次，歷史再三重演，有一天，教授忍不住這樣開她玩笑：

　　「吳小姐，拜託妳要倒下去的時候，記得要把身體向後仰。」

　　解剖的課程更慘，吳秀惠簡直手腳發軟。

　　這個時候的吳秀惠，已經有足夠的條件選擇不要成爲一個醫師，因爲來自父親的、幾乎是強制性的往昔壓力消失了。父親不一定要她非做醫師不可了。一九五三年初夏，父親返回台灣。父親說，共產黨統治之下的中國，不適合人居住，當然也不適合醫師在那邊開業。不只是上海不適合，整個中國都不適合。父親強調，共產黨的心中充滿仇恨，對於生活比較過得去的階級，懷抱變態的敵視，醫生在他們眼中，當然不只是過得去而已。兩間醫院都被迫關門了，舅舅王麗明也回到台灣了。既然醫院已經關門，有沒有自己的孩子做醫師，五十五歲的吳拜就沒有那麼在意了。換句話說，假如女兒吳秀惠眞的不想繼續唸醫科，他也不會勉強了。

　　吳秀惠決定繼續唸。已經五年級了，回頭路不好走。再說，理想與熱情強烈燃燒的生命，希望成爲完整的人，爲別人做事，替大衆服務，高標準道德的自我要求，不容許吳秀惠太過考慮自己。導師釜娥說過，天資越聰明的人，能力越高強的人，越要爲別人做事，越要替大衆服務。服務必須具備技能，專業技能。醫師是一個

能夠服務大眾的專業技能。醫科並非人人能唸，不容易考。能夠考上，證明自己的天資不低。天資不低，能夠學醫，將來服務眾人，就算沒有什麼興趣，吳秀惠也不以為可以隨便放棄。

何況，醫師也不只一種，不敢解剖，怕開刀，可以選擇不需解剖開刀的項目，比如小兒科。吳秀惠希望將來開家小兒科醫院，替許許多多的小朋友服務。

怎麼捨得離開醫學院這個環境！董大成教授多好啊，簡直就是自己的兄長。ROV俱樂部的同志多好啊，感情如兄如弟；特別是那個周斌明，懂很多，現實的政治，國民黨的種種，常常一講就是一大套，連廖文毅的姪兒他都認識。怎樣不做書生空談，怎樣把熱情落實到台灣社會，他都有獨到的看法。從他那裡，可以學到的，好多啊。

此外，在醫學院裡，吳秀惠最近還多了一個新的老朋友。醫學院的圖書館來了一個新的工作人員，居然是很久很久以前，吳秀惠在花蓮唸書的時候，坐同一張桌子的好朋友，眼睛又大又亮的林金足。

倒是對於父親，吳秀惠有一點擔心。離開共產黨統治的中國，原因是共產黨統治的地方「不適合人居住」，返回台灣以後，就能找到適合人居住的空間嗎？台灣沒有共產黨，可是台灣有國民黨。國民黨和共產黨都是中國人，應該差不多壞吧？說不定國民黨還要更壞一些，不然中國人民怎麼會支持共產黨，把國民黨趕到台灣？對於現實政治，吳秀惠關心不夠，但是周斌明經常在說，吳秀惠也

不是無知無覺，何況，過去就已經覺得中國人可怕、可惡而又可憐！台灣同樣在中國人的統治底下，適合父親居住嗎？

吳秀惠跟父親談，父親不想談，除了告誡她女孩子不要多管政治以外，只是淡淡地，這樣表示：

「至少台灣是我們自己的，不會拒絕我們。」

台灣果然沒有拒絕父親，在台北市擔任市長的學甲同鄉「吳三連」給了父親一個工作，找他去做工務科的科長。

最小的妹妹秀枝考進台大歷史系，和吳秀惠的二哥吳新雄成為前後期的系友。吳新雄卻跑到日本去了，一面教書，一面還秘密擔任廖文毅集團的什麼外交部長。同時傳回消息，音訊不明的弟弟新平，居然已經完成早稻田大學經濟系的課業，目前也在廖文毅身邊，做秘書。

接獲消息的父親連連吐氣。吳秀惠不明白，父親為什麼要吐氣，只是有點蒼涼地覺得，似乎每個人，都在尋求適合自己居住的所在。

4

第七年是實習，同時準備畢業論文。論文的指導教授，吳秀惠當然找董大成，不做第二人想。順利畢業了，董大成正好出任生物化學系的系主任，商請吳秀惠留下來當兩年助教，吳秀惠答應，反正一時之間，還沒有能力開醫院，而且，如果有機會的話，也想再去國外唸書，留在學校裡，機會應該比較大。事實上，既然是董大

成開口的，就算根本沒有其他原因，吳秀惠拒絕的可能性也很小。

董大成是基督徒，和馬偕醫院幾個加拿大籍的牧師往來密切，牧師當中有一個，撫育了三十幾個台灣孤兒，租了一間大房子，在中山北路，讓孤兒住，應該上學的，還供應他們上學。吳秀惠聽董大成提起，請董大成介紹，固定每個禮拜一次，前去中山北路，替孤兒做健康檢查。雖然還沒有能力開小兒科醫院，吳秀惠也不願意把醫師的專業技術放入冰箱。

去過幾次，和牧師熟了，牧師跟吳秀惠說，如果孩子有病，需要什麼藥物的話，他可以從馬偕醫院拿給她。吳秀惠心想，既然可以拿到藥物，為什麼不替無力就醫的患者看病？長久生活在台灣的經驗，知道許多居民，由於經濟窘迫，根本無法照顧自己的身體；大多數台灣居民從事的，又都是粗重的體力勞動，特別容易受到傷害，再加上營養不良，公共衛生不好，想要保持身體健康，真是談何容易？七年的醫學院教育，教授也讓學生充分瞭解台灣醫療資源的缺乏。ROV俱樂部裡，純潔熱情的青年，不時也會談到家鄉民眾的病痛。如果真的能夠運用免費的藥物，多多少少減輕一般民眾的病痛，吳秀惠並不吝惜自己的時間。

吳秀惠跟董大成商量，董大成答應跟牧師說說看。幾天以後，董大成說牧師同意。接下來的問題就是，如何進行。董大成建議，在龍山寺附近租個房子，掛上招牌，確定診病時間，就可以正式展開：

「龍山寺一帶，是台北的老市區，居民本來就比較密集，勞動人

口也多，而且經濟能力一般而言都不怎麼樣，應該是一個相當合適的地區。當然，台北市以外的其他地方，特別是中南部的農村鄉下，像妳多桑和卡將的家鄉那邊，一定更需要。不過，我們還要考慮的是，妳在台北工作，只能選擇台北地區。」

「那就龍山寺附近，時間也很容易安排，每天晚上七到九點，反正我晚上都沒事。只是，招牌上面要寫什麼？」

「這個要妳自己想，」董大成的神情親切而又誠摯：「這是了不起的工作，妳自己想做的，名字自己想，比較有意義。」

董大成把問題推還吳秀惠，可是吳秀惠想不出來。

房子找到了，可以開始診病了，但是想不出招牌上面要怎麼寫。

乾脆不要掛招牌怎樣？董大成說，那誰知道妳在做什麼？

一定要掛招牌，招牌上面寫什麼比較恰當？吳秀惠仔細思考，免費替需要的患者看病，多少減輕他們的病痛，這樣的工作，應該叫做「義診」吧？招牌上面，可以寫上「義診」兩個字。招牌的用意，是要告訴需要的人，這是義診的場所，讓他們知道進來，放心進來。那麼就在「義診」底下加一個「所」字吧。「義診所」，很清楚，就是義診的場所。可是，前面呢？總要有個名稱啊，什麼義診所？用什麼名稱最恰當？父親在上海經營醫院，用的是「台灣第一綜合」、「台灣第二綜合」的名稱，馬路上陌生人的醫院，用的是姓氏，「張內科」、「許外科」、「簡小兒科」，或是地名，「萬華齒科」、「彰化外科」、「麻豆婦產科」等等，都有一個名

稱。那麼義診所應該叫做什麼名稱？「吳義診所」？不行不行，聽起來有點無情無義。「學甲義診所」？不行不行，真真假假誰相信？

可以找別人商量嗎？俱樂部繼續存在，周炘明也還沒有畢業，大家商量看看，也許就能想出恰當的名稱了。偏偏董大成又說，必須自己想才有意義。

藥品有了，地方有了，時間也有了，吳秀惠就是想不出義診所的名稱，無法開始診病。為了一個名稱，拖延診病的時間，有什麼意義？是義診重要，還是名稱重要？是為了義診而來義診的，還是為了名稱？假如一直想不出名稱，是不是就要取消義診的計畫？想到這裡的吳秀惠，忍不住笑了。名稱當然比不上義診重要，義診是重點，名稱關係不大。掛出招牌的目的，只是要做個指引，讓患者知道地方。只要需要的患者知道進來，招牌上面有沒有名稱，還不是都一樣？

吳秀惠做成決定。招牌掛出去了，就寫「義診所」三個字。

正式開始了，患者真多啊，遠遠超過吳秀惠的想像。小朋友來，看小兒科，女人來，看婦產科，最多的是男人，這裡酸那裡痛，都是長年累積的勞動傷害。不管男人女人小孩或是老人，普遍都患有砂眼，特別是三輪車夫。每天晚上，平均要看三十五個小兒科、內科和婦產科，此外，比較簡單快速的，砂眼患者光來洗眼睛的，每天超過兩百個，吳秀惠根本忙不過來。計畫當中，義診時間是七到九點，但是往往必須忙到十點半，還不一定能夠關門。

意料之外的困擾，也讓吳秀惠無法應付。抗生素很貴，經常有一些中國人裝病來要抗生素。吳秀惠問其他患者，沒有病為什麼需要抗生素，得到的答案是，可以賣錢。吳秀惠就不給了，有的中國人生氣，來鬧，其中一個滿臉橫肉的，甚至出手拉吳秀惠的衣領，把聽筒都拉掉了。不曾來看過病的，也會來鬧，有中國人，也有手臂刺青的台灣人。吳秀惠不明白，究竟是什麼地方得罪了他們。診所附近好心的阿婆說，別的醫院不滿意。

只有一個醫師，需要幫手。年紀輕輕的女性醫師，需要保護。

吳秀惠回母校貼廣告，徵求義工同志。周斌明很快來了。濃眉大眼，臉色黝黑，雖然身材不夠高大，可是足球系隊兼野球校隊，粗壯有餘。重點是，沒有露出笑容的時候，看起來好像在生氣，很兇。

5

周斌明的學生生活，從表面上看來，愉快順心，多采多姿。會玩，會唸書，人緣又好。拿獎學金，打野球、踢足球，拉小提琴、畫畫，還參加多種社團組織。不管是在教室內外，或學寮當中，一直是那種典型的天之驕子，同學羨慕的活躍人物。三年級結束，學寮照例殺豬加菜的時候，他更露了一手不為人知的絕技，拚酒比賽勇奪第一，被公推為新學年的學寮長！喝酒展現熱血男兒的氣魄，周斌明自然明白這種日本文化的遺留。有氣魄的熱血男兒可以領導大家，周斌明也能體會寮友支持的心意。有機會替大家服務，周斌

明更是求之不得。但是，拚酒第一真的沒什麼，周斌明只是不好意思直接承認而已，多失戀幾次，誰都能夠拚酒第一。可是，擺在眼前的事實無可否認，學寮長，不僅是醫學院學寮，甚至是整個台大醫學院的帶頭人物，雖然是個純粹奉獻的義務職，不過在台灣頂尖青年學習準備做醫師的這個優秀環境裡，自然具備歷史傳統的肯定與光榮。升上四年級，就要出任學寮長，周斌明真是不簡單。

　　然而，內心深處，周斌明並不快樂。不但不快樂，還經常感覺苦悶與悲傷。主要的原因是，比兄長還要親近的好朋友廖史豪遭遇太慘，周斌明除了憤恨，根本無能為力。三年前被國民黨抓去，不久判處七年有期徒刑的廖史豪，最近竟然遭到改判，刑期加長，加到最長，就是無期徒刑，一世人都必須在苦牢裡全部耗盡。周斌明在報紙上看到消息，說是保密局——天曉得那是一個什麼王八蛋單位，發現了新的證據，就把廖史豪從火燒島押回台灣改判，按照什麼王八蛋懲治叛亂條例第二條第一項，「意圖以非法之方法顛覆政府而著手實行」，判處無期徒刑的同時，所有財產全部沒收。面對簡短冰冷的消息，周斌明渾身發熱，彷彿就在下一瞬間，即將猛烈爆炸。無期徒刑，意思就是說，永遠永遠，我周斌明都再也看不到這樣一個兄長了！再也看不到了看不到了都看不到了無論如何永永遠遠都看不到了嗎？遙遠東京年少的回憶，台北和平東路的點點滴滴，看書、聽音樂、打球、談天，往事一幕一幕，成群結隊，轟轟然茫茫然衝過周斌明的腦海與心頭，二十三歲的青年，準備訓練自己成為一個醫師的青年，周斌明淚如雨下。

一次週末回家，聽見父親和母親談話。破產以後，住處不曾搬過，狹窄的空間，周斌明就算呆呆發楞，也能清楚聽見，任何一言一語。父親很感嘆，說到廖家的悲慘。沒有做什麼，沒有犯錯，只是因為生為台灣人，而又不肯裝聾做啞，就必須揹負家破人亡的命運。父親說，他聽人家講，廖史豪之所以又被改判，是因為國民黨的保密局貪圖廖家座落在和平東路那棟佔地兩百多坪的大房子，一經改判確定，財產沒收，房子就被保密局佔領了。哪有什麼新的證據？鬼話。父親一面說，一面唉聲嘆氣，母親偶爾附和幾句，語氣同樣充滿感慨。講到後來，父親做結論了。父親的結論是：

　　「中國人的社會，烏天暗地。」

　　父親的結論，不全是客觀推理得到的吧？周斌明清楚感覺，返台七年，理想的破滅、經濟的窘困，或者其他事事項項的不如意，都會深刻影響父親吧？換句話說，父親的結論，部份是在感嘆廖史豪不幸的遭遇，部份卻很主觀，是在怨恨自己的諸事不順。當然，周斌明同時清楚，父親的結論就算不夠客觀，卻絕對正確。台灣，在國民黨政權中國人欺壓底下的台灣社會，的確是烏天暗地，甚至不見天地。二二八的怒火不夠旺盛，趕不走中國人，卻引來史無前例的殘酷屠殺。共產黨革命成功，建立中華人民共和國，狼狽逃亡的國民黨政權反而霸佔台灣，台灣人民連民族自決的機會都喪失了。台灣島上，中國人高高在上，作威作福，善良無辜的台灣人民哪有天地？

　　父親的律師好像做得也不怎樣。周斌明聽母親講過許多次，說

父親表示，在中國人的社會裡，什麼都不好做，律師當然也不可能例外。父親認為，中國人的法律都是外銷的，人民必須遵守，國民黨統治階級例外，國民黨的外圍黨羽，選擇性適用。統治者單方面規定法律，為的是控制、剝削的方便而已。律師不好做，檢察官、法官，如果不聽話，也不好做。父親的意思是，台灣不是司法不獨立，是根本沒有司法。律師不好做，意味的就是，收入不多，生活沒有辦法改善。靠著打工、做家庭教師的所得和獎學金，周斌明一直不必跟父親拿錢，可是，妹妹周月坡、周月秀先後考進師範學院美術系，父親卻讓她們入學了，並沒有像當年要求周斌明重考一樣，要求兩個女兒。周斌明判斷，主要的原因應該是，除了唸免錢書，父親已經栽培不起，並不是什麼重男輕女的傳統觀念作祟。

父親無法發揮，問題出在中國人統治台灣。父親不是沒有才能，如果沒有才能，怎麼可能年紀輕輕，就被日本天皇封為特任官？廖史豪終生烏有，問題也出在中國人統治台灣。廖史豪不偷不搶，廖史豪沒有殺人放火，也沒有做官貪污，如果不是栽在中國人手上，為什麼需要坐牢一世人？中國人還在統治台灣，不知道要統治多久，他們自己的國家丟掉了，還有其他的地方可以去嗎？如果沒有，是不是就會永遠賴在台灣？周斌明倒抽一口冷氣，假如國民黨中國人決定永遠賴在台灣，永遠騎在台灣人民的頭頂上放屎拉尿，那麼台灣社會豈不是就要永遠烏天暗地了？和整個台灣大環境的悲慘黯淡相比，周斌明覺得自己在台大醫學院這個小環境裡面的風光順遂，根本微不足道。

6

　沒有上課的下午，周炆明偶爾會去和平東路走走，去看看廖史豪「從前」的房子，寫滿知心好友美好記憶的的房子。房子還在，只是外面有人站崗，荷槍實彈。在這棟房子裡和周炆明相識、並且多次一起打籃球的雲林縣人黃雲松，也跟周炆明去過和平東路，從台大醫學院去，一起去。晚周炆明兩年，黃雲松成為周炆明台大醫學院的學弟。心情不好，想念廖史豪的時候，周炆明慣常找的，就是這個學弟。

　這個學弟的運氣真好，一九五四年三月，因為成績特別優秀，被學校選做交換學生，前往北歐研究腦神經外科兩年，離開台灣了。周炆明少了一個朋友，一個共同想念廖史豪的朋友。

　年輕旺盛的生命力本身，能夠掩飾內心的苦悶與憤怒，周炆明依舊積極活躍，教室內外，學寮之中，仍然是鋒頭穩健的領袖人物，不過，烏天暗地的台灣社會不會讓他繼續領袖太久，代表國民黨政權政治勢力的所謂軍訓教官，在一九五五年進入包括台大在內的大學中學校園以後，自由純淨的學術空間從此消失，學生自治的優良傳統中斷了，台大醫學院的學寮沒有學寮長了，不必養豬了——或者像部份同學跟周炆明講的，開始養另外一種兩條腿的豬了。為了有效控制台灣社會最頂尖的年輕學生，也為了徹底剷除二二八以後反抗國民黨政權的思想或人物，軍訓教官在學寮——連名稱都被他們改成「宿舍」了；軍訓教官在宿舍內外廣泛佈線，白色恐怖的氣氛迅速形成，原有的和諧、溫暖、友愛、互信、純潔等等，蕩

然無存。

　　周炆明靜靜看著校園內外的變化，感覺心痛。然而除了心痛，也只能靜靜看著。大環境太大，個人相對渺小。沒有準備的個人，或者準備尚未安當的個人，不僅渺小，甚至根本不存在。

　　俱樂部的活動繼續著，可是成員不再增加。不但不再增加，還漸漸流失。聚會時的氣氛，明顯也發生了變化。火裡頭有水，開始冒煙。往昔那種兄弟姊妹一般融洽親近的感覺不見了，客氣產生距離，生澀造成懷疑，什麼理想什麼熱情，都會遭到扭曲。周炆明一向努力主導的談論話題，落實到政治層面的積極關懷，不大有人理會了，談來談去一場空，大家的興趣慢慢集中到郊遊烤肉或跳舞。吳秀惠依舊興致勃勃，周炆明卻覺得，隨著學校自由風氣的慘遭扼殺，ROV俱樂部應該也已面臨解散的時刻。不過周炆明只是想想罷了，看到吳秀惠那麼熱心，潑冷水未免太過殘忍。

　　苦悶的心情，幸好還有一個管道可以消散，一個小小的、殘存的管道，彌足珍貴的管道。這個管道是，周炆明畢業論文的指導教授。指導教授叫做「翁廷俊」，內科權威，來自新竹的醫師世家，客家人，四十多歲，高大健壯，滿臉親切的笑容。周炆明選擇翁廷俊做論文指導教授，不只是因為他在醫學方面的精深學養，也不只是因為他在上課當中，言行舉止自然散發出來的正直與誠懇，最重要的，因為他同時是台大醫學院裡曾經參與過二二八抗爭的傳奇人物。師生經常相處，問的談的不可能僅止於醫學，周炆明最感興趣、最為敬仰的，還是教授實踐理想的行動點滴。翁廷俊會講，偶

爾會講，每當周斌明再三追問，他就會講，講一點點。講的時候，神情黯淡，彷彿回憶悲慘的往事，讓他的心靈再次受到無情的啃蝕：

「很丟臉啦，沒有成功啦，不敢死，還逃走，躲來躲去。」

總是這樣謙卑的開場，然後才緩緩敘述當時的苦難。中國人怎樣惡質，怎樣無法無天，怎樣處處壓榨迫害台灣人，台灣人怎樣低聲下氣，終於忍無可忍。然後就爆發衝突了。熱血的台灣青年理想像火焰，生命像櫻花，誓死護衛鄉土，趕走中國人。熱血的台灣青年一個又一個，講著講著，翁廷俊就會講到他的好朋友「許強」。每次都會講到。透過翁廷俊的描述，周斌明逐漸認識這位優秀學長的大概，認識的同時，當然伴隨悲憤無奈的心儀。學長一九一三年出生，台南佳里人，日本時代進出後來自己進出的學寮與教室，一九五○年三十七歲擔任台大醫院內科主任時，被國民黨中國人政權蠻橫槍斃：

「中國人指控許強是共產黨，說他是台北市工委會台灣大學附屬醫院支部的負責人，把他槍斃了。我也牽連在內，可是我丟臉，逃走了。像二二八一樣，我逃走了，實在丟臉。他死了，我逃走了。勇敢的死了，留下來的沒膽量，中國人繼續猖狂。」

夕陽穿過木框的玻璃窗，寂寞地照著翁廷俊晶亮的眼尾。周斌明低下頭去，不敢接觸老師的目光。

7

　一九五六年十月，開始實習不久的一天黃昏，周炌明在校園內看到吳秀惠張貼的傳單。他覺得應該去。去做義工同志，一起做。

　診療的工作有人分擔，吳秀惠壓力減輕一半。義診所裡，不再只有一個身形纖瘦的年輕女性，外來的干擾也少多了。關門以後，兩個人偶爾還會一起去夜市吃碗當歸鴨，而且都是只有兩個人，親切深入的家常談話逐漸累積，慢慢發酵，吳秀惠忽然覺得，這樣的一種感覺，才是她和周炌明之間，真正的初識。

第七章　朝思暮想的城鎮

1

一九五六年十月下旬，就在吳秀惠的義診所漸漸步入常軌的時候，她的父親，五十八歲的吳拜辭去工務科科長的職務，離開台北市政府，返回故鄉台南，無黨無派，投入縣長選舉。顯然工務科的科長太小，不夠他發揮，他要尋求更大的空間。

父親參選縣長，女兒開義診所，兩件事情根本毫不相干。時間湊在一起，完全只是巧合。然而，激烈的選戰一旦開打，候選人和他的助選幕僚，很快察覺，女兒台大醫學院醫科的學歷，以及女兒醫師的身份，應該都是爭取選票的有利條件之一。候選人沒有經驗，助選幕僚經驗也不多，漫長的歲月慘遭外來政權統治，台灣人民哪有機會累積選舉的經驗？有黨有派的，有他們的選舉方式，無黨無派的，只有靠一般的常識。當然必須讓選民知道，候選人很好很優秀，才能要到選民手中的選票。女兒會唸書，能夠考上全台灣最傑出的學府，能夠做醫師，不是優秀是什麼？父親不優秀，女兒可能優秀嗎？經過簡單的推理，或者根本不必經過推理，女兒必須返鄉助選，就是候選人和助選班底一致的共識了。

客人來了，要展寶。既然是展寶，何必客氣？

女兒是寶，兒子也是寶，台灣大學醫學院醫科，台灣大學歷史系，響叮噹。除了遠在日本的吳新雄和吳新平，都叫回家鄉展寶，

連已經出嫁的大姊吳秀女也不能例外。

　　吳秀惠台北台南兩地跑，又要助選，又要義診，還要當助教，恨不得一個人分成三個。幸好父親把競選總部設在新營，縱貫線的火車可以到，省去轉車的麻煩。董大成那邊好說，幾天沒去也無所謂。義診所有周炌明撐著，勉強還能應付，周炌明也多次告訴吳秀惠，真的無法分身，不必太過勞累。但是吳秀惠放心不下義診所，不論再忙，幾乎每天晚上都要過去，看一眼也好，不是不信任周炌明，是一種非常奇怪的感覺，從未有過的感覺，一種牽掛，奇怪而又甜美的牽掛，好像不是牽掛義診所本身，而是牽掛其他的什麼，說不出來的什麼。

　　吳秀惠經常三更半夜坐火車。從義診所直接去火車站，天亮抵達新營，黃昏重又北上。助選種種，吳秀惠不懂，就讓競選總部的工作人員安排，大抵是陪著父親站在宣傳車上面，露出僵硬的笑容，向路旁的陌生民眾——，選戰開始，他們有了新的稱呼了。他們不叫「民眾」了，他們變成親近異常的「父老兄弟姊妹」。是的，向著父老兄弟姊妹不斷揮手。宣傳車上，自然有人會透過分貝非常高亢刺耳的喇叭，反覆介紹展寶。有時也陪父親徒步進入菜市場，跟每一個賣菜賣魚賣肉的父老兄弟姊妹握手拜託。微笑、招手、握手，吳秀惠認真演出。父親追求人生的新舞臺，女兒當然要全力以赴。

　　忙碌是空前的，緊張也是。既然出馬，身心的負擔就不僅是選戰的輸贏而已。對抗國民黨提名的候選人，等於公開向國民黨的整

個政權挑戰。宣傳的重點，不只是自己的優秀，還必須盡量攻擊對方。從候選人的缺點，攻擊到整個國民黨的政治結構跟意識型態。傳單上面攻擊，宣傳車喊話攻擊，政見發表會，父親上台的時候，自然也必須慷慨激昂，猛烈攻擊。父親心裡有話，幕僚也會提供資料。所有的攻擊都讓吳秀惠膽顫心驚。平常看的、聽的，俱樂部裡面討論的，周斌明講的，累積下來，就是吳秀惠驚恐的有力基礎。攻擊國民黨，天大地大的代誌，會抓人的，甚至不只是抓人。雖然說是競選期間的言論，可是，誰知道國民黨會怎麼想？父親五十八歲了，吳秀惠怕他出事。

是不是真的會出事，或者說什麼時候會出事，吳秀惠不知道，沒有任何人知道。但是，對手會迅速反擊，反擊的時機，以及反擊的兇狠，吳秀惠知道，任何人也知道。對手不可能白白挨打，那麼大的一個黨，那麼多資源，為了爭取選票，怎麼可能不發動反擊？然而，反擊不僅兇狠而已，反擊還有更加惡毒的所在，二十五歲的醫師吳秀惠就不一定想像得到了。年輕讀書人的單純想法，希望成為完整的人強烈的道德觀念，總是幼稚地認為，攻擊也好反擊也罷，究竟是就事論事的真理之爭，誰知道反擊到來的時候，居然都是造謠醜化？

在國民黨全面性的反擊裡，父親體無完膚。師生婚姻變成誘拐，參加文化協會變成流氓，孩子唸日本學校叫做媚日，經營醫院是為了斂財。言語如刀，文字似劍，瘋狂砍劈，吳秀惠無法招架。侮辱父親，就等於侮辱自己，侮辱吳姓全家，吳秀惠主張提出告

訴，維護人格的清白。可以不做縣長，卻不能飽受侮辱。父親的看法不同，說這些都在意料之中，怕熱就不要進廚房：

「妳不怕他沒命，他怎麼會怕妳死？選上一切沒事。法院也是他們自己開的，妳去哪裡告訴？」

父親沒有選上，國民黨提名的候選人「胡龍寶」贏了。幸好國民黨也沒有找父親算帳，讓父親落魄消沈，從此賦閒。

心不甘情不願，又能怎樣？吳秀惠恢復常態，不必長途熬夜趕火車了，白天做助教，晚上義診。關門後，和周炆明去吃當歸鴨，盡情聊天。吳秀惠喜歡這樣的日出日落。

2

周炆明在義診所幫忙九個多月，直到畢業以後，開始服兵役。

軍種是空軍，預備軍官第六期。先是去屏東的東港接受基礎訓練五個月，然後分發到高雄岡山的空軍醫院做軍醫十個月，最後派去台中的空軍醫院，還是做軍醫，三個月之後退伍。全部加起來，一年半。

基礎訓練很討厭，一分一秒，排長班長都要嚴格控制，周炆明很不習慣。台大醫學院那麼自由，就算後來軍訓教官入侵了，不理會，仍然天高皇帝遠。但是訓練中心不一樣，就那麼大，教室、寢室、訓練場地，沒有其他的空間。皇帝就在身邊，班長排長兇巴巴，比皇帝還大——特別是眼睛，非常大，一天到晚緊緊盯住，好像所有的新兵都欠他們錢，根本無所遁形。訓練是沒什麼，喜歡運

動的周斌明體力充沛，不放在眼裡。可是白天也訓練，晚上也訓練，沒有半點自由的時間，厭煩的感覺，是正常的反應。

　　除了不自由很討厭，還有另外一件事讓周斌明更討厭。常常睡到半夜，被叫起來。假如是輪到站衛兵，被同袍叫起來，心理有準備，雖然不高興，周斌明還能忍耐。問題是，不是輪到衛兵，也被叫起來。突然被叫起來，意外被叫起來，累得要死還被叫起來，次數那麼頻繁，而且起來以後，一肚子氣，還必須面對令人噁心的干擾羞辱，周斌明真是怒火中燒。叫人的，是軍隊裡頭的抓扒仔，一種叫做「政治指導員」的動物。台灣的男生，就算沒有服過國民黨政權的兵役，恐怕也都知道，國民黨利用政治指導員控制軍隊的惡劣事實，服過兵役的，誰都會講，恨恨地講，在學校裡，周斌明早就聽學長或別人講過不知幾百遍，對這種動物的厭惡，幾乎已經是先天性的了，入伍之後，再三遭受干擾，怒火中燒，沒有燒到外面，周斌明認為自己的修養非常好。叫醒周斌明，政治指導員的目的，是要吸收周斌明加入中國國民黨！周斌明不知道，政治指導員是不是眼睛長在肛門上，或者是白癡，或者是精神分裂，怎麼還能存有幻想，認為有機會吸收到自己？真是太可惡了，真是太羞辱了，竟然還會有人，想要吸收我周某人加入什麼罪該萬死的國民黨！就算燒成灰，也不會有一絲煙雲，跟你死國民黨相干！周斌明憤怒不已。

　　還有討厭的事。這個討厭最討厭。這個討厭遍佈全身，感官、內臟、知覺、思緒，沒有任何一個部份不被佔領。揮之不去，驅之

不走，而且，好像是不忍揮之，也不忍驅之。這個討厭實在討厭，因爲不知道應該討厭誰。這個討厭是，想念，很遠很遠的台北，龍山寺附近的義診所！想念義診所，很想念。以前不曾有過類似的想念。年輕人的感情世界，不容易維持空白。頂尖學校的鋒頭人物，自然有他招人惹人的魅力。自己撤退，對方撤退，都不是沒有過，想念也不是沒有過，問題是，酒一喝，醉幾場，就過去了。忽然入伍了，離開台北了，南下了，到東港了，一南一北，牽腸掛肚，怎麼會如此魂縈夢繫，怎麼會那麼纖瘦端麗？

　　年輕醫師周炆明設法消除討厭，彷彿消除患者的病痛。針對沒有自由的訓練，藥方是逃避。怎麼逃避？周炆明發現參加比賽就有機會逃避。比賽需要練習，練習就可以暫時離開皇帝。如果是連隊之間的比賽，就要更多的練習，將在外，君命怎麼發威？周炆明抓到竅門，積極參加比賽，足球、野球，理所當然，上癮以後，連游泳比賽都不放過，問題是，周炆明根本是一隻旱鴨子。除了比賽，有什麼演出，周炆明也會主動爭取。有一次，連際的晚會，中秋節，盛大舉行，周炆明自願小提琴獨奏，連長同意，可是沒有小提琴。周炆明就說要去東港街上找找看，連長准假半天，叫一個姓吳的同袍做陪去找。沒有找到小提琴，兩個人倒是趁機會吃了一頓海鮮，回去還拉肚子。逃避訓練次數太多，周炆明大大出名，同袍笑他「摸魚大師」。

　　針對政治指導員的吸收羞辱，藥方比較難找，當然憤怒厭惡，卻又不能明顯表露。國民黨政權的威力，周炆明不是不知道，所有

的輕蔑、不滿，特別是仇視，都只能藏在心底。爲了避免麻煩，更大的麻煩，甚至不只是麻煩，對於什麼狗屁政治指導員，必須巧妙應付。個性耿直的周斌明不習慣敷衍應付，只能一再找藉口拖延。拖延雖然不是根治的良藥，至少可以控制病情，避免惡化。不會惡化就好，反正役期有限，先拖過去再說。

　　最後一項，義診所怎麼辦？想念既然無可排遣，周斌明對付的辦法就是，一五一十寫下來，寄回去。

3

　　基礎訓練結束，周斌明變成少尉，以軍醫官的身份被分發到岡山的空軍醫院，原本三項討厭的事情，去掉兩項，周斌明大大鬆了一口氣。沒有什麼訓練了，班長排長都消失了，皇帝已經不見，摸魚大師自然不必再摸魚了；政治指導員同時不見了，或者應該說，政治指導員的階級與少尉軍醫官一樣了，沒有辦法再找麻煩囉唆騷擾了。僅存的一項討厭，包含著溫馨和甜蜜，書信往返，是負擔，也是享受，如果還要認爲是困擾，未免就太不近人情了。周斌明怎麼會不近人情？

　　軍醫官的主要工作是看病。看什麼病？院長全權安排。院長要周斌明進入外科，周斌明別無選擇。外科需要開刀，畢業之前實習的時候，開刀的機會不多，教授自己會處理。軍醫院沒有教授了，獨當一面的周斌明經常不得不親自操刀。周斌明喜歡這樣的機會，畢竟，自我訓練對一個年輕醫師而言，絕對必要。

　　軍醫院服務的對象包括附近的軍人和他們的眷屬。沒有戰爭，一般而言，重大的肢體傷害比較不容易發生，年輕的軀體也還來不及累積什麼惡毒的疾病。老芋仔中國兵有眷屬的很少，充員戰士台灣兵大抵還沒有結婚，所謂的眷屬云云，都是一些中上級軍官的妻子兒女，年紀當然不大，屬於外科方面的病症，需要開刀動手術的不多。真正能夠讓周斌明訓練開刀技術的，通常只有盲腸炎。平常的日子裡，周斌明做的，就是盲腸切除的手術。周斌明認真操刀，反覆回想實習時教授的指導，細心專注，處理妥當每一次的手術。大概三個月以後，技術越來越純熟了，偶爾三更半夜有人急性盲腸炎發作，送到醫院來，他也能冷靜應付。能夠解除患者的痛苦，挽救患者的生命，周斌明的感覺是高興。有的小孩蛔蟲鑽入盲腸，痛得滿地打滾，送來醫院急診，周斌明也能立刻開刀。不過碰到這種病例的時候，周斌明就高興不起來，反而覺得難過。完整的醫學教育，周斌明非常清楚，什麼樣子的生活條件，小孩子才會長蛔蟲。長久以來對於台灣政治的關心，他也非常清楚，生活條件的根本原因是什麼。想到台灣政治，周斌明自然而然就會想到親近超過兄長的廖史豪，心情的惡劣，就不僅僅只是單純的難過了。

　　事實上，軍醫院也提供了許多機會，讓周斌明親身去體會台灣民間社會的種種。如果排得出多餘的醫官，軍醫院喜歡在岡山附近的偏遠村落舉辦義診活動，表演國民黨那套軍愛民、民敬軍的宣傳戲碼。周斌明厭惡國民黨的宣傳，但是喜愛義診的工作——義診，多麼令人思念牽掛！周斌明參加過幾次義診，就在義診當中，台灣

社會普遍貧窮匱乏所衍生的諸多問題，完整浮現了。經常，周斌明不得不就在村落的辦公室替患者開刀，全神貫注的同時，還要勞動兩、三個同袍或村民負責趕蒼蠅。送到醫院去再開來不及嗎？倒也未必，問題是，患者哪有住院開刀的經濟能力和時間？急性重病，就回去了，慢性的，拖吧，不做工賺錢，怎麼生活下去？拖到不能再拖，終究還是回去。回去就回去了，還能怎樣？碰到義診算是好運，只是，義診多久才有一次？一面開刀，還得一面趕蒼蠅，周斌明不知道，什麼樣的社會，什麼樣的國家，醫學院教育裡，會安排這樣的課程？外來政權蠻橫無能的本質，透過大事小事，深刻進入年輕醫師的內心深處。

鬱悶的心靈需要撫慰，放假回台北最能撫慰周斌明的心靈。匆匆忙忙趕到車站，不論白天不論夜晚，只恨車子不長翅膀，時間又無法停頓。一旦見到吳秀惠，周斌明的心情便完全改觀，或者說，暫時忘記鬱悶的體會。是啊，話都講不完了，哪裡還有時間鬱悶？

吳秀惠的生活還是老樣子，白天當助教，晚間義診，不過，這樣的生活很快就要改變了，透過董大成的介紹，吳秀惠已經申請到美國威斯康新大學的獎學金，夏天就要離開台灣了。有點放心不下義診所，幸好董大成答應接辦。

南風吹過巴士海峽，把夏天帶到台灣。二十八歲的周斌明放假不再趕回台北，魂牽夢縈的想念必須飛越太平洋，距離遠了，開始渴望把感情紮根在現實層面。兩個人心意相同，書信來來去去，做成決定。女方授意男方，找到吳三連出面作媒，完成訂婚儀式。當

事人不在，一個在軍中，一個在美國，沒關係，心在。

4

　　一九五八年八月，訂婚半個多月以後，周炆明退伍，在台北市中山北路馬偕醫院的外科找到工作。事實上，周炆明還不想就業，就算就業，也沒有心情留在台灣。周炆明盼望儘快前往美國，繼續唸書——除了繼續唸書，哪裡還有理由前往美國？假如不是現實的困難鎖住自己，應該早就飛過去了。未婚妻吳秀惠遠渡重洋，三、兩年內不可能拿到學位；拿不到學位，不可能輟學回來。那麼漫長的時間，周炆明無法等待，也不忍心讓她一直孤單無伴，望斷異鄉的春夏秋冬！

　　現實的困難是沒有錢，父親的生活仍然不如意，沒有辦法供應周炆明的留學費用。留學費用那麼昂貴，父親負擔不起。父親始終不滿意台灣的生活環境，始終討厭中國人的社會，律師的業務平平，看起來不可能再有什麼發展，幾次動念，想要再回日本。父親不反對周炆明出國唸書，但是明白表示，幫不上忙。周炆明必須自己想辦法，工作賺錢存錢，是最穩當的辦法，只是需要時間，恐怕就像未婚妻在攻讀學位一樣，需要漫長的時間。除了依靠家裡供應，除了依靠慢慢存錢，另外比較迅速的辦法，就是申請獎學金，周炆明也在努力尋求，問題是，獎學金非常有限，爭取的人，卻一向很多。

　　醫院不必輪班的空閒，周炆明習慣回母校碰碰運氣，看看布告

欄，找教授聊聊天，包括董大成在內，希望機會突然出現。當然也找相識的學弟談談話，包括早就已經從北歐回來的黃雲松，目的仍然相同。運氣很壞，沒有打聽到獎學金的消息，有一次周炑明反而意外得知畢業論文的指導教授翁廷俊離開母校了。周炑明找過翁廷俊幾次，都沒找到，曾經問過別的教授，說是出國了。不是出國，是離開母校了，這樣的消息最後就是董大成偶爾提起的。董大成說，翁廷俊是被迫離開的，真正的原因不清楚，總是跟他過去的所做所為似乎有關：

「政治這種病毒，一旦沾上了，想要完全清除，幾乎不可能。」

「翁老師後來去哪裡？」

「聽說回新竹去了。他是新竹人嘛。」

「還教書嗎？」

「怎麼可能？學校都是他們開的。聽說在看病，在新竹市的一家綜合醫院。至於是哪一家，我也不清楚。都是間接聽人說的。你知道，這種事誰都怕，怕被連累到，就算有什麼消息，也都只是私底下偷偷講，不清不楚。」

周炑明愣愣地聽著，忽然想起多年之前的一個黃昏，翁廷俊跟他講到許強慘遭槍斃的往事時，夕陽透過木框的玻璃窗，正好寂寞地照著翁廷俊晶亮的眼尾。

新竹市區不大，綜合醫院不多，周炑明就像患者在打聽醫師一樣，利用電話查詢，問出翁廷俊的下落。九月中旬一個禮拜天下午，周炑明去新竹看翁廷俊，談話中間提到想要盡快去美國，什麼

原因，什麼困難，都清楚說明，如同面對親近而又尊敬的長輩。翁廷俊打開抽屜，拿出一份資料交給周斌明：

「真巧，應該是三、四天前吧，我剛好收到這份資料，你也許可以試試看。因為這是終戰以後，台灣第一次有這個獎學金，爭取的人一定相當多，資料會公開，寄給我的時候，同時也會寄給許多人，還會寄給學校。不過總是一個機會。」

返回台北的車上，周斌明仔細看了一遍。資料是美國的Fullbright基金會寄發的，公告性質的文件。內容說明這個基金會有一筆預算，專門協助落後國家或地區的留學生赴美學醫，台灣地區有三個名額，經由教育部公開甄試，擇優獎助，附帶的條件是，拿到學位之後必須回國，至少服務兩年。

周斌明決定報名參加甄試。為了與未婚妻吳秀惠儘快會合，任何獎學金都是值得爭取的，返國服務根本不成問題，本來就要返國，吳秀惠當然也要返國，台灣人不返回台灣，要去哪裡落實自己的熱情和理想？天經地義的道理，周斌明不明白，基金會為什麼會多此一舉，做這種沒有必要的規定？

競爭非常激烈，兩百多人報考，周斌明很幸運，或者應該說很有實力，拿到獎學金。接著，通過留學考試，並且透過吳秀惠的協助，取得威斯康新大學的入學許可。最後一道關卡，只要國民黨內政部入出境管理局同意核發出境簽證，就可以離開台灣了。

七月下旬，一個剛剛下過西北雨的潮濕午後，護士小姐轉給周斌明一通電話，正在門診當中的周斌明取下聽筒，接過電話，熟悉

的、幾乎是不可能的、令人驚慌狂喜的嗓音傳進耳裡：

「你知道我是誰就好，不要叫出我的名字。如果你方便，我現在想跟你見個面。我告訴你地點，你拿一張紙，記下來。其他的，見面再說。如果你不方便，不必勉強。」

周斌明接到的，是廖史豪的電話。不知道已經多少年了，周斌明沒有再聽過廖史豪的聲音，後來，知道廖史豪被國民黨判處無期徒刑以後，就下意識認為，這世人再也不可能，重又聽到廖史豪的聲音。一個幾乎從童年的東京，聽到青年的台北，比自己大哥的聲音還要親切的聲音！周斌明意外聽見的，竟然是這個聲音。

當然必須勉強，不是勉強答應廖史豪見面的邀約，而是勉強按捺住興奮激動的心情，找到一個幫忙代班的同事，然後腳步慌亂，急急奔出馬偕醫院的大門。

十分鐘以後，周斌明按照廖史豪在電話裡指定的地點，在懷寧街和開封街路口一個公共電話亭旁邊，見到了以為這世人再也見不到面的、比自己親生的大哥還要親近的廖史豪。

「你什麼時候出來的？」周斌明太過亢奮，聲音居然有點沙啞：「打電話為什麼那麼神秘兮兮？」

「你小聲一點，」廖史豪的聲音也不低：「路上那麼多人。」

「我們去找個地方喝咖啡。其實剛剛你可以先找個地方，再約我出來，或者直接去醫院找我，不必這樣約在路邊，還站著等我。」

「還是這樣比較好，對你比較好，不必另外找地方，我只有一點點時間，也不想喝咖啡。我們就站著談一下就好。能夠看到你，就

好。」

　　廖史豪的神色有點緊張，一面講話還一面東張西望，好像怕被別人看到或聽到一樣。原本已經興奮慌亂的周斌明，被廖史豪這樣一感染，滿肚子的問題，突然全部塞在喉頭。短暫的靜默裡，周斌明因此也才有機會好好打量一下廖史豪。記憶當中，朗潤光鮮的臉容消失了，顯然國民黨黑牢的折磨在廖史豪的顏面留下了無情的痕跡。周斌明一陣心酸，更是什麼話也講不出來。畢竟是年長五歲吧，還是人生的苦難提前為他開放，賜予他超乎實際年齡的沈著，在靜默慌張的時刻，廖史豪找到了話題：

　　「你怎麼都沒有問我，為什麼知道你的電話號碼？」

　　「我也沒有問你，」問題點醒了周斌明：「為什麼出來了。」

　　「說來話長，有些奇奇怪怪的，我本身也莫名其妙，說不清楚。我只有一點點時間，也不希望被人家看到，被抓扒仔看到你跟我在一起，我盡量長話短說。你不要插嘴。我被他們改判了，無期徒刑沒有了，改成十二年，而且保外就醫。其實也沒什麼大病啦，為什麼能夠保外，我也不知道。可是一旦被保外，好像身體就有一點不舒服，一點點啦。所以今天上午我就去馬偕看病，在候診室等很久，忽然看見外科門診醫師的名牌上面，有你的名字。我想應該是你沒錯，你的名字很特殊，中間那個字很少見，不大可能同姓又同名。我問一個護士小姐，她講的樣子就是你沒錯。我還向她問到你的電話分機號碼，我很高興啊，很久沒有看到你了，想不到你已經做醫師了，本來想直接過去外科那邊跟你打招呼，又怕你不方便。」

「我哪有什麼不方便？你爲什麼不馬上過來？」

「也許應該說，是我自己不方便。你知道，像我這種人，反對他們，主張台灣獨立的人，叫做政治犯。政治犯是很可怕的，隨時可能被他們那樣的。跟政治犯有關連，也是很可怕的，隨時也有可能被他們抓去的。所以自從我們家落難以後，親戚朋友都不見了，怕我們，就好像怕鬼一樣。我們也就盡量不去找別人，以免別人怕，或眞的連累到別人。我不大確定，是不是隨時有抓扒仔跟踪我，所以沒有直接過去看你。打電話過去，也是想了很久，才用公共電話打。約你見面，也只能挑選路邊，眞的是不希望連累你。」

「我不怕，」三個字很短，像子彈一樣激射而出的同時，浮現在周炌明心底的，卻是無法控制的一陣冰冷：「你不要想那麼多。」

「見到面就好，怎麼見到面的，還不是都一樣。反正我知道你在哪裡了，以後萬一有事，我會再跟你聯絡。你千萬要記住，接聽電話的時候，知道我是誰就好，不要叫出我的名字。」

「我不一定會一直在那裡，你還是給我你的電話號碼比較好。我可能很快會去美國了，目前在等簽證。」

「早知道這樣，」廖史豪的臉上，閃過明顯的懊惱：「我今天就不應該找你了。萬一被他們知道，恐怕影響你的簽證。」

「會有那麼嚴重嗎？」周炌明心底的冰冷轉強，在台北街頭夏天的午後，居然微微覺得顫抖。

「總是要小心。對他們可以仇視，但是不能輕視。他們爲了控制台灣，是非常認眞的。我們要很謹愼。」廖史豪左顧右盼：「你去

美國做什麼？是長期的還是短期的？」

「唸書，拿個學位，至少總要三、五年吧。」

「能夠出去唸書真好，可能的話，多讓外國朋友知道我們台灣的現況。他們不可能自己離開，未來會很麻煩，主要的工作恐怕必須落在海外。總是你唸書第一，但是永遠不要忘記自己是台灣人。」

「應該怎麼做，你可以明白告訴我。」

「還是讓你自己看，現在美國那邊很不錯，有一群留學生，你是頭腦清楚的人。我只有一點點時間，而且，從前我們講過的，也夠多了，你知道，我不想影響你太多，因為我沒有辦法保護你——連自己都自身難保。好了，見到面就好了，我們不要停留太久，萬一被抓扒仔發現，對你不好。再見，自己保重。」

熟悉的聲音還在空氣中飄動，講話的人卻已轉身，往新公園的方向匆匆走去，頭也不回。

周烻明不自覺追了兩步，也不自覺停了下來，複雜的心情讓他腳步躊躇。一方面，好像還有很多話要跟廖史豪說，高興的，牽掛的，個人的，台灣的。很多話。可是另一方面，好像又不知道應該說些什麼，或者根本不清楚，什麼可以說，什麼不可以說？還在翻來覆去，思前想後，無法確定呢，廖史豪卻一直沒有回頭，越走越遠，很快就消失在人潮當中了。蒼茫的暮色也在這個時候，漸漸滲透樓房的頂端。

一九五九年八月初三，周烻明拿著「交換訪問」的出國簽證，終於踏上飛機，離開台灣。先在少年時代曾經居留過的、曾經與廖

史豪快樂相處過的東京停留兩個晚上，再轉機經安克拉治飛芝加哥，機場外，吳秀惠早已等著。一起搭乘灰狗巴士，三個小時之後，抵達威斯康新大學的所在地，一年來朝思暮想的城鎮，實際上完全陌生，但是因為有未婚妻在，而充滿親切憧憬的麥迪遜。

　　周斌明的到來，宣告吳秀惠孤寂歲月的終結。一年來，孤孤單單的吳秀惠在威斯康新大學改讀生物化學，學校每個月提供獎學金三百塊，不過必須同時在酵素研究所做研究員，沒有另外支薪。三餐和房租自理，三百塊夠用。生活和求學都沒有問題，但是無邊的寂寞非常可怕。未婚夫遠在台灣，自然是寂寞的根源，整個城鎮麥迪遜，台灣人不到十個，那才是可怕的孤寂。周斌明來了，麥迪遜多出一個台灣人了。這個台灣人的意義不僅是數目的有限增加而已，應該是孤寂的無限減少。吳秀惠整個活了過來，從冰封雪鎖當中，活了過來。

　　對周斌明而言，麥迪遜的生活剛剛起步。不過，他的起步順利多了，因為有伴。周斌明繼續唸醫科，攻讀博士學位，鎖定腦神經病理這個領域，研究病毒和分子細胞的合併課程。周斌明之所以會對腦神經病理發生強烈興趣，從而決心選擇這樣的研究方向，台大醫學院的學弟黃雲松，對他影響相當大。這個來自雲林縣、和周斌明在和平東路廖史豪家中相識的年輕人，進入台大醫學院以後，因為成績特別優秀，曾經被學校指派前往北歐深造兩年，研究的就是腦神經外科。兩年期滿返回台灣時，周斌明還在台大醫院實習，兩人時有往來，聊天的話題，經常就圍繞著腦神經病理的相關種種打

轉，自然而然引導了周炆明研究的方向。

　　除了攻讀學位，指導教授還要周炆明兼任大學附設醫院神經病理科的住院醫師，做爲博士學位嚴格訓練的必要部份。當然，指導教授沒有叫周炆明做白工，住院醫師是有薪水的，雖然不多，無論如何卻總是獎學金之外的一筆收入。又要讀博士，又要做醫師，當然很忙，很辛苦，繁重的壓力甚至讓周炆明一度胃出血。可是周炆明不在意，再怎麼忙碌辛苦，都遠遠勝過隔海相思。

　　這年冬天十二月，二十九歲的周炆明和小他一歲的吳秀惠結婚。雙方的親人，沒有一個在場。正好跟訂婚儀式相反，兩個訂婚時缺席的當事人都在，其他家人不在，沒有關係。

第八章　護照

1

家，永遠是人類第一溫暖的港灣，租來的，也一樣。

旅居異國的周炳明和吳秀惠在學校旁邊租了一間小公寓，做港灣，房租每個月九十塊，房東說如果願意負責清除公寓前面道路上的積雪，每個月可以少算三十塊。清除積雪一次需要兩小時。夫婦商量的結果，答應了，因為覺得三十塊錢很多，周炳明年輕的身體也能負荷。可惜每年只有一個多天，其他季節不會積雪，房租必須照算。

就算房租照算，一年到頭，連積雪的季節都九十塊錢照算，這樣的一個港灣，還是物超所值的，因為這個港灣，溫暖的不只是新婚夫婦的心，還有附近所有台灣人的心。整個城鎮麥迪遜，台灣人的數目十個不到。十個不到就說「所有」，未免太過誇張？周炳明不認為這樣，就是因為十個不到，更需要強調「所有」。所有台灣人的心，沒有一個例外的心。距離家鄉如此遙遠的所在，別人的土地別人的鄰居，這麼少之又少的台灣人分散開來，日子怎麼過下去？周炳明要太太主動出面，盡量找機會讓大家在一起，所有的人都在一起，台灣的心連在一起，想辦法讓小小的公寓，成為台灣人的聚會中心，成為台灣人共同的、溫暖的港灣。做這種事，吳秀惠很內行，當年在台大醫學院，無中生有，她都有辦法組成一個ROV

俱樂部，威斯康新，台灣人是現成的，孤單的生活，同樣的血緣與
文化，先天性就會互相吸引，何況有人出面招呼？不久，大家，所
有的台灣人，就習慣在周家租來的公寓進出了。都是年輕學生，都
還沒有成家，唯一的夫妻檔自然是大家的龍頭，進出龍頭的家，和
自己的同鄉彼此取暖，天經地義。

2

　　偶爾隨興的進出以外，還有經常性的聚會。經常性的聚會通常
都在週末，主要的節目就是聚餐，好好吃一頓台灣料理，或有一點
類似的台灣料理。好像也沒有誰提議，當然也沒有經過討論，很
快，很自然，經常性的週末聚餐就形成了。麥迪遜偏遠，永遠無法
習慣生菜沙拉的台灣腸胃，偶爾想念故鄉的美味，想到冒酸水、想
到流口水的時候，必須來回開車五個小時左右，才能在大城芝加哥
的華人餐館裡祭拜一次五臟廟。這麼浩大的工程，對於普遍貧窮而
又欠缺車輛的留學生，實在是太過奢侈的負擔。有一個地方，有廚
房，夫婦都很好客，就可以想辦法買菜，自己烹調享受，異鄉負笈
的冷清時日，誰不渴盼這樣的天賜良機？分工合作，有的採買，有
的料理，有的清洗，重要的是，一起吃喝。這種聚會的形成，比俱
樂部容易太多。

　　吃喝完畢，人就懶了，誰會馬上回去？回去做什麼？斗室清
冷，為什麼不留在溫暖的港灣？既然留著，就會開講。共同的話題
總是台灣，每個人內心深處，思思念念的、父親母親還在倚門遙望

的家園台灣。談到台灣，就算沒有人引導，碰觸現實的政治，也是理所當然。就更不用說，繞來繞去，周斌明有意無意，就會把話題拉到那裡。周斌明總是這樣，以前在台灣，在台大，在俱樂部，周斌明就喜歡這樣。何況出國之前，那個慌亂興奮的午後，下過西北雨的午後，廖史豪語焉不詳地講過，美國有一群留學生，做得不錯，要周斌明自己看。周斌明盼望比他早來的留學生，盡量多談一點，讓他進入狀況。

談話持續進行，每個禮拜進行，幾乎是固定進行。後來，就有人拿來一些傳單和雜誌，有英文的，也有日文的。日文的裡頭，有一種叫做「台灣青年」。有人說，在日本的台灣留學生很熱心，因為廖文毅後來跑到日本去了。也有人說，早在廖文毅之前，台南一中的歷史老師「王育德」就跑到日本去了。還有人說，辜顯榮的兒子「辜寬敏」很久以前就在日本做。總是，日本一向比美國做得早、做得快，歷史傳統嘛，跟台灣距離又近，關係又密切。後來，許多人，包括年輕的留學生在內，就組成了一個「台灣青年社」，下定決心，推展台灣獨立運動。台灣青年社的重要文宣，就是台灣青年雜誌。在雜誌裡，周斌明看到了童年同窗好友周英明的名字。

也有人說，美國的台灣留學生雖然沒有歷史傳統的影響，也沒有前輩人物的引導，但是熱心的年輕人也不是光會坐著不動。早在一九五六年，以「陳以德」、「林榮勳」和「李天福」為首的費城地區留學生，就已經成立「台灣獨立聯盟」了，目的跟日本的台灣青年社一樣，都在集結同志，為台灣自決獨立的艱困事業打拚。說

話的人還帶來一篇文章，說是李天福寫的，發表在一九五八年四月號「美國外交事務季刊」的，讓大家傳閱。傳了幾天，傳到周斌明手上。利用深夜入睡前，最安靜平和的時刻，周斌明仔細地閱讀李天福的文章。題目叫做「中國死巷——台灣人的觀點」。李天福開宗明義直接指出，台灣只屬於台灣全體居民，不屬於國民黨，也不屬於中國共產黨。接著詳細說明，國民黨強調台灣是中國的一部份，目的是為了長久佔領台灣，並且使用反攻神話和特務統治，殘害台灣人民，然後明白結論，為了台灣人民的福祉以及全世界的和平公義，世界各國政府，特別是美國，必須走出中國死巷，支持台灣獨立。「如果只是因為曾經在台灣殖民，就宣稱擁有台灣這塊土地，那荷蘭應該比中國更有資格做這樣的要求。」李天福的文字清晰有力：「雖然絕大多數的台灣人都有中國血統，但不表示他們就是中國人。由於台灣人擁有共同的歷史經驗，受著同一地理環境薰陶的影響，共有一種生活模式及一整套的價值與理念，而且對他們的鄉土有著一份共同的摯愛，他們早已將自己視為與中國不同的一個獨特民族群體。」文章的結尾，李天福還這樣展現做為一個台灣人的堅強信心：「如果給予八百萬台灣人完整的機會主宰他們自己的命運，一個充滿活力及建設的社會，將從目前這種混亂和困頓之中逐漸躍起，台灣會成為遠東地區另一個民主前哨。」

在異鄉麥迪遜安靜的夜裡，周斌明完全被李天福的文章說服並且感動了。一個清楚的理論體系，一種強烈的道德訴求，從李天福的筆下，順利轉移到周斌明的心中。對於國民黨的敵視，對於台灣

獨立的憧憬，點點滴滴、零零散散得到的片段觀念，大抵只是來自於廖史豪簡單的啓蒙，和自己浮面的觀察與思考，眞正完整成形，眞正清晰融會，眞正從小小的我進入大大的我，從個人遭遇提升到民族情感，這個靜夜對周斌明而言，無疑是一個重要的契機。

3

　　港灣的訪客陸續增加，一九六〇年夏天，周斌明的堂弟「周式毅」來了，吳三連的兒子「吳得民」也來了，都是來威斯康新唸書。同一個夏天來的，還有五、六個台灣的留學生，沒有一個例外，都很快成爲周家小公寓的常客。這年年底，一個訪客最特殊。這個訪客來了就不走，看樣子好像已經下定決心，要在周家住很久，可是他的年齡應該還不會下決心。他還很小，非常小，生命剛剛開始，什麼都還不知道。他是吳秀惠的頭胎，周斌明的長子。興高采烈卻手忙腳亂的年輕父母寫信向台灣的家人報喜，嬰兒的祖父，不得志的律師周耀星堅持要替孫子命名。初生的嬰兒有名字了，叫做「周孟棟」。年輕父母抓住漢文名字的尾巴，運用翻譯手法，同時也給嬰兒取了一個英文名字「Tony」，不知道爲什麼，碰巧帶著明顯的日本味道。

　　第一次做母親，雖然已經二十九歲，不算年輕的產婦了，吳秀惠卻完全沒有育嬰的經驗。白天必須上課，還要做研究員；第一次做父親的周斌明也忙，讀博士，又要做醫師，嬰兒必須找奶媽看顧。花錢，接送，生活的步調緊湊許多，偏偏還得擔心，美國奶媽

不會照顧台灣嬰兒。擔心也是白費，難道能夠把嬰兒帶進教室？夜晚好些，三個人在一起，小小的公寓裡，有嬰兒稚嫩的哭聲，更像一個家了。嬰兒必須定時吃奶，吃的是牛奶。時間一到，嬰兒一哭，父親和母親就爭先恐後，找奶瓶，找熱水，沖泡。許多事看別人做起來簡單，自己做，才知道困難。想到自己的幼年——事實上已經是童年，幼年哪裡還有記憶？童年種種，日本門司，台灣台南、台北、花蓮，甚至中國上海，彷彿都是自己自然長大，並沒有特別感覺父母親的存在，為什麼碰到自己親身照顧嬰兒，就格外忙碌麻煩？

雖然生活步調緊湊了，留學生之間週末固定的聚會依舊繼續，平時也會有人三三兩兩，晚飯以後過來聊天。要吃要喝，自己動手，主人沒空，沒有關係。港灣是大家的，當成自己的家就好。聚會不曾受到影響，嬰兒的來臨，還讓大家在嚴肅的政治話題之外，多了輕鬆親切的談助。女性留學生似乎更喜歡來了，來了就逗嬰兒玩。

訪客持續增加，第二年夏天，來了將近十個。麥迪遜的台灣人，數目接近三十了，聚會的時候，小小的公寓幾乎擠不下去了，有人建議主人換房子，主人搖頭苦笑，多出一個嬰兒，彷彿不只多了一份開銷，因為嬰兒不懂得節儉，或者說，做父母的，從來不會想到，嬰兒的生活，也可以節儉。獎學金就是那麼多，住院醫師的性質也有那麼幾分義務性或研究性，收入有限，不能增加房租。擠不下根本是不可能的，因為沒有任何一次，聚餐的時候有人被擋在

門外，只是有人必須站著或蹲著而已。

　　一九六二年初春，小小的公寓更形擁擠了，因為周孟棟的弟弟加入周家的行列了。吳秀惠的意思，年紀老大不小了，生小孩必須趁早，兩個孩子才差一歲多。名字仍然是律師取的，叫做「周偉棟」，英文名字是漢文的諧音「Winston」，年輕夫婦的翻譯傑作。忙碌加倍，第二次做父母的周斌明和吳秀惠發現，經驗的作用有限，因為曾經替第一個孩子做過的任何動作，第二個孩子同樣需要，都必須重覆。經驗並不能讓動作或過程簡化，這樣的經驗對於偷懶來說，沒什麼用。再說，大的還太小，幫不上忙，不時哭鬧，似乎在抗議他原本獨佔的權利，遭到分割，往往更讓父母橫衝直撞。

　　儘管橫衝直撞，台灣人的聚會依然照舊，關心台灣前途的討論，每個週末的夜晚還是同樣在小小的公寓裡，點燃留學生的熱情。周斌明和吳秀惠的看法相同，撫育小孩的忙碌會成為過去，台灣人在麥迪遜餐敘的傳統必須永遠延續，一個點，一個溫暖的點，可以凝聚台灣心靈的點，不容易形成，不可以中斷——除非這樣一個點已經夠大，可以慢慢發展成同鄉會。麥迪遜的點還太小，需要用心呵護。

4

　　一九六二年三月，周偉棟剛剛出生不久，積雪還沒有全部融化的一天晚上，周斌明接到一個陌生男人打來的電話。男人自我介紹，說他住在費城，叫做陳以德，是台灣獨立聯盟現任的主席。陳

以德很客氣，說想約個時間，前來麥迪遜拜訪台灣留學生，問周斌明是不是方便找個地點，大家聚一聚。周斌明有點意外，不能確定為什麼陳以德知道自己的電話號碼。轉念一想，做這種工作的人，為了發展組織，當然需要四處打聽，電話號碼又不是什麼秘密，陳以德知道，沒什麼奇怪。除了有點意外，周斌明接下來的感覺是高興，台灣留美學生，開始從事獨立運動的傳奇人物之一打電話來，本身就帶有一點神秘的驚喜，何況，周斌明也想更進一步瞭解美國地區台灣獨立運動的現況，光靠傳單、雜誌，光聽同鄉轉述、談論，總是隔了一層。當事人肯來，有機會當面請教，那是最好。

周斌明答應安排場地，同時約集台灣留學生。談妥來訪時間，因為是晚上，周斌明就請陳以德早點來，當天一起吃晚飯，陳以德連聲道謝，並且提醒周斌明一切盡量秘密進行，才把電話掛斷。

場地不必另外安排，小小的公寓最恰當，大家來來去去，早就習慣了，而且隱密安全。通知卻必須鄭重，因為傳奇人物要來，不是普通的聚餐。周斌明決定不打電話，一律當面邀請，清楚說明聚會原因，表示誠意，同時慎重保密。周斌明親自邀請，也拜託太太吳秀惠幫忙邀請。將近三十個留學生，長期以來持續進出港灣的同鄉好友全部邀請。不過進行不大順利，邀請到的，阿殺力答應要來的不多，大部份的反應都是明顯推託，有的說正好有事，有的說報告還沒有趕完，當然也有的明白表示，對政治沒有興趣，或者還不方便跟陳以德接觸等等。吳秀惠有點沮喪，也有點洩氣，平時聚會，吃喝之餘，談了那麼多台灣政治，顯然效果有限。周斌明比較

樂觀，安慰他的太太，人性本來就有非常軟弱的成分，白色恐怖驚嚇過的台灣人，面對絕頂敏感的台灣獨立，欠缺坦然，欠缺勇氣，本來就可以理解。再說，瞭解或推展運動需要心甘情願，勉強參加也沒什麼意思。

約定的時間到了，陳以德坐著朋友的車子來到麥迪遜。陳以德先下車，他的朋友把車子停妥以後，也跟著下車。陳以德立刻介紹他的朋友，說是叫做「柯文廷」。兩個人都神采奕奕、滿面笑容，絲毫沒有剛剛長途開車的疲態。陳以德看起來大約三十歲，柯文廷更年輕。陳以德和周斌明差不多一般高矮，柯文廷高很多，而且壯碩，顯然擔任的，除了司機以外，還有保鏢的角色。港灣的常客，來了六個。碰巧有一個剛剛離開台灣的宋姓留學生，當天抵達麥迪遜，來周家暫住，幫主人捧了人場。周斌明原本也不認識這個年輕人，同鄉去接機，沒地方過夜，就送來周家。以前留學生剛來，還沒有安排好住處，習慣上都是由周家暫時接待。年輕人因緣際會，算是習慣的巧合。加上客人，加上主人，連兩個孩子都算進去，總共正好十三個，晚餐桌上，一點也不擁擠，跟平常的聚會不一樣。

飯後開始談天，客人當然是主角。柯文廷很沈靜，從頭到尾幾乎都沒有開口，除了微笑，除了喝飲料。陳以德恰恰相反，控制全場，講了很多話，幾乎沒有時間喝飲料。因為話題嚴肅，也沒有機會微笑。陳以德先推崇大家對台灣前途的關心，說他們在費城，常常聽到麥迪遜聚會的消息，極為感佩云云。當然趁機大大稱讚周氏夫婦的慷慨好客。接著說為了宣傳台灣獨立的理念，他們經常巡迴

中西部地區的有名大學，邀請台灣留學生，舉辦小型座談會。最後
進入主題，談到台灣獨立聯盟的種種，希望大家共襄盛舉，能夠親
身加入，一起打拚當然最好，如果不方便加入，捐款贊助也非常歡
迎：

「有人出力，有人出錢，角色不同，貢獻一樣。」

沒有人表示願意加入，不過都捐了一點錢，除了碰巧抵達的宋
姓留學生。這個第一次長途搭機出國的年輕人非常疲倦，說是因為
時差，坐在椅子上就打起瞌睡，比柯文廷更少開口，更少微笑，也
更少喝飲料。周炆明本來想叫年輕人先去休息，可是公寓很小，唯
一的臥室就是主人一家四口睡覺的地方，客人來了，必須在客廳打
地鋪。客廳熱鬧滾滾，只好暫時委屈年輕人。

夜深之後，港灣的常客陸陸續續離開了，最後客廳只剩主人和
三個客人。年輕人繼續打瞌睡，柯文廷還是保持沈默，吳秀惠開始
清洗碗盤，原本座談的情勢轉變，成為周炆明與陳以德兩人的對
話。這個時候陳以德開口邀請周炆明加入台灣獨立聯盟：

「你在這裡有影響力，聯盟非常需要。聯盟還很小，而且僅僅侷
限在美東地區，迫切需要發展開來。」

「我還不能加入，」周炆明誠懇回答：「我還太忙，要唸學位，
要做醫師，孩子又那麼小。客觀條件不夠，加入也無法全心投入，
我不喜歡這樣。但是，只要你們不棄嫌，有什麼吩咐，我一定盡力
而為。」

這是第一次，台灣獨立聯盟表態吸收周炆明，周炆明婉拒。

這天晚上，陳以德、柯文廷和宋姓年輕人就在客廳裡打地鋪，小小的公寓裡，三月下旬冰冷的夜晚，睡了七個台灣人。

第二天上午，陳以德和柯文廷離開之後，年輕人神色畏縮，明顯緊張地問周斌明怎麼會認識陳以德。周斌明說也不是什麼認識，彼此還是第一次見面呢。年輕人勸告周斌明，不要跟陳以德來往：

「當兵的時候，我們連上的政治指導員有說過，陳以德是壞人，在美國搞台獨，叫我們如果以後來美國，不能跟他接觸，要不然就永遠回不了台灣。周醫師你是好人，去機場接我的那個學長說你是很好的好人，好人不要跟壞人交往。昨天晚上我真是嚇壞了，整個晚上都沒睡。周醫師你不要生氣，假如我知道那個人要來，無論如何我不會來住你家。一個人的清白很重要。」

「好人壞人如果那麼容易分辨，」周斌明覺得年輕人的憨厚正是一種台灣文化的類型，心底充滿悲憫，但也有點想笑：「世界上怎麼會有那麼多騙局？你自己以後慢慢看，再下結論。好啦，沒事啦，你收拾一下，我很快帶你去學校宿舍看看，聽說今年還有床位，新生優先分發，你是外國人，應該有機會。」

5

這年五月，周斌明碰到麻煩了。不是永遠回不了台灣，像年輕人擔心的那樣，而是，恐怕被迫，不得不提前回去了。

按照國民黨政權的規定，台灣留美學生的護照，有效期限僅僅只有一年。期限到了，必須申請延期，向國民黨的領事館申請。任

何蠢笨的台灣人用膝蓋想也知道，這是國民黨政權控制台灣留學生的醜陋伎倆，誰不聽話，誰敢亂來，誰的延期申請就有困難。護照失效，美國的移民局就可以驅逐遣送，不要說什麼攻讀學位，連待下去都不可能了。護照延期申請，是國民黨對付留學生最惡毒的手段之一。

在麥迪遜地區，留學生申請護照延期，照例利用郵寄，向芝加哥的領事館提出。沒有什麼問題的，同意延期的護照，半個月左右吧，就會經由郵局寄回來，護照持有人本身，不必長途開車勞累。

周炆明把護照寄去領事館，半個月過去了，護照沒有寄回來。又等了半個月，還是沒有任何消息。周炆明有點擔心，可是怕影響吳秀惠，始終不曾說出口。而且，知道自己沒有做過什麼壞事，心頭穩定，擔心的程度並不嚴重。

又過了半個月，護照仍然沒有寄回來，倒是有人打電話來了。打電話的人自稱是領事館的官員，叫周炆明去芝加哥面談。周炆明向同鄉借了一輛舊車，開往芝加哥。吳秀惠不放心，跟他去。兩個孩子，拜託奶媽照顧。抵達領事館，周炆明進去，吳秀惠在外面等。領事館的一個什麼官員，講中國話的，跟打電話那個口音不一樣的，開口就告訴周炆明護照延期不准，原因是，台灣方面的外交部送來資料，顯示周炆明跟台獨份子陳以德合作：

「跟台獨份子合作，不能讓你繼續留在美國。」

「我哪有跟陳以德合作？」周炆明心中驚慌，腋下開始冒汗：「我什麼時候跟陳以德合作？」

「你接下來就會說，」官員官腔官調：「你根本不認識陳以德對不對？台灣人就是這樣，敢做不敢當。」

「我認識陳以德，怎麼不認識？可是我沒有跟陳以德合作。」

「你沒有跟他合作，幹嘛要跟他認識？」

「合作是合作，認識是認識。合作跟認識是兩回事，難道你跟每一個認識的人都合作過嗎？」

「你還想要狡辯？你以為你台大醫科的高材生就了不起，就會狡辯？」官員嘴角掛著冷笑：「證據清清楚楚，你安排陳以德來你家，宣傳台獨，還在你家過夜，這些事情不是合作是什麼？」

「陳以德自己要來的，」周斌明又驚又怒，這種事情，怎麼他們一清二楚：「不是我安排他來的。大家都是台灣人，誰要來麥迪遜，我都會招待，這只是同鄉的感情，台灣人的感情，不是什麼合作。」

「你口口聲聲台灣人，光憑這點，就可以吊銷你的護照。」

「台灣人怎樣？台灣人有對不起你們中國人嗎？」

「這樣說來，你就是不承認台灣人是中國人了，那麼剛剛好，你也就不必拿我們中華民國的護照了。你去申請你們台灣國的護照吧。」

談話就這樣僵住了，既然是不同國家的人，而且是統治者和被統治者的對立，根本不可能有交集。看來他們早就決定拒絕我周某人的申請，叫我來領事館，只是為了當面羞辱我而已。問題是，沒有護照，怎麼繼續在美國待下去？太太呢？小孩呢？周斌明心中一

片迷惘，什麼話也說不出來。

「當然，政府是愛護人才的，政府寬懷大量，一向以德報怨，」官員的話還是冷冰冰的：「只要你肯改過，政府仍然願意給你一個機會。」

周斌明抬起頭，注視著官員。忽然聽到事情彷彿有了轉機，本能的反應竟然又產生了一點希望，一點點可恥的希望。

「如果你答應，保證以後絕對不再參加任何有關台灣獨立的政治活動，不再跟台獨份子來往合作，簽一張悔過書，政府也不是不可以延長你的護照。」

「我這麼忙，」周斌明誠懇回答，正如面對陳以德一樣：「又要讀博士，又要做醫師，還要照顧兩個小孩，哪裡能夠參加什麼活動？」

「這樣最好，這樣你就簽一張悔過書。」

「我又沒有做錯什麼事，為什麼要簽悔過書？」周斌明的怒氣再度上升：「我說了就算！熱血男兒不說謊，不必簽什麼悔過書。」

「如果你連一張悔過書都不簽，怎麼能夠證明你有悔改的誠意？政府的好意你不接受，最後吃虧，不要怪罪政府。」

「我已經講過多少遍了，我這麼忙，根本沒有時間參加什麼活動，你為什麼不相信？你不相信我講的話，反而相信什麼悔過書，這樣對我來說，是雙重的侮辱。」周斌明越講越氣，熊熊的火苗在心底燃燒：「你不相信我講的話，就是侮辱我，叫我簽什麼悔過書，更是侮辱我！台灣人民繳交稅金養你們，是要叫你們替人民做

事，不是要叫你們這個樣子侮辱台灣人民，刁難台灣人民。」

「台灣人民台灣人民，你口口聲聲台灣人民，到底你心裡面有沒有中華民國？難怪你這種人會跟台獨份子合作！莫名其妙！你究竟繳了多少稅金養過我？」官員顯然也動怒了：「既然你這麼不識好歹，我看政府的好意對你來講是白費了，你就請便吧！」

「請便的意思是什麼？」周炆明猛然站起身來：「你可以趕走人民嗎？你是人民的奴才，你有資格叫人民請便嗎？」

「我就是要叫你請便，我還要叫你滾蛋，不服氣的話，把我們推翻啊！等到你們當家作主了，再來清算我啊，再來鬥爭我啊，反正你們這些台獨份子，暴力份子，共產黨，什麼做不出來？對你客客氣氣，給你一條活路，你還兇！什麼東西嘛，呸！」

「你講大話，你以為台灣人好欺負，你乞丐趕廟公，」周炆明掉頭往外走：「你等著。什麼臭護照，我不要了，馬格也魯！」

「男子漢，有種！」官員把原本攤在桌子上面的周炆明的護照遠遠丟進牆角的垃圾桶：「你太太也一樣，不必寄來申請延長了。」

怒氣沖天的周炆明走出領事館，跟迎上前來的吳秀惠大概講了一下面談的經過。吳秀惠淚如雨下，忽然衝進領事館，把垃圾桶裡頭周炆明的護照撿出來。明明知道護照已經失效了，吳秀惠不明白自己為什麼還要把它撿出來。

事情已成定局，夫妻相對無語。芝加哥初夏的天空無雲，空茫茫一片憂鬱的深藍，就像年輕夫妻兩顆空茫茫憂鬱的心。

6

護照失效，寬闊廣漠的美國，路程已到終點。對於留學生而言，沒有更嚴重的懲罰了。沒有護照，就可能隨時被驅逐，被遣送。書不能唸了，博士不能讀了，工作不能做了，醫師執照不能考了，一句話，就算變成黑戶，在美國非法居留，也完全沒有生存的空間了。一旦遭到遣送，國民黨將會如何對待？廖史豪什麼也沒做，就悽慘落魄，被他們認定和台獨份子陳以德合作的人，會有什麼下場？

「天無絕人之路，」吳秀惠先恢復冷靜：「只要移民局同意讓我們居留，不立刻遣送我們，說不定事情還有轉機。」

吳秀惠建議馬上前往移民局說明真相，同時請教對策。

移民局在密爾瓦基，兩個人心底空蕩，直接開車過去。接待的官員瞭解兩人的身份以後，相當親切，暗示兩人找律師出面，向移民局爭取，說類似的狀況，也許有機會獲得政治庇護：

「需要上級決定，我很小一個，沒有權力。」

回到威斯康新，周斌明把一切都跟指導教授講了。周斌明一直跟指導教授處得很好，指導教授對他也非常照顧。指導教授相當著急，幫忙介紹了一個美國籍的律師，是學校法律系的一個教授，開始爭取兩人居留美國的機會，渺茫的機會。

根據律師的說法，想要繼續居留美國，必須找到足夠的理由，向移民局申請。假如申請被駁回，半年內找不到其他的理由再度申請，就有可能被遣送出境。當然，如果能在半年內找到新的理由，

又提出申請，移民局就沒有權力遣送，必須等到申請駁回，又過半年，沒有新的理由提出。所以如果能夠找到許多不同的理由，不斷提出申請，就可以爭取到許多個半年，這樣的一個戰術，是一個合法而有效的戰術。至於什麼樣的理由是移民局可能採信的理由：

「我會幫兩位找。律師就是在這個方面，可以提供一點幫助。也許最後找不到，兩位還是必須離開，但是我們能夠爭取一些時間，讓兩位把事情做完，比如說學位。把學位讀完，這樣就夠了嘛，不是嗎？你們本來就是來拿學位的，拿到學位就要回去了，不是嗎？」

「拿到學位大概還需要兩年，」說話的是周斌明的指導教授：「當然，本來拿到學位就必須回台灣，周斌明拿的是Fullbright的獎學金，照規定，必須回去。可是現在的情況是，回去有可能坐牢，這一點也必須考慮進去，不是嗎？」

法律種種，周斌明完全不懂，除了不斷道謝，很難表示意見。

生活當中突然充滿各種壓力。隨時擔心遭到遣送，這是一種壓力；無法確知國民黨的抓扒仔藏在那裡，這也是一種壓力。事實極為明顯，身邊藏有抓扒仔。假如不是有人通風報信，陳以德來到麥迪遜的事情，國民黨怎麼能夠一清二楚？假如沒有陳以德事件，護照慘遭吊銷的風波怎麼可能發生？追根究柢，如果麥迪遜沒有國民黨的抓扒仔，所有的難題都不會發生。獨裁政權為了自我鞏固，到處安排秘密細胞，監督人民，蒐集情報，這樣的事實不難理解，問題是，出現這種無形無體而又確實存在的動物以後，人跟人之間的互信，團體當中的親近，立刻面臨瓦解的困境。多麼不容易啊，用

一個小小的公寓，製造台灣人相聚的溫暖港灣。多麼不容易啊，大家在一起，如同兄弟姊妹。這樣的親情，這樣的友誼，難道眞的要讓它冰消瓦解？當然不要，可是，如何繼續下去？崇尙熱情理想，追求高尙誠實，想要成爲完整的人、眞正的人，周炌明和吳秀惠絕對不願意隨便懷疑別人，特別是懷疑親密相處的朋友，問題是，人類總有自我保護的本能啊，而且，繼續誠懇相處也不能只靠單方面的意願啊。將近三十個台灣人，每一個都知道陳以德要來周家啊，都互相知道啊，都會互相懷疑啊！

第九章　需要真有擋頭

1

　　移民局的事，周斌明可以交給律師處理，但是台灣人的事，沒有任何人能夠代勞。台灣人的事，就大我的層面而言，當然比移民局的事重要。移民局的事沒有處理好，了不起只是周斌明夫婦遭到遣送。台灣人的事沒有處理好，影響到的，可能就是整個美國地區的台灣人運動。事情會流傳，像風。台灣人的事情會在台灣人的生活圈中流傳。一個台灣學生，因為接觸台獨人物，被抓扒仔打小報告，不得不離開美國，這樣的事情在留學生當中一旦傳開，不僅台灣獨立聯盟再也難以擴散發展，恐怕所有的台灣人團體，包括聯誼性質的同鄉會在內，都會面臨無以為繼的窘境。假如台灣人開始人人自危，擔心被打小報告，自我封閉，什麼活動都不再參加，當然任何團體都無法組成，更不要說什麼發展了。萬一真的這樣，最高興的，豈不是國民黨？

　　周斌明決心不讓國民黨高興，他要讓港灣的台灣人聚會持續下去，並且要把這種家庭式的餐聚發展成公開的同鄉會，或至少，同學會。周斌明知道，學校裡有許多公開的同鄉會或同學會，因為威斯康新外國學生很多，不同國家的人民或學生，在學校裡頭都有各自的團體，向學生議會登記，就可以公開活動，還可以免費利用學校的設備集會。不但活動方便，而且由於是合法登記的社團，萬一

受到干擾，學校也會出面保護。公開登記的好處很多，除了方便，除了有保護，還可以傳承，老的離開了，新的又來，不會中斷。港灣的聚會當然好，但是客觀上面的限制太多，畢竟不是永久之計。

不過台灣人要在學校裡登記正式的社團，比其他地區的人民或學生困難，因為台灣不是一個獨立的國家，反而有一個沒有領土的什麼中華民國盤據在台灣島上，學校根據國際慣例，承認所謂的中華民國，不承認台灣。在威斯康新，就有一個公開登記的中國同學會。名稱是「中國」，事實上所有的成員都來自台灣，台灣的中國人，不是真正的中國人，當然也不是台灣人。但是他們就這樣鳩佔鵲巢，大搖大擺享受學校的資源。曾經有過幾次，周炘明試著向學生議會探詢，能不能用「台灣」的名稱登記社團，得到的回答都是，已經有了，台灣地區的中華民國已經有正式社團了，不必重覆登記了。有一次，學生議會還特別告訴周炘明，這樣的回答曾經徵詢過中國同學會的意見。

以前嘗試沒有成功，周炘明生生氣，也就算了，心裡面的想法是，反正人還不多，不必急。但是面臨個人可能遭到遣送、港灣成員必然互相懷疑的關鍵時刻，周炘明決定積極進行。一方面，可以展現絕對不向國民黨低頭的決心，另一方面，希望緊密凝聚港灣台灣學生的向心力，一致對外，謀求內部的和諧、互信與團結，重振士氣。周炘明相信，唯有鼓舞勇氣，正面對抗，才有可能減弱國民黨和抓扒仔的氣焰，增加各地台灣人團體，甚至台灣獨立聯盟的信心。戰鬥越正面，信心越能堅強，戰果越豐碩，勇氣越能增加。退

縮只有死亡。

周斌明取得部份港灣成員同意，正式向學生議會提出成立「台灣同學會」的申請。學生議會拒絕，理由是學校裡頭已經有一個中國同學會了，台灣來的學生可以參加中國同學會，沒有必要另外組織其他同學會。老調重彈，周斌明並不意外，便投書校內刊物，詳細說明台灣人不是中國人，台灣學生不參加中國同學會，同時指控學生議會勾結國民黨，打壓迫害台灣學生，並且建議舉辦討論會，請校方有關單位列席，讓反對與贊成的雙方代表公開陳述辯駁，再由校方裁決是否應該准許台灣學生成立同學會。投書得到正面回應，校方出面主辦，周斌明代表台灣學生，學生議會果然找了一個來自台灣的中國學生出席發言，立場盡失的學生議會哪有獲勝的可能？辯駁結果，校方允許台灣同學會正式登記。

從此台灣學生的聚會可以使用學校場地，不必再去周家小小的公寓了。活動公開，事先可以貼海報宣傳，也歡迎其他國家的同學隨時參與，還可以舉辦一些介紹台灣鄉土民俗的講座，多采多姿，參加的人當然比從前多，不但台灣人的活動可以延續下去，而且氣勢興旺，終於不必再讓中國同學會假冒台灣，獨享資源。周斌明在鬱悶的心情底下，也稍微吐了一口怨氣。

年底，聖誕節前夕，威斯康新大學照例在活動中心舉辦規模盛大的國際日活動，讓各國學生有機會展示家鄉的種種，互相交誼認識。活動開始之前，有一個插國旗的儀式。在活動中心正面的大牆上，校方用軟性的質料做成很大的世界地圖，主辦單位按照參加團

體的英文名稱第一個字母的先後順序唱名，被叫到的團體，就派人走到地圖前面，把自己準備的國旗插在自己的國家上面，其他同學就鼓掌歡呼，很熱鬧，也很有趣。台灣同學會當然參加了，可是沒有國旗可以插。周炆明、吳秀惠和幾個成員便事先設計了一面，藍色的布，中間縫上一個綠色的台灣島，拿到活動中心去。開始唱名，中國同學會China先叫到，就有中國學生把青天白日的什麼旗子拿去插在台灣島的地圖上。繼續唱名，後來就唱到台灣同學會Taiwan，周炆明拿著旗子走到地圖前，先把青天白日的旗子拔下來，插到中國去，再把藍底台灣旗端端正正插在台灣島上。中國學生馬上向主辦單位抗議，主辦單位沒有受理，反而幽了一默，透過麥克風，要求大家不要認錯自己的國家。周炆明和台灣同學樂不可支，拚命歡呼鼓掌。

2

繼續居留的申請被移民局駁回。律師所用的第一個理由是指導教授提出來的，指導教授出具證明，認為周炆明在醫學上面的研究非常優秀，希望移民局讓他和太太留在美國，修完博士學位。移民局不認同這個理由，必須再找新的。律師和周炆明夫婦有半年的時間。律師還說，因為周炆明當年離開台灣，拿的是「交換訪問」的簽證，不是一般留學生的簽證，所以處理起來更困難。

陳以德建議申請政治庇護。陳以德不知道為什麼，得知周炆明的遭遇，除了一再表示歉意以外，也經常打電話關心。周炆明和律

師商量，律師說不大妥當，因為事實上國民黨並沒有具體迫害周斌明，周斌明仍然照常唸書、活動、做醫師，取消護照延期，頂多只是「干擾」而已，沒有「迫害」。陳以德說如果周斌明是台灣獨立聯盟的盟員，國民黨因而取消他的護照延期，應該就可以算做政治迫害。周斌明問律師，這樣的說法有沒有道理，律師說也許有點道理，問題是，周斌明不是盟員。陳以德表示，他願意寫信給移民局，證明周斌明是，反正絕大多數的聯盟盟員身份都保密，是不是盟員，沒有幾個人知道，陳以德說是，就是，何況周斌明因為聯盟受害，也是事實。周斌明不同意。他以為是就是，不是就不是，不應該欺騙別人，也不應該欺騙自己。特別是，不應該利用台灣獨立聯盟這樣一個團體來做為自欺欺人的工具。陳以德說，那麼立刻加入也可以啊，立刻加入就真的是盟員，就沒有任何欺騙，周斌明還是不答應，理由是，這樣仍舊是利用台灣獨立聯盟，變相地利用台灣獨立聯盟：

「應該加入聯盟的時候，我一定會加入。不過一旦我加入，理由一定是道德的，一定是純潔的。我的看法是這樣，追求台灣獨立是一個聖潔的理想，一個崇高的、沒有任何私心的理想。要完成這樣的理想，必須使用相同聖潔崇高的方法，組織相同聖潔崇高的團體，才能得到台灣人完全的支持與信賴。我希望台灣獨立聯盟是這樣的一個團體，不可以因為我個人的私事，利用它、破壞它。我們再找其他理由，不必擔心，反正又不是明天就要被遣送。」

半年以後，律師提出去的理由還是政治迫害。律師說，總是一

個理由，目的是要爭取時間，盡量拖延。

　　真的只是拖延而已，申請還是被駁回。不過律師的判斷正確，這樣一來一往，一申請一駁回，果然又為周斌明爭取到不少時間。駁回之後固定的半年緩衝期不說，申請期間，移民局正常作業，決定是否核准，也要一段時日。律師說，時間最重要，有了時間，不但周斌明夫婦可能修完學位，還能動腦筋，找到新的理由。

　　新的理由又送上去了。這次找到的是，孩子還小，需要父母照顧。孩子在美國出生，按照美國法律規定，當然是美國人，周斌明夫婦為了照顧撫養美國人，不得不留在美國。周斌明問律師，既然孩子是美國人，難道不可以替雙親申請居留權嗎？律師回答，滿二十歲以前不可以。長子一九六○出生，必須到一九八○才滿二十：

　　「太久了，等不到那個時候。不過你這樣一說，倒是令我想起一件事，假如你的父母是美國人，就可以替你申請，兒子必須年滿二十歲，父母當然早就超過二十歲了。你的父母是美國人嗎？」

　　「不是，」周斌明搖了搖頭：「他們是台灣人，不過很可能是日本籍，如果他們回台灣時，沒有變更國籍的話。」

　　「那麼，」律師轉頭問吳秀惠：「周太太的父母呢？」

　　「台灣人，不得已，中華民國籍。」

　　3

　　台灣同學會組織的成功提升了周斌明的鬥志，申請延長居留的挫敗也加強了周斌明孤注一擲的決心。一九六三年中期，周斌明結

合了威斯康新大學台獨意識比較明顯堅強的留學生十人左右，組成了「台灣問題研究會」，希望透過學術性的研討，讓台灣問題國際化，引起世界各國，特別是美國注意的同時，也能喚醒其他地方的台灣人或留學生共同關心。研究會每個月開會一次，正式的嚴肅會議，不是聯誼性質的聚會，也沒有輕鬆的餐敘。第一次開會，就發現成員的背景相當類似，除了周斌明以外，幾乎唸的都是文科，都是社會科學，甚至就是政治。爲了爭取美國人的認同，研究會還找了兩位美籍政治學教授做爲支持者，參與開會。除了開會，研究會同時對外辦活動，政治性的演講活動。每次辦活動，都由周斌明具名，其他成員的身份保密。周斌明說，反正自己在國民黨的檔案裡頭是黑的，要黑就黑到底，其他成員沒有必要冒險。名義上，研究會不設領導人，實際上，周斌明扮演的，正是領導人的角色。

周斌明很滿意。學校裡面，兩個台灣人的團體，一文一武，各自發揮功能。文的是台灣同學會，軟性的，聯誼的組織，可以吸引台灣學生參加，輕鬆快樂，沒有什麼顧忌。武的是台灣問題研究社，硬性的，政治的，學術性的社團，嚴肅面對台灣問題，希望在校園內外廣泛發揮影響力，拓展台灣獨立運動的空間。周斌明期待兩個社團能夠分進合擊，互相配合，並且打算從同學會的活動中，積極觀察吸收，增加研究會的成員。

這年年底，研究會的成員增加到十四個，周家的成員也不甘落後，增加到五個。吳秀惠產下第三胎，還是男生。結婚滿四年，吳秀惠連生三胎，都是男生，兄弟之間，都只差一歲半。這樣的安

排，當然是吳秀惠的意思，她總認為自己已經是高齡產婦，要生必須趁早，一口氣完成。她計畫不論男女，生三個，密集處理。她迅速達成計畫，很有效率。不過，三個小孩連成一串，好像綁肉粽一樣，先生又內外忙，唸書、看病、參與社團運動，還得操煩居留問題，沒有時間，也沒有精神再幫忙照顧小孩，吳秀惠必須為自己的計畫付出代價。代價就是，中斷學業，不修博士了，做一個專職的母親，全心全力撫育小孩。既然不唸書了，酵素研究所的工作也就不必做了，獎學金更不用說，自然也消失了。從此，周炑明必須獨自負擔一家五口的生活費用。小小的公寓不能搬，雖然擁擠，可是房租便宜。便宜就是最大的優點，其他不必多考慮。生活以外，聘請律師爭取居留權的開銷才驚人，而且似乎無止無盡——還怕盡頭是無路可走！幸好指導教授說，他願意跟律師講講看，當事人真的窮困，至少費用打個折扣。指導教授並且替周炑明爭取，住院醫師的薪資稍微有了提升。

台灣的失意律師又有機會表現了，又可以替孫子命名了，這次他取的名字叫「周攸棟」。律師來信表示，這個名字用台灣話唸起來，有一點「真有擋」的味道。他替孫子取這樣的名字，是為了鼓舞兒子，面對困境必須堅持到底，真有擋頭。當然也希望這樣的名字，帶給周家好運，擋真久，順利克服所有的難關。不過，用意如此深遠的漢文名字，要翻譯成英文，卻難倒周炑明夫婦了。思前想後，只能依樣畫葫蘆，比照兩個哥哥英文名字命名的方式，叫做「Hugh」，發音跟中間那個「攸」有點類似。

台灣的律師與兒子同樣著急。兒子周炆明有事，媳婦定時的家信中一五一十報告。嚴肅沈默究竟不是無情，律師心焦如焚。律師恐怕比兒子更清楚，假如遭到遣送回台，必須面對怎樣的命運。律師拚命鑽研各種法規，希望能夠幫兒子解套。律師想到的是，重新搬回日本，正式辦理歸化，再幫兒子申請日本國籍。有了日本國籍，想要居留美國，應該就比較容易。律師本來就有日本國籍，返回台灣之後，放棄了，不過律師是天皇加封的特任官，只要回到日本，復籍並不困難。對於中國人的社會，律師早已絕望，多年來，不只一次想要離開台灣，如果是為了幫助兒子，不得不離開，那眞是天經地義。

　　現實的情況是，就算律師想要在台灣繼續住下去，都有困難，都必須跟兒子在美國一樣，必須眞有擋頭。自從兒子在美國出事以後，律師就不斷受到干擾。一天到晚，有人去事務所問東問西，都是問的周炆明的點點滴滴。問的人是誰，律師不一定清楚，但是憑著職業性的敏感，律師八九不離十，可以猜出他們抓扒仔的身份。只要是狗，遠遠就有狗味，掩飾不了。這麼多抓扒仔來來去去，即使沒有收到媳婦的信，律師直覺判斷，也能知道兒子出事。特務頻繁干擾的結果是，律師夫婦的心裡產生恐懼，不知道國民黨會不會隨便株連，同時，律師的業務迅速下跌，原本生意就不怎樣，一旦下跌，事務所簡直可以關蚊子。家人要吃要喝，最後面的兩個女兒周月澄和周月玲都還在唸書，沒有收入要怎麼生活下去？經濟上的窘迫也許可以忍耐，擔心遭受株連的恐懼也許可以克服，但是兒子

的困境怎麼辦？光是這一項，就足夠促使律師下決心回日本去了。

一九六四年五月，律師夫婦終於重返日本。距離律師滿懷理想遷回台灣，渴望參與家鄉建設的一九四六年九月，前後將近十八個春夏秋冬。長子周炯奎願意照顧兩個還在唸書的妹妹，其他三個女兒周月坡、周月秀和周月雅分別都已經大學畢業，而且結婚成家了，律師夫婦沒有什麼牽掛。回到日本，律師仍然做律師，國籍恢復了，日本政府還按月發給一份特任官的恩給。意外的恩給律師不在乎，律師最大的渴望是，幫兒子媳婦取得日本國籍。

4

幾乎就在雙親重返日本的同時，周斌明取得博士學位。原本可以快快樂樂慶祝一下的，可惜移民局煞風景。移民局正式行文給周斌明夫婦，要求兩人在半年以內出境，否則就要強制遣返台灣。

律師叫周斌明不必緊張，說移民局發出公文只是一種法律上面的例行程序，一定要這樣做的，但是不一定會執行，其中還有不少可以爭取的空間。既然不是立刻遣送，就可以把握時間申訴。律師說，申訴的管道有很多種，當事人本身當然可以提出理由，希望延緩強制出境的期限，當事人的鄰居好友也可以出面，寫信給移民局，代為求情等等。寫信的人越有身份，越有影響力，可能發揮的作用就越大。律師答應找參議員替周斌明求情，知道周家處境的房東自告奮勇，主動拜託左右鄰居寫信，台灣同學會和台灣問題研究會的鄉親同志也有人替周斌明夫婦打抱不平、仗義執言，共同努

力，營造一種有利於周家繼續居留的客觀情勢。

　　客觀情勢形成了，律師建議周斌明自己也提出必須居留的理由，新的理由，以前不曾用過的理由。總之，還是老招式，想辦法跟移民局拖。周斌明本身反而不大積極，因為新的想法在他心底滋生了。周斌明的想法是，博士學位都已經拿到了，按照當初答應fullbright基金會的條件，本來就應該返回台灣，如果不回去，就是喪失誠信，自欺欺人，違背做人的原則。遣送的目的地既然也是台灣，遣送就遣送吧，反正都是回去。如果真的遭受迫害，再想辦法抗爭吧！事情已經拖這麼久，美國地區應該有很多人知道，這些人當中，意識比較強的，比如說台灣問題研究會的同志，或者是陳以德那邊台灣獨立聯盟的成員，不可能保持沈默，一定會有動作。只要能夠造成眾人注目的事件，刺激台灣人民，讓國民黨的蠻橫無理曝光，個人的犧牲也就有價值了，何必一定要勉強留在美國，麻煩那麼多人？吳秀惠的看法不同：

　　「當初的約定是，學成以後返回台灣服務，不是返回台灣接受國民黨可能的迫害。而且，強制遣返和主動回去根本是兩回事，一種是羞辱，一種是尊嚴，完全不一樣。接受遣返，等於向國民黨投降，對於那麼殘暴惡劣的政權，投降就不是完整的人。」

　　想法雖然改變，可是說到要向國民黨投降，周斌明怎麼吞得下這口惡氣？再說，面對可能的迫害，心中也不是完全沒有恐懼，周斌明終於接受律師的建議，再找新的理由申訴。這次找到的理由是，剛剛出生不久的兒子周攸棟身體過敏，必須留在美國治療。美

國的醫學比較先進，只有美國的醫療設施能夠治療周攸棟，離開美國就不行。幼小的兒子要就醫，父母親不得不留下來陪伴照顧。不讓幼小的孩子就醫，是不道德的，是違背人權的；父母親不留下來，孩子就無法就醫，所以不讓父母親繼續居留美國，因此也就是不道德的，違背人權的。這樣的理由當然是律師幫忙找出來的，不過幼小的周攸棟身體過敏也是事實，美國的醫療設備比較進步，自然也有國際社會的認定：

「我們沒有說假話。法律本來就是這樣，沒有人要求我們一定要說真話，只要不說假話就行。找到最有利的話，說出來，就可能贏。美國這個國家，很講究道德，很重視人權，我們這個新的理由，說不定有效。就算沒有效，至少可以爭取時間。如果你們不希望被強制遣返台灣，就必須爭取時間，不斷爭取時間。」

就照律師的說法，繼續爭取時間吧。也許是為了表示站在同一陣線的善意，律師主動提到，爾後的費用減半：

「剛剛聽到周醫師講的話，想要被遣送的話，我很感動。我敬佩那些為了鄉土同胞，肯犧牲自己，對抗獨裁政權的人，我真的敬佩。事實上，如果不是接了兩位這個案子，我可能永遠不會瞭解國民黨的獨裁和罪惡。我學到了很多，應該付給兩位學費。不管這個案子後來結果怎樣，我都會一直支持你們台灣人的獨立運動。」

周斌明眼眶紅了，伸出雙手，緊緊握著律師的。周斌明決定，不管最後能不能在美國居留，這個朋友，這世人交定了。

「我們必須還要有最壞的打算，」律師再度開口說話：「就算必

須面對遣送，也不能被遣送回台灣。任何可能的具體迫害，我們都必須盡量避免。如果有哪一個國家願意接受你們，遣送的時候，就可以要求不要回去台灣。是不是，你們能夠申請到其他的國籍？」

周斌明告訴律師，父親在為他設法，看看能不能取得日本國籍。律師很高興，說也要試試看，替周斌明夫婦申請加拿大籍。律師說他有朋友，在加拿大很有影響力。

5

夏天，故鄉台灣又有一批年輕學生來到麥迪遜，周斌明帶領同學會的成員，忙著接機，忙著安排他們的食宿，跟往年的夏天一樣；還沒有成立同學會以前，就都一樣。不過今年的夏天，當周斌明忙著同樣的工作時，心情特別愉快，因為新來的年輕學生裡頭，有兩個他熟悉的人。一個是，中學時代曾經跟他一起出外畫過圖的建中學弟林保山，另外一個是，自己的妹妹，剛剛大學畢業的周月澄。兩個熟人來了，周斌明等於多出一雙左右手，尤其是妹妹，幾乎成了三個小孩的專任保母，吳秀惠比誰都高興。在台灣原本彼此不熟的兩個熟人相處的機會多了，林保山不僅引領出周月澄畫畫的興趣，還引領出周月澄青春年少的兒女私情。看到兩人不久以後就出雙入對，周斌明非常高興，還寫信告訴父母親。

父母親不大高興，不是因為女兒跟林保山要好，是因為日本國的大門關得很緊，儘管周斌明不但雙親都有日本國籍，本身還在東京出生，可是，不讓周斌明入籍，就是不讓。

第十章　告別

1

　　一九六四年九月底，台灣問題研究會例行集會的時候，有人提到台灣島內出事了，台灣大學政治系的教授，世界知名的國際法專家「彭明敏」被國民黨逮捕了。原因是，彭明敏和他的學生發表了不利於國民黨政權的什麼言論，國民黨的頭目蔣介石生氣了，就下令逮捕。

　　提出這個消息的成員是因為正好有事打電話回家，聽到台灣的家人講的，家人是從報紙上看到的，報紙的報導很簡單，不清楚，總是就是白色恐怖時期的那一套，涉嫌叛亂，一筆帶過，含含糊糊。報紙的報導已經含含糊糊，家人在電話中又吞吞吐吐，研究會的成員只知道一個大概，加上興奮欣喜，自然有頭無尾，大家希望知道究竟，再三追問，讓這個成員焦頭爛額，根本無法應付。不過，就算消息來源不清不楚，也已經夠讓周斌明和其他成員高興半天了。包括周斌明在內，這群台灣意識強烈、特別關心台灣前途的知識份子，對於國民黨政權的敵視，當然是一致的，希望國民黨早日垮台的心願，也是一致的。更多的人挺身而出，跟國民黨對抗，不論是海外，不論是島內，都能加速國民黨政權的垮台。國際知名的學者勇敢挺身，更能引起世界各國新聞媒體的注意，影響當然更大。人世間還有比加速國民黨政權垮台更令人高興的事情嗎？

　　心中高興的成員分別打聽，幾天以後，比較確切的消息就證實
了。果然是彭明敏被捕了。彭明敏和他的學生彰化人「謝聰敏」、
桃園人「魏廷朝」計畫公開發表「台灣人自救運動宣言」，呼籲台
灣人民推翻蔣家政權，不分省籍，一千兩百萬人團結合作，建設新
的國家，成立新的政府。結果國民黨的抓扒仔技高一籌，傳單剛剛
印好，還來不及散發，就被查獲了。當然，師生三人從此落入國民
黨的魔掌。

　　研究會的成員又興奮又難過，興奮的是，台灣島內終於也發出
了追求獨立的聲音，獨立運動的推展，不再僅僅停留在海外，特別
是日本和美國了。獨立運動的落實，本來就應該在島內，光是海外
有人大喊，畢竟隔了一層。島內終於有人挺身而出了，真是叫人興
奮。難過的是，印好的傳單沒有發出去，勇敢的台灣人反而落難
了。犧牲當然一定會有代價，可是這樣的犧牲，代價未免太過昂
貴？

　　周斌明和成員互相期勉，設法拿到宣言，在海外傳播。大家共
同的看法是，只要宣言能夠傳播出去，台灣獨立的理念就能擴散，
那麼，彭明敏師生三人的犧牲，就不會白費。坐牢的人，已經沒有
辦法繼續打拚，自由的人，必須加倍努力。

　　宣言不容易取得，當事人身陷黑牢，傳單又全部被國民黨拿
去，怎麼可能還有漏網之魚？周斌明辛苦打聽，沒有任何線索。從
未有過這麼強烈的心理，周斌明迫切盼望任何的個人或團體，能夠
把國民黨政權早日推翻。推翻國民黨以後，台灣就是台灣人的，能

夠回到台灣人的土地，是求之不得的事，誰還希罕在美國居留？因為爭取居留權而精疲力盡、內心忐忑的周斌明清楚，只要推翻國民黨，問題就根本不存在了，不必精疲力竭，也不必五內如焚了。解除困擾的關鍵，就在推翻國民黨。彭明敏等人的自救運動宣言，可以號召海內外的台灣人團結奮起，共同為推翻國民黨的艱困事業付出心力，想辦法找出來，設法廣泛流傳，極為必要。

　　越想越亢奮的周斌明心底忽然浮現一個問題，如果美夢果然成真，能夠自由返回台灣人的台灣了，那麼，第一個最想去的所在是哪裡？台北？清水？學甲？還是台南？想來想去，都不是，最想去的，第一想去的，竟然是阿里山，想跟太太一起，帶著孩子，再去。

　　2
　　消息不全是令人興奮的，一九六五年五月中旬，傳到麥迪遜的消息就相當叫人洩氣。廖文毅投降了，接受國民黨政權招安，從日本返回台灣，做國民黨的官員了。

　　長期以來，這個雲林縣西螺地區出身的知識份子扮演的，就是海外台灣人追求台灣自決獨立、反抗國民黨政權的象徵性角色。台灣臨時政府的點點滴滴，偶爾也還會成為媒體追逐的焦點。西螺廖氏家族的政治悲劇，一向也能凸顯國民黨政權的野蠻與殘暴。廖文毅突然接受招安，還跑回台灣做國民黨官，宣示的意義是什麼？是台灣人民自決獨立這條路走不通了嗎？還是不用走了？是國民黨不

再野蠻殘暴了嗎？還是牠本來就寬大爲懷？廖家的苦難怎麼結帳？
從前種種，是廖家的錯誤，還是國民黨的無辜？

國民黨欣喜若狂，媒體處理廖文毅的消息，當然跟處理彭明敏
的不一樣。不必打聽了，大幅報導了，沒有人需要吞吞吐吐了，唯
恐天下不知，詳詳細細，特寫專訪，連國民黨的中國同學會都在校
園裡貼海報慶賀，還舉辦演講活動，廣爲宣傳。

周斌明心痛地看著報紙上的報導。報導裡提到，因爲廖文毅的
歸來，原本有罪坐牢的他的大嫂廖蔡秀鸞，以及他的姪兒廖史豪，
也得到政府的寬大處理，都開釋了，恢復自由了，早先沒收的財
產，也全部發還了。報紙強調政府的仁慈，也強調廖氏家族的懺悔
與感激。周斌明掉下眼淚，不知道是不是應該爲廖史豪高興。那麼
親近的友人，比親生大哥還要親近的友人，此後還是我周某人的知
己嗎？

台灣問題研究會的其他成員都不認識廖氏家族的任何一個人，
但是面對廖文毅投降的報導，卻都跟周斌明一樣難過，一樣痛心。
大家一致的看法都是，如果不設法振作，台灣獨立運動的氣勢，必
將受到嚴重的打擊。經過幾次開會商量，決定以研究會做主體，廣
泛邀請海外地區的台灣獨立運動團體代表，在麥迪遜召開一次聯合
會議，彼此互相鼓舞的同時，還可以討論往後台獨運動的方向，最
好能夠組織一個規模比較龐大、範圍比較普及的團體，整合獨立運
動，取代台灣共和國臨時政府，讓熱心的台灣人有所期待，有所寄
託，也有所仰望。如果眞的能夠這樣，也許可以盡量把廖文毅投降

的傷害減到最低。

　　這年七月，由周斌明具名的邀請函分別寄出，美國地區的台灣人社團大概都寄了，加拿大的也寄，當然沒有遺漏日本的，連台灣共和國臨時政府都發出邀請函，廖文毅雖然接受招安了，臨時政府的其他成員未必就一定會跟著投降，投降的，也許只是廖文毅個人。十月二十九日起，會議順利召開。正式名稱確定為「留美台灣同胞結盟大會」，三天兩夜的擴大會議，吸引了三十幾個從美國和加拿大各地趕來的熱血台灣青年，遙遠的日本，也有人千里迢迢飛抵麥迪遜。「蕭欣義」、「陳必照」、「蔡同榮」、「黃義明」、「金萬里」、「周明安」和「曾茂德」等人，平常只聽同鄉講過，或者只在雜誌、傳單上看過名字的活躍留台灣獨立聯盟的主席陳以德當然也來了，不過這次跟他三年半之前來麥迪遜不一樣。這次沒有人幫他開車，他自己開車來。周斌明問他，為什麼沒有找那個柯文廷開車，陳以德搖頭苦笑，說柯文廷不可靠，還是辛苦一點，自己開比較保險：

　　「從前也不是每次出門都找他開，有時會找其他同志，慢慢發現，只要是柯文廷開車載我去的場合，哪些人參加，談些什麼等等，都特別容易外洩，包括來麥迪遜那次。我在想，你的事情八成與他有關。當然我不能隨便懷疑他是國民黨的抓扒仔啦，沒有什麼具體的證據啦，不過還是小心一點比較好。」

　　會議結束的時候，包括「台灣獨立聯盟」、加拿大「台灣人權委員會」、日本「台灣共和國臨時政府」、「留日青年台灣獨立聯

盟」，以及做東的「台灣問題研究會」共同發表了一份聯合公報，強調團結合作的重要：

「我們一致同意，成立單一而結合的組織，在美國有效推行台灣獨立運動，是一個絕對必要的步驟。——我們也同意，一旦此一組織順利建立，則台灣獨立聯盟和台灣問題研究會當立刻停止活動，而將之納入此一新的機構之中。——團結就是力量，分裂就是敗亡。我們堅信，藉著在美成立一個新而統合的組織，加上日本同志之間的友好和諧關係，台灣獨立運動將可獲得更大的動力，而加速進步的腳步，早日完成使命。」

聯合公報的末尾，由陳以德和周斌明共同簽名。

第二年六月，在費城的Airport Motel，公報當中提及的「新而統合的組織」正式成立，取名「全美台灣獨立聯盟」，周斌明順理成章，加入成為盟員，並在成立大會中，被推選為中央委員會的委員長。聯盟另設執行委員會，由陳以德擔任主席。委員長和主席的任期，都是兩年一任，連選可以連任。

3

聯盟成立初期，盟員的自我訓練、理念的啓蒙宣導、機關刊物「台灣通訊」——Formosa Gram的出版和募集經費是主要的工作。組織分配給周斌明和麥迪遜盟員的工作是台灣通訊的出版和寄發。為了方便打字，並且向美國人宣傳，台灣通訊採用英文出刊，每三個月發行一期。所有作業都在周家小小的公寓裡進行。周斌明總管一

切，威斯康新的留學生兼聯盟同志「利騰俊」、「簡金生」和「田弘茂」都熱心參與。利騰俊英文很好，又會寫文章，出力最多。田弘茂學政治，理論基礎深厚，好像大家的活字典。簡金生台北工專出身，什麼都做，任勞任怨，經常自稱打雜專家。周斌明喜歡跟這些同志一起做事，早在編印台灣通訊之前很久，就一起做事了，周斌明知道，在台灣獨立艱苦的道路上，他們每一個都各有專精，都是自己最親密的兄弟。

麥迪遜親密的兄弟當中，有人出事了。出事的同志叫做「黃啓明」，黃啓明的堂兄叫做「黃啓瑞」，做過台北市長。黃啓明先在哈佛大學的燕京學院研究遠東地區的語文，後來轉到威斯康新大學的教育學院修博士，專攻宗教，港灣週末餐會，從來不曾缺席，和周斌明私交甚篤。台灣問題研究會成立，他自然成為成員之一，留美台灣同胞結盟大會召開的時候，他不但是會議代表，還負責總務，忙裡忙外。一九六六年三月，為了蒐集論文資料，黃啓明返回台灣，行前一再向周斌明交代，如果在他返台期間，新而統合的台獨組織成立了，他一定要參加，拜託周斌明屆時代替他申請。回去之後不久，就失去消息了。後來有人傳說，已經被國民黨逮捕。周斌明心中焦急，想盡辦法查證，總是不能確定，問他的家人，也語焉不詳。不過既然聯絡不上黃啓明本人，他的家人又吞吞吐吐，當然不是什麼好事。

雖然沒有辦法確定黃啓明的遭遇和下落，全美台灣獨立聯盟成立的時候，周斌明還是依照他的交代，替他申請加入。周斌明盼望

早日得知確定的音訊，更盼望這個兄弟儘快回來，一起做事。

　　一九六六年十一月，彭明敏師生三人的自救宣言終於拿到了，聯盟要求周斌明找人翻譯成英文，在紐約時報買廣告刊登。翻譯沒問題，有利騰俊在，問題是費用。報社索取美金四千元，對於盟員大都是貧窮學生的聯盟來說，是一筆相當大的數目。周斌明先訂下版面，並且預付訂金一千。報社說，廣告刊出前三天必須付清費用，否則版面就取消，訂金也要沒收。時間緊迫了，聯盟仍然湊不夠錢，周斌明擔心訂金被沒收，很著急，後來只好用個人的名義，向學校的合作社借錢給報社。宣言如期刊出，末尾還附聯絡地址和捐款呼籲。捐款踴躍，超過廣告費用，周斌明當然就把合作社的借款還清了。

　　一個月以後，聯盟組織部的秘書「簡世欽」，本名「張燦鍙」的台南人和「陳榮成」來到麥迪遜。他們是在執行聯盟中央委員會的決議，開車巡迴美國各地，發展組織工作，擴大吸收盟員，同時爭取各地區台灣人和留學生的參與和支持。當天晚上，周斌明找來二十幾個年輕同鄉，就在周家的公寓客廳舉辦座談。座談結束，張燦鍙和陳榮成就在客廳裡打地鋪過夜。張燦鍙急切熱情，認真負責，而又體力過人，聯絡電話打到深夜，天剛亮就急著要出發，前往下一站，留給周斌明非常深刻的印象。分別之前，張燦鍙告訴周斌明，堪薩斯州立大學那邊，有一群台灣意識極為強烈的留學生，希望周斌明能夠就近招呼吸收，周斌明答應了。

　　公私兩忙的周斌明想找一個兄弟同志先去堪薩斯跑一趟，田弘

茂自告奮勇。田弘茂口若懸河，擅長外交，由他前往聯絡感情，最是恰當不過。因為是公事，周斌明告訴田弘茂，聯盟可以支付他旅費。周斌明理所當然認為，田弘茂會辛苦一些，坐灰狗巴士去，聯盟窮，大家也窮，節儉慣了，坐巴士最省錢。沒想到田弘茂居然坐飛機，說是這樣比較有派頭。的確比較有派頭，可是旅費超出預算太多，周斌明只好拜託大家捐款，不讓聯盟透支。

4

黃啓明有確定消息了。消息刊在一九六七年三月初四的紐約時報上面。根據紐約時報報導，黃啓明在去年的九月初二遭到逮捕，今年二月七日經過秘密審判，可能被處五年徒刑。國民黨當局指控黃啓明是威斯康新台灣問題研究會的負責人之一，並且參加過麥迪遜的台灣同胞結盟大會，和芝加哥的台灣獨立聯盟會議，返回台灣途中，過境東京時還與一個獨立運動的領導人物見過面。

面對紐約時報的報導，周斌明的反應先是驚慌，然後是憤怒。驚慌的是，假如黃啓明這樣莫須有的所謂「罪狀」，在國民黨的所謂「法律」裡就必須判處五年重刑，那麼自己的所做所為，一旦遭到遣送，豈不是必須直接送往火燒島？憤怒的是，做為一個台灣的知識份子，從小受到台灣人民的疼惜與栽培，懂事之後，只不過是關心台灣前途而已，只不過是對於鄉土和人民的未來略微表示關心而已，開開會，交交朋友，講講話，沒有任何犯罪行為，不曾傷害或強迫任何人，居然會構成所謂的罪狀！知識份子回報鄉土人民的

本分，單純的道德實踐，崇高的理想追求，竟然變成犯罪！人世間哪有這樣的道理？國民黨政權吃台灣住台灣，還要如此蠻橫惡毒，任意抓台灣人關台灣人，真是令人忍無可忍！

周斌明直接找校長Fred Harrington，說明黃啓明的種種，懇請校長基於保護學生的立場，出面設法營救。校長極為憤怒，寫了一封措辭嚴厲的信給國務卿魯斯克，要求他強烈干預這個案件。校長表示，站在學術自由的觀點，台灣問題研究會是校內正式登記的合法社團，這種社團有討論辯駁任何問題的自由，學生參加這種社團的集會絕對不能被用來做為叛亂罪證的指控。校長強調，任何真正自由的校園，不能容忍對於學術研究的政治干涉，假如國民黨蔣家政權不允許台灣學生在威斯康新自由參與討論，威斯康新將不再接受任何來自台灣的學生，同時也要勸其他學校這樣做。

校長的抗議有效，國民黨蔣家屈服了，五月十六日重審，以「罪證不足」為由，釋放了黃啓明，不過不准他離開台灣。幾乎在同一個時候，惱羞成怒的國民黨也將威斯康新列為野雞大學，不讓台灣學生再去接受台獨思想的洗禮。不久，噩耗傳來，黃啓明仍然劫數難逃，有一天，從台北南下，前往清水的半路上，發生離奇車禍，告別人世。

周斌明難過不已，很久的一段日子裡，都在反覆思考自己的行為對或錯。假如自己不出面請託校長，黃啓明就算被判處五年徒刑，總有重見天日的時候。人在獄中，當然不會出車禍。坐牢是冤是苦，至少還能保住一條命。沒想到自己一番兄弟之情，反而讓他

提前喪生。出面懇求校長是錯誤的嗎？可是兄弟無辜受害，能夠袖手旁觀嗎？袖手旁觀當然不對，真正的人怎麼可能坐視兄弟受苦？殘酷的事實卻是，袖手旁觀反而能夠讓兄弟保住性命！天理何在？人間種種，怎麼這麼矛盾複雜？悲傷過度吧？簡單的道理，清楚的是非，周斌明居然一時糊塗了。

　　這年初秋，日本台灣青年獨立聯盟的領導人辜寬敏來到麥迪遜，與周斌明商量和全美台灣獨立聯盟合作的可能，這是周斌明和辜寬敏認識的開始。

　　5

　　申請延長居留始終沒有進展，移民局拒絕到底，一九六七年冬天，再度發給周斌明夫婦正式公文，要求兩人半年之內離開美國。律師希望幫周斌明設法入籍加拿大的努力也宣告落空。顯然路途已到盡頭，國民黨政治迫害的陰影，正在一步一步逼近。

　　律師試過的理由很多，剛開始周斌明還知道，後來事情忙碌、心情煩躁，就把一切都交給律師了。律師找到什麼新的理由，要提出申訴之前，都會跟周斌明和吳秀惠說明，只是周斌明左耳進右耳出，並沒有記在心上。不過是一個拖延遣送時間的藉口罷了，為什麼要用心去記？因為是藉口，常常並不合情合理，甚至有點不符事實，正直誠實的周斌明下意識裡相當排斥，恐怕硬要清楚記住，也有困難。總是，律師非常努力了，拖了五年多了，盡力而為了，真的爭取不到，應該怎麼面對，就不要逃避了。人世間，無可奈何的

情況本來就多。沒有國家，又不甘心做順民的人，必須有所覺悟。

　　律師倒是不洩氣，反而興致勃勃，告訴周炆明一個新的辦法：

　　「是你的指導教授建議的，需要你同意。指導教授兩、三年前就建議過了，怕你不同意，叫我非到緊要關頭，真的沒有其他辦法以前，不要跟你提起。現在應該是緊要關頭了，因為真的找不到其他任何辦法了，只好跟你商量看看。其實是好事，指導教授是好意，事情也是好事，就怕你會有點介意。指導教授建議，由他認養你。他是美國人，你成為他的養子，自然可以在美國居留。你的太太跟你有夫妻關係，跟你留在美國天經地義，問題就解決了。這樣好不好？」

　　這麼多年來，周炆明一直跟隨指導教授做研究，非常清楚指導教授親切誠懇的為人，也非常清楚指導教授對自己的關心和照顧。事實上，周炆明尊敬指導教授，正如同尊敬自己的長輩。要讓指導教授認養，把指導教授當做義父，很自然，沒有什麼牽強，周炆明也很喜歡。問題是，為了取得居留的權利，才做這樣的認養，周炆明覺得不妥。懂事以後，始終以強烈的道德觀念自我期許，純潔崇高是周炆明不變的標準，養父養子的關係當然也是純潔崇高的，怎麼可以利用這種純潔崇高的關係，來達成世俗的居留目的？如果真的這麼做，不但侮辱了養父養子的關係，也侮辱了一向尊敬有加的指導教授。假如不是這樣的一個關鍵時刻，指導教授提出這樣的建議，周炆明絕對必然欣喜接受，根本不必多所考慮。問題是，現在接受，時機不對：

「謝謝教授的好意，我會直接跟他道謝。不管最後居留的事情有沒有成功，不管最後我人在哪裡，都會記住教授的好意。不過，我還是願意拜託律師，再想想其他理由申訴，真的沒有辦法，應該離開的時候，我會跟內人準時離開。」

「你可以再考慮考慮，」吳秀惠神色黯淡：「不要這麼快拒絕。」

「我考慮過了，」周炌明聲調平靜：「我三十七歲了，不會做輕率的決定。我們堅持的，不能放棄，不能因為現實的需要而放棄。這是一種精神，一種尊嚴。我們不可能沒有尊嚴，沒有堅持，而活在世界上，就算在美國，也一樣。」

「可是，孟棟他們兄弟呢？」

「可以帶回台灣，我的哥哥或妹妹應該會幫忙照顧，妳的兄弟姊妹應該也會。也可以留在美國，聯盟的兄弟總有人會幫忙。不要煩惱，我們還有半年的時間可以好好安排。」

三個月以後，律師還是提出申訴了，這次找到的理由純粹是假的。律師說吳秀惠身體不好，沒有辦法做長途飛行，希望移民局能夠同意，延緩遣送。身體不好需要醫師證明，醫師證明就是周炌明的指導教授開的。指導教授無論如何，還是不忍心讓周炌明這個得意門生被遣返台灣受苦。

陷入絕境的周炌明運氣不錯，吳秀惠、律師、指導教授的運氣也都不錯，另外一扇原本想像不到的門，悄悄地為周家打開了。周炌明的一個同事，大學醫院裡的美國籍同事，不久之前離開威斯康新，返回家鄉西維吉尼亞，進入州立大學服務，擔任大學附設醫院

的神經內科主任。州立大學需要一個神經病理學的教授，同事知道周炆明的能耐，非常盼望周炆明去。同事當然知道周炆明的處境，便透過校長的關係，拜託西維吉尼亞州的國會議員Stagger提出議案，強調該州居民迫切需要周炆明醫師這樣的人才前來服務，請求國會特准周炆明居留美國，讓周炆明有機會進入西維吉尼亞奉獻所學。一九六八年七月，提案通過，美國國會專案特准周炆明以專業人才的身份，在美永久居留。

護照風波終於落幕，絕處逢生的周炆明一家五口告別麥迪遜，即時上路。西維吉尼亞，十個鐘頭車程以外，陌生而溫暖安全的所在，強烈召喚著周炆明六年來忐忑慌亂的心靈。沒有什麼家具，周炆明租了一輛車，簡簡單單，展開搬家的旅程。不多的行李當中，一個深藍色的大皮箱最醒目。這個大皮箱，很久很久以前，曾經跟著吳秀惠去過阿里山，後來又跟著吳秀惠來到麥迪遜。這個大皮箱，周炆明感覺很親很熟，很久很久以前，是吳秀惠個人的，現在，是周氏全家共有的。搬動這個大皮箱，周炆明當做是自己的專利。

第十一章 結冰

1

　　由於州立大學附設醫院神經內科主任的大力推介，和以往周斌明在威斯康新研究的具體成績，西維吉尼亞州政府對周斌明相當禮遇，特別動用州的預算，在州立大學為周斌明安排了一組六個房間的研究室，和兩個助理研究員、三個技術人員，以及一個秘書。當然，禮遇的同時，工作量也相對加大。白天，周斌明必須在大學裡教書，還必須去醫院診病，同時，醫院裡的神經外科、神經內科和病理科的醫師，也需要周斌明負責訓練。這些工作，周斌明從前在威斯康新或多或少都接觸過，不過當時有指導教授在，周斌明的角色只是協助而已，來到西維吉尼亞，周斌明開始獨當一面。

　　白天忙碌異常，晚上也不得空閒。晚上周斌明必須做實驗。實驗接續威斯康新階段，著重在病毒對腦神經的影響。早在威斯康新，周斌明的博士論文便利用一種Neurotoxin來做動物的神經疾病實驗，並且已經證實這種疾病可能由於Axonal flow障害所產生。同時還發現，一種Papovavirus病毒的特異感染Oligodendroglia細胞，會導致非常特殊的慢性脫髓性腦部疾病。這種突破性的發現，引起美國醫學界高度的興趣，因為隨著科技文明的進展，生活步調緊張，美國社會，尤其是教育程度比較高的白領階級，腦神經方面的毛病日漸增多，成為美國居民的一大困擾。這方面的疾病是新興的文明病，

相關的研究一向比較欠缺，所以周斌明的努力與成績，讓指導教授都引以爲榮。

在西維吉尼亞，周斌明實驗的重心，仍然集中在病毒與腦神經疾病的關連。假如能夠更進一步，利用藥物控制引發腦神經病變的病毒，對於類似文明疾病的治療，當然就會得到很大的幫助。周斌明非常努力實驗研究，往往持續到深夜，整個學校當中都被黑暗佔領了，只剩他的研究室燈還亮著。學校裡的同事，或醫院裡的醫師，不久以後提到周斌明，就不講他的名字了，因爲他有了一個全新的稱呼：「最晚關燈的台灣人」。這個最晚關燈的台灣人展現他醫學研究上驚人的潛力，一年以後，首次提出澱粉質的蛋白可能具有病毒感染性的「慢性病毒相似論」，轟動整個美國的醫學界。隨後又發現一種新的病毒，即使沾染到的只是肌肉，也會引發非常慢性的脫髓性疾病，從而可能使腦部發病，對於免疫不全的人體特別危險。再過半年，還發現一種癡呆症，也是經由病毒引起的。每一次新的發現，都讓整個美國醫學界驚喜不已。除了個人研究之外，還與Gajdusek博士合作，共同發表了不少有關「慢性病毒腦炎」的輪文。

州立大學爲了肯定周斌明的成就，推薦這個剛滿四十歲的台灣傑出學者和Gajdusek博士，一起角逐諾貝爾醫學獎。肯定成就的同時，大學本身當然也必須表示更大的禮遇。最具體的禮遇就是待遇的大幅調整。周斌明一家五口，不必再租人家的房子住了，能夠自己買房屋了，漸漸長大的三個兒子，可以擁有個人的房間了，同

時，當然也有能力買車了。告別了赴美以來超過十年經濟困窘的生活，有屋子有車子，屋外還有樹木草坪，真正的「家」的感覺清楚浮現，連孩子都能愉快感受了。三個孩子，懂事以後，提到他們的「故鄉」，都說是西維吉尼亞，彷彿把出生地麥迪遜都根本忘記了，對於雙親經常掛在嘴邊的台灣，更是半點印象也沒有。

　　台灣是父親和母親的故鄉，不是孩子的。

2

　　儘管常常把台灣掛在嘴邊，但是能夠跟台灣同鄉相聚的機會，卻減少太多太多了。一方面，周炘明實在太忙，另一方面，西維吉尼亞的台灣人也非常少。沒有同鄉會，連同學會也沒有，想參加台灣人的活動，只有開車到匹茲堡去。來回車程將近四個鐘頭，已經是最接近的所在。忙碌，偏遠，不方便，但是台灣人內心深處血緣的需求，還是讓周炘明一家，至少一個月，跑一趟匹茲堡。聯盟的兄弟，同樣擔任過中央委員的「羅福全」在匹茲堡。高大英挺的羅福全擅長組織，口才好，又有親和力，匹茲堡的台灣同鄉會在他的全力推動底下，各項活動都辦得有聲有色，周炘明喜歡去參加。吳秀惠更喜歡去，因為羅福全的太太「毛清芬」是她的台南同鄉。能夠在廣漠寬闊的異國和台灣同鄉聚會，已經叫人興奮不已了，何況是同鄉當中的同鄉，口音腔調完全相同的台南人。聚會的時候，周炘明忙著和台灣同鄉談政治，吳秀惠就忙著和毛清芬話家常。三個孩子找他們的小孩同伴，用英語交談遊戲，總會有熱心的大人，試

著教小孩講台灣話。

　　台灣人的活動，不會因為周斌明的忙碌而停頓。聯盟的刊物持續出版，聯盟的活動持續進行。主席換人了，中央委員也換人了，該做的事，還是繼續進行。透過聯盟出版的刊物，透過羅福全和其他同鄉的講述，對於台灣人或台獨聯盟的種種動作，周斌明仍然保持高度的關心。聯盟交代的任務，周斌明也絕對全力完成。聯盟覺得力量不夠，組織太小，成員增加的速度太慢，理念的推展也無法普及。可是，相對於聯盟的成長緩慢，國民黨政權在台灣的基礎卻日漸穩固。國民黨控制台灣超過二十年了，換句話說，在國民黨時代出生，完全接受國民黨大中國洗腦教育的新一代台灣人逐漸長大成年了。這些人沒有親身經歷二二八和白色恐怖，在精心設計的學校教育和嚴密封鎖的傳媒系統當中，根本沒有機會接觸不同的觀念與思想，非常容易變成國民黨政權的順民，甚至連自己是台灣人這樣的一個事實，可能都不清楚不知道。這樣的情況繼續下去，對於整個台灣獨立運動的推展，自然大大不利。聯盟急於突破，迅速擴大組織。現成的方法就是，結合世界各地現有的台灣獨立運動團體，成立一個世界性的台獨組織，集中力量，統籌規畫，一致行動，追求立即的效果。聯盟的秘書處和周斌明聯絡，告訴周斌明這樣的構想，類似多年前麥迪遜留美台灣同胞結盟會議的構想，同時請周斌明負責和日本方面的團體協調聯絡。聯盟交付周斌明這個任務，除了因為周斌明有過麥迪遜結盟的經驗，還因為周斌明跟日本台灣青年獨立聯盟的領導人辜寬敏彼此見過面，而且從前住過日

本，比較熟悉日本的一切。

　　周斌明接受任務，直接和辜寬敏商談。書信不斷往來，都是使用日文，好像在溫習周斌明的日文能力。有時辜寬敏會叫周英明代筆寫信，周斌明和這個小學時代的同窗好友除了公事以外，可以天南地北開懷暢談的話題就多了。

3

　　一九七〇年元月一日，「世界台灣獨立聯盟」正式在紐約成立。這個聯盟的前身，包含五個目標相同的運動組織，除了美國地區的全美台灣獨立聯盟和日本地區的台灣青年獨立聯盟，另外三個是，加拿大地區的台灣人權委員會、歐洲地區的「全歐台灣獨立聯盟」，以及台灣地區的秘密組織「台灣自由聯盟」。新的聯盟把總本部辦公室設在紐約，主席由嘉義縣海口新塭人蔡同榮出任，日本、加拿大、歐洲和台灣各地分別設立本部，統由世界總本部指揮。組織擴大，盟員增多，聯盟的氣勢相當旺盛。各地本部都全力衝刺，紛紛展開各種動作，周斌明每隔十天半月，就和紐約的總本部辦公室聯絡一次，瞭解各地的動作狀況。

　　有的動作特別大，不必跟辦公室打聽，周斌明自然就能知道。不僅周斌明知道，所有關心台灣前途的人，或者不一定關心，只是習慣於注意新聞媒體政治消息的人，也都會很快知道。一九七〇年四月二十四日，聯盟成員「黃文雄」在紐約第五大道的布拉薩旅館前面，開槍射殺蔣經國不成的消息，就屬於這種特別大的動作，自

然會被當做新聞焦點的動作。媒體大幅報導，指稱受邀來美訪問的蔣經國，二十四日近午時分，準備前往布拉薩旅館，向美國工商協進會成員發表演講，爲了表示抗議，台灣獨立聯盟事先聚集盟員，在現場示威。當蔣經國抵達現場，下車走上旅館台階的瞬間，三十三歲的台灣新竹人，正在康乃爾大學攻讀社會學博士的聯盟盟員黃文雄突然從示威的隊伍裡衝出，朝他開槍射擊。沒有射中，反而遭到美國警察逮捕。黃文雄的妹妹「黃晴美」的丈夫，同樣是聯盟盟員的三十四歲台灣台南人，卡內基.美隆大學出身的都市設計碩士，目前在紐約做建築師的「鄭自才」爲了搶救他的大舅子，也被警察打昏，同時遭到逮捕。

得知消息的刹那，周炘明極爲激動，心底猛烈發熱，如同有火在燒。射殺獨裁者蔣介石的兒子——必然也是未來台灣獨裁者的蔣經國，周炘明認爲，這是崇高純潔的行動，這是被統治、被侮辱、被屠殺、被監禁的族群最高尚的道德。這樣英勇的舉動簡直驚天動地，不但向全世界愛好自由的各國人民展現台灣人反抗國民黨蔣家政權統治的決心，也明白表露台灣獨立聯盟熱血男兒追求家鄉獨立的勇氣。當然，如果順利射殺蔣經國，不但能夠替二二八以來慘遭屠殺的台灣英靈報仇雪恨，而且必然能夠縮短國民黨政權的壽命。就算非常可惜，行動失敗，也能多少嚇阻國民黨的大小頭目，打擊國民黨的氣焰，同時提振台灣獨立運動陣營的士氣，意義極爲重大。不得了的勇士，黃文雄，出面搶救的鄭自才，當然也是不得了的勇士。

激動之外，周斌明也有一點擔心，萬一黃鄭兩位勇士的行為，是整個聯盟策畫的，那麼，聯盟從此必將被美國政府視為暴力團體，想在美國繼續發展，恐怕就困難重重了。行動本身意義重大，卻又關係聯盟的生死存亡，周斌明嘆了一口氣，深深感到，借用別人的土地，從事獨立運動，實在有許許多多的顧慮。

　　行動發生時，聯盟成員正在現場示威。根據媒體報導，黃鄭兩人都是從示威的隊伍當中衝出去的。周斌明不清楚，整個的刺殺行動是不是組織設計的，便打電話向聯盟的主席蔡同榮探詢，蔡同榮說不是：

　　「聯盟事前什麼也不知道。聯盟只是動員示威抗議而已。聯盟堅持和平，暴力手段在美國站不住腳，聯盟不可能這樣做。如果聯盟這樣做，會被美國政府趕出去，這個你也知道。」

　　周斌明鬆了一口氣。幸好整個刺殺行動跟聯盟無關，聯盟還不至於被看做暴力團體。可是，鬆了一口氣的同時，周斌明卻又立刻強烈自責了。如果刺殺行動是組織授意的，那麼，執行組織命令的黃鄭兩人，所有的行為便都只是政治性的，個人的責任可以減到最輕。現在主席證實不是，黃鄭兩人的行為是自發的，是一般性質的謀殺，假如沒有什麼政治性，恐怕就必須揹負重大的刑責了。法律種種，雖然經過護照風波長久的洗禮，周斌明究竟還是所知有限。但是根據常識推斷，也能明白謀殺的嚴重，特別是，謀殺的對象是蔣經國。假如被引渡回到台灣，應該只剩一條死路；假如沒有遭到引渡，漫長的異國監牢，也在等待著兩個年輕的勇士。兩個勇士的

處境這麼艱難危險，我周某人怎麼可以鬆一口氣？

「雖然他們的行為跟組織無關，」周斌明聽見自己這樣跟蔡同榮講話：「但是畢竟他們都是聯盟的盟員，而且當時正在參加聯盟的活動，聯盟是不是應該盡量設法，看看怎樣幫忙營救？」

「那是當然，現在聯盟已經指派『陳隆志』出面處理了。陳隆志懂法律，既然人被抓去了，開始進入司法程序，懂法律才幫得上忙。陳隆志說打官司需要很多錢，如果能夠交保，需要的錢會更多，所以現在我們聯盟最重要的工作就是募款。沒有錢就不能打官司，就不能設法營救。周醫師你那邊，就盡量募款。」蔡同榮在電話中嘆了一口氣，感覺裡，他的心情非常沈重，非常沮喪：「總是，這兩個人憑著一時衝動，給聯盟，給我們每一個盟員，都帶來大麻煩了。」

「主席怎麼可以這個樣子說話？」周斌明不同意蔡同榮的說法：「他們這樣做，也是為了我們共同的理想。而且，他們的犧牲這麼大！我們只是幫忙募點錢而已，怎麼可以批評他們？」

「我也不是批評他們啦，只是希望團隊有團隊的做法啦，沒有把握的事，不要輕舉妄動。聯盟剛剛擴大，主席很不好做。我個人當然也是敬佩他們兩個——總是，我很難講話啦。」

4

周斌明和吳秀惠努力募款，希望能夠對黃文雄和鄭自才的官司有所幫助。西維吉尼亞的台灣同鄉不多，夫妻兩人的募款對象有

限，周斌明開始打美國及或其他外國同事的主意。

　　利用機會，周斌明不斷向同事說明台灣人和中國人的不同，中國人怎樣入侵台灣，怎樣迫害監禁台灣人，台灣人怎樣反抗，怎樣組織台灣獨立聯盟，然後解釋黃文雄和鄭自才企圖槍殺蔣經國的意義，以及他們面臨的危險，最後拜託同事，為了人世間的正義，慷慨捐獻。金額雖然不多，但是幾乎每一個同事都有捐款，五元十元，都讓周斌明感動。金錢的價值很難判定，可是多讓一個外國人明白台灣人民打拚追求的目標，就等於多增加一份支持台灣獨立的國際助力，周斌明相信，這樣的助力，總有一天會發揮作用。

　　找出一個週末，周斌明和吳秀惠特別返回麥迪遜一趟，鼓舞往日的港灣好友和台灣同學會成員盡量募款，當然，曾經長久共事的醫院同事，不論國籍，周斌明也比照西維吉尼亞模式，一一拜託。對待周斌明情同父子的指導教授，還有為了護照風波多年並肩作戰的律師，也都慷慨捐款幫助。

　　日本方面，周斌明也寫信過去，請老同窗周英明轉告盟員同志，多為黃鄭兩人盡力。周斌明相信，不用自己寫信，日本的盟員一樣會拚命籌款，可是舉手之勞寫寫信，應該可以多少傳達一種敵愾同仇的熱情，有效提振團隊的士氣。就算黃鄭兩人的所做所為，真的稍嫌衝動，給聯盟本身和每一個盟員帶來麻煩，像主席蔡同榮說的那樣，那麼為了化解或減少麻煩，盟員互相聯絡打氣，寫寫信，打打電話，彼此激勵，周斌明認為也是必要的。

　　聯盟紐約總本部辦公室傳來消息，經過陳隆志的交涉與努力，

美國檢方終於同意讓黃鄭兩人交保。聽到消息的周烒明無比欣喜，刺殺事件發生以後，一直緊繃的心情，瞬間放鬆了。雖然對於法律外行，但是基於常識性的判斷認知，周烒明也隱隱約約知道，既然能夠交保，表示檢方認定，黃鄭兩人涉及的案情不是那麼重大。案情不重，應該就不會引渡返台，當事人的生命安全沒有威脅，刑責可以減輕的同時，整個聯盟必須承受的衝擊或傷害，也可以大大降低。只要黃鄭兩人平安，只要台灣獨立聯盟能夠繼續生存發展，其他種種，都比較容易處理。周烒明鬆了一口氣，也替主席蔡同榮鬆了一口氣。

交保需要保釋金，兩個人的保釋金加起來，美金十九萬。十九萬美金，不可想像的天文數字，周烒明呆呆愣愣老半天，想到的是，這一段時日的奔走拜託，小額零散的捐款，再怎麼辛苦累積，忽然都顯得微不足道了。周烒明啞然失笑，知道一切必須重來。

周烒明先向學校預支了一年薪水，寄到辦公室。然後打電話到日本找辜寬敏設法，辜寬敏應允負擔的金額，是周烒明的三倍。曾經零星捐款的台灣同鄉和醫院同事，周烒明又重新找了一遍，金額增加不只一倍。麥迪遜那邊，周烒明也多次聯絡鼓勵，感受到的熱情，比先前更加強烈。挑戰出現，台灣人不會退縮，周烒明覺得自豪。

辦公室傳來令人振奮的好消息，許多地方的台灣鄉親，踴躍募捐的情形都超過預期，還有四個特別熱心的台灣人抵押房屋，向銀行貸款捐獻，保釋金很快湊足了，五月二十六日，黃文雄與鄭自才

重新呼吸到紐約自由的空氣。周斌明非常清楚，在美國地區，甚至包含日本、歐洲、加拿大，所有海外異國的台灣人社群，聯盟成員的數目都只佔鄉親當中的極少數，力量非常有限，假如不是許多非盟員疼惜敬重刺蔣勇士，假如不是許多非盟員鼎力支持台灣獨立運動，黃鄭兩人的保釋，不可能如此順利。不一定每一個台灣人都方便加入聯盟，也不一定每一個台灣人都有必要加入聯盟，但是關鍵時刻，台灣人自然會挺身而出，周斌明珍惜同胞這種雪中送炭的感情，並且相信，這種感情終有一天，會成為台灣獨立最堅實的潛在力量。

由於台灣人潛在力量的展現，台灣獨立聯盟化危機為轉機，活動更加積極，周斌明關心聯盟的成長與發展，心情振奮。

5

令人加倍振奮的消息繼續傳來，長期遭到國民黨政權軟禁的彭明敏成功逃離台灣以後，這年的九月二十九日下午，經由底特律海關進入美國，前來密西根大學任教。包括台灣獨立聯盟在內的美國地區台灣人社團和留學生都興奮異常，紛紛集會或在各自的雜誌刊物上面撰文表達熱烈的歡迎，一致認為彭明敏的成功脫出，嚴重打擊國民黨的同時，對於海外地區台灣獨立運動的壯大，絕對具有非常正面的意義。教書的閒暇，彭明敏也接受美國各地台灣人的邀請，巡迴演講。傳奇性的遭遇，國際性的聲望，以及個人獨具的學者儒雅風采，讓彭明敏到處受歡迎，台獨運動的氣勢，也因此節節

上升。媒體報導指出，交保在外的黃文雄非常尊敬彭明敏，經常陪在他的左右，一起進出。

意外發生了，一九七一年七月上旬，黃文雄突然失蹤了，從彭明敏身邊，消失了。幾乎就在同一個時候，鄭自才也不見了。台灣人社群普遍流傳的說法是，因為兩人知道，即將被法院判決有罪，所以棄保逃亡了！周斌明和吳秀惠不相信台灣社群的傳言，不相信兩位深受台灣同鄉敬重疼惜的勇士，會辜負眾人的熱情和期待。憑著女性特有的敏感，吳秀惠還擔心，兩人是被國民黨的特務綁架了。周斌明叫吳秀惠打電話去鄭自才的住處問清楚狀況，接電話的鄭太太黃晴美很不高興，說她煩惱丈夫和兄長的生命安危，已經焦頭爛額了，台灣人偏偏還一直打電話找她麻煩：

「我知道，你們在乎的，只有保釋金。」

「什麼保釋金？」碰了一鼻子灰的吳秀惠滿頭霧水：「我們跟妳一樣焦急啊，妳在說什麼？」

「妳們當然焦急，妳們焦急保釋金被法院沒收。我焦急的不一樣。」

黃晴美口氣不好，講來講去，都繞著保釋金打轉。吳秀惠問不出什麼，就把電話掛斷了。周斌明責備太太耐心不夠：

「先生突然不見了，哥哥也不見了，她當然會心情不好，妳應該多體諒她，多安慰她。」

周斌明和羅福全約好，一起前往紐約，希望能夠確定黃鄭兩人的行蹤，說服兩人出來，勇敢面對法院的判決。周斌明認為，整個

刺蔣事件最可貴的地方，在表現台灣人民對於國民黨蔣家的深刻厭惡，願意冒險犧牲，發揮無比巨大的道德勇氣，開槍為台灣人民除害。也是因為這種正面對抗的勇氣，感動了許許多多台灣同鄉，甚至還包括外國朋友，才有可能募集到天文數字的保釋金，展現台灣人鄉土深情的同時，更進一步刺激台灣獨立運動。假如缺乏這種正面對抗的勇氣，黃鄭兩人的行為，意義就要大打折扣，對於台灣獨立聯盟和整個台灣獨立運動的傷害，一定非常深重。正是兩人大無畏的道德勇氣，激發出台灣同鄉的熱情，讓聯盟有機會，把危機化為轉機。萬一傳聞屬實，兩人果然畏罪棄保，那麼，不但先前意外獲得的成果將要完全喪失，反彈的巨大力道，恐怕台灣獨立聯盟，甚至整個台灣獨立運動，都將無法承受。台灣人民將要昭告世人的，將會是多麼懦弱畏怯的形象，獨立運動工作者一向自我標榜、自我期許的道德理想云云，將會是多麼強烈的反諷，簡直不堪設想。為了整個運動的未來，無論如何，不能讓黃鄭兩人棄保潛逃。面對法律，個人犧牲受苦，同志固然於心不忍，但是，運動會因此蓬勃發展，犧牲會得到代價。一旦逃避，一切就都不一樣了。周斌明憂心忡忡，迫切渴望找到黃鄭兩人，設法讓他們明白這樣聖潔崇高的道理。

　　紐約當地的聯盟成員「賴文雄」幫忙，設想黃鄭兩人，或黃鄭分別，可能落腳的台灣人住戶，帶領周斌明與羅福全挨家挨戶尋找，找了三天，音訊全無。台灣同鄉的反應，普遍冷淡，認為兩人已經跑到天邊海角去了，絕對找不到，叫賴文雄、周斌明和羅福全

不必白費心機。還有同鄉明白表示，回想當初熱心捐款，感覺好像被人家出賣：

「聽說還有人拿房子去銀行抵押，這下一定後悔死了。」

紐約找不到，周炳明和羅福全聯絡彭明敏。黃文雄跟著彭明敏，同進同出好幾個月，說不定彭明敏知道黃文雄的下落。聯絡好久，都聯絡不上，彷彿連彭明敏都忽然消失了。

抵押房屋的台灣人找上聯盟辦公室，要求聯盟設法，不要讓銀行拍賣他們的房屋。主席蔡同榮召開臨時中央委員會議，商量對策。中央委員會議是聯盟的最高決策單位，平常每個月召開一次，由主席主持，討論聯盟裡頭的重要事務。碰到緊急狀況，主席可以臨時召開。因為事態嚴重，主席另外邀請幾位沒有擔任中央委員的元老級盟員列席，周炳明是其中之一。

會議的進行很乏味，大部份的委員都七嘴八舌，爭先恐後指責黃鄭兩人不該一走了之，把爛攤子丟給整個聯盟收拾。不過也有委員看法不同，認為害怕坐牢是正常的人性反應，任何人碰到這種事，都有可能跟黃鄭兩人一樣，想辦法溜之大吉：

「所以指責他們兩人沒有什麼意思，應該檢討的是，當初聯盟究竟為什麼要出面介入？聯盟出面，應該是主席決定的，主席憑什麼決定？有沒有經過中央委員會通過？如果不是主席決定的，為什麼當時沒有制止？聯盟根本就不應該插手，既然刺殺事件不是聯盟策畫的，聯盟就沒有責任，也沒有義務出面，決定要插手，或者沒有及時制止，才是最大的錯誤。做這種決定的人，現在應該負責善

後。」

這麼尖銳直接的意見出現之後， 馬上就有其他委員提出反駁，認為這樣講對主席不公平：

「主席經由全體盟員票選產生，對外代表聯盟，任何盟員出事，主席都必須出面關心，插手介入，否則就沒有擔當，沒有魄力。再說，插手介入才有機會澄清聯盟的立場，不會讓別人白白布染到黑。而且，當時狀況那麼緊急，人都被抓去了，哪裡來得及召開中央委員會？如果因為這樣，主席就必須負責善後，誰還敢做主席？」

充滿火藥味的爭吵立刻展開了，要求主席負責善後的委員，認為意見不同的委員刻意為主席護航，無法就事論事。遭到指責的委員不甘示弱，指控對方人身攻擊。兩個委員一來一往，互不相讓，同樣的論調，翻來覆去，足足爭吵了二十分鐘。

好不容易戰火平息以後，又有委員另起爭端，認為黃鄭兩人之所以能夠獲得交保，陳隆志的努力關係不大，主要是他們懂得利用聯盟：

「他們把責任推給聯盟，說刺殺是聯盟計畫的，把個人行為解釋成組織行動，為自己脫罪。大家應該都知道，黃文雄當天那把槍不是他自己的，他沒有槍，是陳榮成給他的，陳榮成有槍。黃文雄應訊的時候，供稱槍枝是聯盟叫陳榮成拿給他的，跟事實不符。法院要陳榮成出庭做證，一旦出庭，就會對黃文雄和鄭自才非常不利。黃晴美就想辦法，說服陳榮成，叫陳榮成拒絕出庭。一般認為，交保是陳隆志的功勞，事實上黃晴美功勞更大。」

　　互不相讓的爭論又開始了，主題集中在交保的功勞誰最大。有的委員主張，如果不是陳隆志懂法律，日夜奔波折衝，黃鄭兩人根本不可能交保。有的委員認為，如果不是台灣人民踴躍捐款，就算法院裁定交保，黃鄭兩人還是出不來。引起爭端的委員仍然堅持，假如不是黃鄭兩人把責任推給聯盟，黃晴美又對陳榮成發揮了影響力，陳隆志再打拚，台灣人再慷慨，都不可能交保。大家猛烈爭論，對於自己的見解，都非常堅持。似乎突然忘記，如果黃鄭兩人沒有交保，所謂的善後種種，包括今天的臨時中央委員會議，根本就不需要多此一舉。

　　原本在場的陳隆志氣呼呼，提前走了。周斌明不清楚陳隆志為什麼要先走，究竟是因為會議吵吵鬧鬧，完全偏離主題？還是因為對於交保一事，功勞無法定論？不過，周斌明也快忍不住了，也快跟陳隆志一樣，提前離開了。周斌明要求自己忍耐。聯盟碰到大事，大家心情惡劣，可以理解。爭歸爭，吵歸吵，重要的善後問題，還是不能不討論。房屋抵押貸款的人，總不能叫人家露宿街頭，聯盟此後要如何自我療傷、重新振作，更需要集思廣益。周斌明強迫自己，安靜坐著，等待大家討論正題。自己不是中央委員，只是來列席的，沒有資格在會議裡隨便發言，主持會議的主席如果沒有叫自己講話，就必須安安靜靜。這樣的禮貌，周斌明還懂。

　　會議在吵鬧中結束了，沒有討論到主題。

　　主席也沒有宣佈散會，會議就自動結束了，因為中央委員一個一個走了。中央委員只有十來個，很快就走光了。

周斌明心情黯淡，返回西維吉尼亞。吳秀惠看他神態疲憊，還問他是不是在會議當中，講了許多話。

　　6

　　冬天到了，北美地區冰封雪鎖。黃文雄和鄭自才始終沒有音訊。台灣方面沒有音訊，證明國民黨當局沒有綁架兩人，吳秀惠白擔心了。美國方面也沒有音訊，證明兩人已經從廣漠無垠的美國大地消失了。聯邦調查局的幹員，曾經來過周斌明的研究室，想要打探黃鄭兩人的去處，還想知道，台灣獨立聯盟是不是暴力組織。周斌明問麥迪遜和匹茲堡熟識的幾個盟員兄弟，都說調查局的幹員也去過，問的問題也相同。這麼冷的天氣，周斌明經常愣愣地想著，在亞熱帶台灣島上長大的黃文雄與鄭自才，逃亡躲藏的不知名所在，不知道有沒有結冰？

　　台灣獨立聯盟幾乎結冰了。陳隆志公開宣佈退出，中央委員五人跟著退出，主席蔡同榮也急著找人交棒。其他沒有公開宣佈的盟員，或者根本不需公開宣佈的盟員，是不是還想留著，周斌明不知道，也不敢去想。很久很久，周斌明沒有收到辦公室負責出版並寄發的雜誌了，很久很久，周斌明沒有聽到聯盟任何活動的訊息了。

　　十二月下旬，周斌明前往波多黎各，參加美國神經醫學會的年會。這項年會是美國醫學界，特別是腦神經醫學界的年度大事，各大重要醫學教育單位或醫院，都會派人參加。研究神經病理的前輩，辜寬敏的姊夫，住在西雅圖的台灣人教授「蕭成美」也去了。

年會當中，照例會挑選該年最好的論文一篇，隆重頒獎。事先完全不知情，周炾明的論文得獎了。對於神經病理學者來說，這個獎是極爲重要的肯定。蕭成美緊緊握住周炾明的手，非常感慨地說出這樣一句話：

「台灣如果已經獨立，不知道有多好，現在就可以在會場升起台灣的國旗，讓台灣人民分享你的榮耀了。」

意外的驚喜本來應該特別令人高興，可是聽到蕭成美的感嘆，再想起台獨聯盟幾乎降到冰點的現況，周炾明一點也高興不起來。

第十二章　拜請密西根

1

一九七二年春天，辜寬敏的太太從日本來到西維吉尼亞，就住在周斌明家。辜太太說，她先生非常操心台獨聯盟碰到的挫折，叫她過來瞭解一下，看看有沒有什麼辦法，可以重新振作。

辜太太停留了半個月，大部份時間都由吳秀惠做陪，出門拜訪聯盟的成員。碰到周斌明有空，三人就一起出去。反應大抵分做兩種，一種是心灰意冷，認為十多年來美國的台灣獨立運動沒什麼希望了，國民黨種種醜化、騷擾、攻擊的伎倆沒有打敗台獨聯盟，少數盟員的懦弱與不負責任，卻把聯盟擊倒了。另外一種是，承認聯盟目前的狀況實在艱難，盟員本身的向心力消失，熱情也不知去向，同鄉的信賴與支持更是直線下降，但是無論如何，台灣獨立建國是台灣人民唯一的出路，真正有心的台灣人，絕對不會放棄追求獨立的理想。困境總會過去，問題是，必須找到一個能夠力挽狂瀾的領導人，出面穩定。已經失望的第一種盟員，明白表示不會再參與聯盟的任何活動；永不死心的第二種盟員也明白表示，這世人絕對不會退出，同時迫切期待聯盟再出發。三個人大概統計，接觸過的成員裡頭，第二種還是比第一種多。不死心的盟員比較多，周斌明冰冷的心，逐漸感覺溫暖。

辜太太返回日本以後，周斌明接到辜寬敏的電話。辜寬敏建議

周炆明出面，邀請彭明敏挺身領導聯盟度過難關。辜寬敏表示，聽他太太說明，知道大多數的聯盟成員依舊非常堅持：

「這樣就夠。盟員堅持，碰到困難打擊還能夠堅持，就是聯盟重新起步最有力的基礎。我擔心的是盟員失志，一旦盟員失志放棄，聯盟當然只好打烊。我叫牽手去美國，不是為了調查黃文雄和鄭自才棄保逃亡的是是非非，是為了瞭解盟員的心理。這趟路她沒有白跑。運動還是大有可為。當然，你們應該也當面討論過，大多數的盟員，期待一個新的領導人。我想來想去，論聲望，論資歷，論能力，現階段沒有其他人比彭教授更理想更適合了。你就近先跟他談談看，我還會派一個人過去，協助你把這件事情辦妥。」

周炆明贊同辜寬敏的看法。不論從哪一個角度來看，彭明敏沒有問題，都的確是一個恰當的人選，只是，不知道他肯不肯在這樣一個風雨飄搖的艱困時刻，出面承擔重任？根據周炆明的印象，彭明敏進入美國已經一年半了，似乎還沒有加入台獨聯盟。周炆明之所以不敢確定，是因為，從來不曾在任何公開場合，聽過彭明敏本人或其他任何人說過他是不是聯盟的人。當然也有可能，彭明敏已經加入了，只是不願意公開而已。總是，周炆明沒有辦法確定。如果彭明敏是聯盟的人，懇請他出面領導，可能性應該比較大。如果不是，就會困難許多。不過，既然他有那麼大的決心和勇氣，發表措辭那麼尖銳的自救宣言，當然是對台灣獨立懷抱非常深刻的憧憬，面對台獨聯盟的重挫，應該不會坐視才對。周炆明沒有多想，反正非做不行，不管彭明敏肯不肯，為了聯盟，為了整個台灣，總

是必須盡力敦請。

2

　周斌明約好蔡同榮、羅福全，一起去密西根請求彭明敏出面。找蔡同榮一起去，是因為周斌明認為，主席親自拜託，誠意比較夠。至於羅福全，是因為周斌明知道，只要有羅福全在場，氣氛就會特別融洽。羅福全高大英挺的外表，親切誠懇的談吐，加上平易幽默的個性，可以使任何聚會輕鬆快樂、賓主盡歡。周斌明覺得，融洽輕鬆的氣氛，多少能夠沖淡專程前去懇求的生硬嚴肅。

　連著三個週末，周斌明和蔡同榮、羅福全三人，去了密西根三次。前兩次彭明敏都沒有答應，不過也沒有拒絕。或許應該說，談話都沒有真正進入主題，所以彭明敏事實上也無所謂答應不答應。談話沒有真正進入主題的原因是，每當周斌明或蔡同榮或羅福全提到台灣獨立聯盟，彭明敏就很巧妙，幾乎是不著痕跡，就轉換話題了。轉換的話題都是他的台灣人民自救宣言，從他如何下定決心為台灣同胞大聲講話，到他如何找上學生謝聰敏和魏廷朝幫忙，然後如何被國民黨惡政權迫害，最後如何成功耍弄國民黨，安全離開台灣，抵達瑞士等等，滔滔不絕，詳細敘述。一方面，彭明敏口才不錯，描述整個事件的曲折過程實在能夠吸引三人注意傾聽。另一方面，跟傳奇性的大人物見面，三人相當敬畏，不敢隨便開口，連羅福全都表現出平日難得一見的嚴肅或拘謹，所以場面完全被彭明敏掌控，三個人從頭到尾，沒有辦法找到誠懇發言的適當空間。三人

不明白，彭明敏的轉移話題究竟是有意還是無心。如果是有意，暗示的也許是他不願意談台灣獨立聯盟的種種。可是，假如他真的不願談論台灣獨立聯盟的種種，為什麼事先電話聯絡要去看他時，他又爽快應允？他應該知道，三人無事不登三寶殿才對。如果只是無心，只是巧合，為什麼每次都能恰當掌握時機，簡直不差分秒？

　　三人不明白，急切的心情卻不容許三人多做揣測。連續兩次白白奔波之後，蔡同榮忍不住了，第三次要去密西根以前，就明白告訴兩個同伴，無論如何，要把誠懇拜託的心意講清楚了，就算有點唐突，有點不禮貌，也顧不得了。蔡同榮說，事情緊急，他耐性有限。第三次去，蔡同榮不理會彭明敏又想轉移話題的明顯企圖，果然一口氣把來意完完全全說出來了。彭明敏聽完，神色自然，做了這樣的回答：

　　「這種事，任何台灣人都不應該推辭，也都沒有任何理由推辭，只是現在還不是誰或誰出馬領導的時候。現在比較適合討論的是，聯盟目前的處境，以及應有的對策。」

　　「既然彭教授認為誰都沒有理由推辭，」講話的還是蔡同榮，他好像沒有聽完彭明敏的回答，就急著再度發言了：「那麼就是同意我們的請求了，真是太感謝了，聯盟有救了。」

　　「你太急了，我沒有說我要答應，你恐怕沒有聽清楚。」彭明敏臉上掛著略帶矜持的微笑：「我是說，現在還不適合討論誰或誰出面，我想先向三位請教的是，聯盟目前的處境，以及應有的對策，不知道三位是不是有興趣聽？」

蔡同榮沒有再講話了，不過很快點點頭。周斌明和羅福全也迅速跟著點點頭。

　　「是這樣的，我個人認為，台灣獨立聯盟目前需要療傷止痛，靜悄悄療傷止痛。聯盟受到的傷害太大，一段時間以內，任何人為的努力，都拯救不了聯盟，想要平復傷害，只有時間這帖良藥。可是台灣獨立運動必須持續進行，怎麼可以靜悄悄？特別是國民黨已經被趕出聯合國大門，時機對台獨有利。所以我個人的看法是，目前必須有變通性的做法，還是做台獨的工作，不過不是由台獨聯盟出面，應該有一個新的組織。但是這個新的組織不是要取代台獨聯盟的，畢竟台獨聯盟在一段時間的療養以後，就可以復出，新的組織不能跟聯盟衝突，只能做聯盟療傷期間的替代角色，外界都不知道內情的替代角色，一旦聯盟復出，新的組織就可以解散，台灣獨立運動仍然由聯盟主導，這樣才不會形成雙頭馬車，才不會自亂陣腳。問題是，什麼樣的組織能夠這麼有彈性，說要成立就成立，說要解散就解散？」

　　彭明敏停頓了五秒鐘左右，好像在等待三人的回答。但是三人都沒有回答。周斌明趁著彭明敏停頓的空檔，端起桌上的杯子，喝了一口水，蔡同榮和羅福全也跟著端起杯子，似乎都在掩飾無法回答問題的尷尬。問題實在太過困難，突然提出，誰都沒有辦法立即想出恰當的答案。即使想出來了，面對傳奇人物權威性的長篇大論，也沒有誰有膽量提出，因為擔心見解太膚淺，不值得對方一笑。

　　「我的看法是，」彭明敏忽然也喝了一口水，然後才繼續講話：「基金會。基金會人少，不會產生人事上面的糾葛，容易控制，最有彈性，最適合扮演這個危機時期的替代性角色。我是想，如果我們能夠在這段期間，聯盟養傷止痛的這段期間，成立一個台灣研究性質相關的基金會，我倒是願意負責主持，我不教書了，全心全意主持，推動台灣獨立運動。一定要全心全力，才會有成績。要專職，不能兼職。平常不做，只有週末才偶爾做一下，這種初一十五式的週末獨立運動，想必三位也很清楚，效果非常有限。聯盟過去的發展之所以規模氣魄都不能讓我們滿意，欠缺專職的運動者，應該是一個重要的原因。所以如果我做，我一定專職，書也不教了，一天二十四個鐘頭，就是獨立獨立獨立，完全奉獻，時間生命，都不在乎，為了台灣人，根本不考慮自己，打拚又打拚，總是要做出成績來。不知道三位對我這樣的說法，是不是能夠認同？」

　　周斌明的心情感動而又慚愧。彭明敏完全奉獻的決心多麼令人感動啊，過去自己真的好像只有週末才做台獨運動，還有許多的週末，除了睡大覺補眠，什麼也沒有做，回想起來，多麼令人慚愧啊！因為感動而又慚愧，周斌明非常用力點頭。蔡同榮和羅福全有沒有同樣感動和慚愧，周斌明不知道，但是周斌明的眼尾餘光，清楚瞥見兩個同伴的點頭，跟自己一樣用力。

　　「然後，經過一段時間，一段或長或短，受到主觀努力與客觀情勢雙重影響，現在無法預估多長多短的時間，等到聯盟的內在士氣跟外在人氣慢慢恢復，如果到時候真的有需要，我再出面，也不是

什麼領導啦，算是追隨各位怎樣？當然，屬於聯盟制度層面、人事層面的許多問題，到時候我們再詳細討論怎樣？」

三個沈默的聽眾同時更加用力點頭，好像要用頭顱為彭明敏精彩的談論熱烈鼓掌一般。

「三位既然贊成，接下來要談的問題就比較實際。這個問題就是基金會的規模，換句話說，也就是基金會的金額。剛剛我們都同意，做運動必須專職，不能兼任。問題是，做運動的人也必須吃穿，還必須到處奔走，基本上的開銷，從哪裡來？我的看法是，為了穩定，為了不必臨時東湊西湊，像過去聯盟那樣，影響運動者的心情和運動的進度，根本的解決辦法，就是一勞永逸，增加基金會的金額，至少利息的收入，足夠運動者支付各項開銷，不知三位的高見如何？」

蔡同榮和羅福全又點頭了，周斌明頭點到一半，點不下去。妨礙他點頭到底的原因是，他突然想到，要組織基金會，當然需要基金。聽彭明敏的口氣，基金會的金額恐怕不少。每一毛錢、每一塊錢，都不可能自動從天上掉下來，必須辛辛苦苦，找熱心的台灣同鄉籌募。可是目前，那麼多台灣同鄉心灰意冷，或至少有待加溫，募款談何容易？如果金額太大，短期以內無法募集，那麼彭明敏的高明構想，跟天方夜譚又有什麼兩樣？假如終究一切成空，點頭又有什麼意義？想到這裡的周斌明忍不住開口了：

「能不能請教一下彭教授，你計畫當中的基金會，足夠的或理想的金額大概多少？」

「一百萬以上。至少一百萬才夠，美金。」

3

　　離開密西根，周斌明和蔡同榮、羅福全神情凝重。

　　聽到金額美金一百萬的瞬間，三人同時張大嘴巴，呆呆愣愣，什麼話也說不出來。一百萬，多麼可怕甚至殘忍的數目啊！黃文雄與鄭自才的保釋金十九萬，還不到一百萬的五分之一，就讓整個聯盟人仰馬翻了，一百萬，怎麼需要一百萬？怎麼可能在短期之內，籌募到一百萬？按照彭明敏的說法，聯盟必須療傷止痛，事實上，現階段聯盟的確也沒有力量出擊，連自保都有困難了，還談什麼出擊？組織一個替代性的基金會，繼續做獨立運動，真的是有必要。可是需要無法想像的巨大金額，等於宣告這是一條無法走通的道路。悲慘的結論就出來了，台灣獨立運動必須被迫中斷，甚至永遠消失了。金額太大，募不到。募不到，基金會就組不成。基金會組不成，台灣獨立運動就無法繼續推動。台灣獨立無法繼續推動，就沒有辦法凝聚內部的士氣與外在的人氣，就沒有辦法為台獨聯盟的療傷止痛爭取必須的時間，台獨運動也會持續冷卻，黯然消退。就算台獨聯盟最後終於不再傷痛，恐怕這個無情的人世間，國民黨政權在台灣早就完全穩固，根本沒有機會再做什麼台獨運動了。想到這裡，周斌明心底痛楚，表情自然就轉為凝重了。

　　蔡同榮和羅福全請教彭明敏，基金會的金額能不能降低。羅福全還好像在買東西討價還價一樣，提出他心目當中比較恰當的金額

——美金十萬。彭明敏彷彿不大高興，簡單說明革命建國本來就很昂貴、不能隨便打折的道理，同時大略估算專職基金會，他一個人的生活所需與運動開銷之後，就不大講話了。蔡同榮和羅福全又講了一些什麼，因為主人反應已經冷淡，表情當然也變得凝重，只好告辭了。

回到西維吉尼亞，周斌明打電話給辜寬敏，向他說明彭明敏的構想。辜寬敏反對組織基金會，認為不必多此一舉，直接就用聯盟的名義，運動仍然可以堅持下去，只要彭明敏肯出面領導，運用他的聲望做號召，聯盟內部的士氣自然會提升，外在的人氣跟著也就會回流：

「組織基金會，不只是錢的問題，日後一定還會留下後遺症，很麻煩。你再辛苦一下，跟彭教授繼續商量溝通，一定要請他出面，如果他堅持要專職，他的生活開銷等等，聯盟當然會設法，但是不要脫褲子放屁，組織什麼基金會。我會派一個人，一個特殊人物過去協助你，事情應該不會有什麼問題。」

周斌明聽辜寬敏的意思，又跟彭明敏聯絡了幾次，彭明敏還是非常堅持他的構想，不但明白表示，如果沒有成立基金會，他就不可能參與聯盟的事務。換句話說，成立基金會是他介入聯盟的先決條件，欠缺這個條件，什麼都不必再談。而且基金會的金額，他仍然一步也不退讓，堅持至少一百萬。周斌明轉告他辜寬敏的想法，說生活開銷等等，聯盟一定會幫他設法，請他不用擔心，不一定要靠基金會的利息供應。彭明敏對這樣的想法不以為然：

「我不必靠聯盟救濟。辜先生設想的這種方式跟救濟沒有什麼兩樣，我不能接受。雖然我為了台灣，犧牲一切，連財產都放棄了，一個人流亡到美國，可是我還能夠教書，還能夠餵飽我的肚子。我要教書，美國哪一所大學都會爭著要。我不需要人家救濟。再說，我不需要台獨聯盟或任何組織，都能夠從事台獨運動，以前我在台灣拚命，發表台灣人民自救宣言時，聯盟在哪裡？我還不是照做。今天是為了聯盟，不是為了我。我的一切計畫構想，都是為了聯盟好，如果你們不能接受，就另請高明，不要再來打擾我。」

辜寬敏派出的特殊人物，從日本飛過來了。根據辜寬敏在電話中的簡單介紹，周烒明知道特殊人物叫做「宗像隆盛」。漢文名字叫做「宋重陽」的宗像隆盛之所以特殊，有兩個原因。他是日本人，卻非常熱心台灣獨立運動，不但早在台灣青年獨立聯盟的前身，台灣青年會的時代就已經加入組織，還擔任中央委員，並且兼任「台灣青年」雜誌的編輯，台灣獨立聯盟世界總本部成立以後，他也出任日本本部的中央委員，一直是日本方面台灣獨立運動的重要人物，這是他特殊的第一個原因。至於第二個原因，跟彭明敏密切相關，他是安排彭明敏從台灣逃到瑞典的關鍵傳奇人物。周烒明以為，辜寬敏派他前來協助請託並勸說彭明敏出面，應該就是基於第二個原因。辜寬敏在電話中沒有明說，周烒明也就沒有問。只要能夠處理好事情，重振台灣獨立聯盟的聲勢就好，辜寬敏為什麼派宗像隆盛來，並不重要。

周烒明約集蔡同榮、羅福全，陪著宗像隆盛前往密西根。客人

遠來，爲了表示主人歡迎的誠意，吳秀惠也跟著去。特殊人物果然特殊，宗像隆盛在場，彭明敏雖然還是堅持原先的構想，不過口氣鬆動多了。經過一整個下午的討論以後，終於同意降低基金會的金額了，但是願意降低多少，依舊不肯明說。始終保持沈默，安安靜靜聆聽討論的吳秀惠這個時候開口說話了：

「我不是聯盟盟員，大膽表示意見恐怕很不恰當，不過做爲一個台灣人，對於各位這麼關心的台獨運動，表達一點粗淺的看法，應該也是一種義務。如果我講的，很外行，很幼稚，很可笑，請各位多多包涵，就當做只是普通台灣人聚會場合的聊天。我是想，宗像先生千里迢迢從日本趕來，以一個日本人的身份，爲我們台灣的獨立運動勞心勞力，沒有私心，沒有計較，如果我們台灣人本身，不能展現投身運動更大的包容、決心和熱情，對他實在不好交代。所以能不能這樣，大家犧牲一點，今天就達成一個協議，讓宗像先生不至於白跑一趟好不好？我們還是努力，募集一筆款項，可能的款項，但是卻也足夠彭教授發揮的款項，全部交給彭教授處理，是不是要運用這樣一筆款項，成立基金會，也由彭教授全權決定。假如金額實在太少，沒有辦法成立基金會，就先成立一個研究會也可以。彭教授爲了台灣人，就多犧牲一點，阿殺力答應，出來擔任聯盟的主席，現在就出來擔任，發揮號召力，讓聯盟儘快恢復。致於款項的募集，同榮兄、福全兄，還有我先生也必須儘快進行，不要辜負彭教授的好意。事實上，彭教授肯出面，不但是聯盟的福氣，也是全體台灣人民的福氣，成立基金會也是好事，如果不是募款非

常困難，實在不應該這樣委屈彭教授的。彭教授犧牲一下，點個頭，事情是不是應該就會比較圓滿？宗像先生回日本，對辜先生也比較有個交代？如果彭教授同意我這個大膽的建議，我們家的房屋，願意賣掉，把錢先捐出來。」

吳秀惠講完，現場忽然一片沈寂，包括彭明敏在內，都低下頭去，彷彿被深深感動了。大約經過五分鐘吧，彭明敏打破沈寂，表示台灣的女性既然這麼了不起，男性怎麼可以認輸：

「一句話，阿殺力。我答應，不管款項多少，先成立台灣問題研究會，繼續推展台獨運動。我說到做到，在研究會專職，全力打拚。明年，也就是一九七三年元月開始，不到半年了嘛，我接任聯盟主席，這個樣子周太太滿意嗎？」

不僅周太太滿意，現場每一個人都滿意，出乎意料之外的滿意。氣氛立刻活潑熱絡起來，羅福全終於有機會展現風趣幽默的口才了，彭明敏也拿出酒來了，圓滿達成任務的宗像隆盛手舞足蹈，蔡同榮一向略嫌瘦削悲苦的臉容，也出現難得的笑容了。只有周斌明笑不出來，他非常清楚太太說到做到的個性，既然應允賣掉房子，就一定會賣掉，從此以後，又要租房子住了嗎？最小的孩子周攸棟都已經九歲了，個子也不小了，一家五口，必須租多大的房屋才夠住？記憶當中，父親離開台北市政府，儲蓄又被菊元百貨公司倒掉以後，全家大小住在租來的小房子裡，那種侷促擁擠的感覺，重又出現了。

就在彭明敏應允之後不久，周斌明聽到鄭自才在瑞典被捕的消

息。消息的來源是羅福全。羅福全還說，原來鄭自才棄保之後，就逃抵瑞典要求政治庇護，藏匿的所在，正是彭明敏從台灣飛往瑞典時，暫時住過的地方。羅福全懷疑，當初黃鄭兩人決定棄保，說不定跟彭明敏有關。周斌明叫羅福全不要隨便猜測，彭明敏好不容易才答應出來拯救聯盟，隨便猜測可能節外生枝，一旦影響大局，就不好了。

4

周斌明與吳秀惠的房屋沒有賣成。房屋公司的人評估之後表示，周家的房屋已經老舊，一時之間不容易找到買主，就算找到，也賣不了什麼錢，假如真的需款孔急，建議周氏夫婦不如直接以房屋抵押，向銀行貸款：

「馬上可以拿到錢，不必等待。而且周先生是大學教授，又是醫師，收入穩定，償還能力沒有問題，銀行的貸款額度說不定比房屋真正的售價還要高。」

周斌明與吳秀惠依照建議辦理抵押，順利拿到一大筆錢的同時，還有原來的房屋可以住，不必搬出去租房子。按月償還銀行的本息當然比房租高，可是比租房子應該舒服多了，還可以省去搬家的麻煩，周斌明和吳秀惠都覺得滿意。

蔡同榮和羅福全也都捐了相當大筆的款項，還有西維吉尼亞附近幾個比較熱心慷慨的同鄉也捐了錢，日本的辜寬敏自然也不可能置身事外，所以在很短的時間內，周斌明就籌集到將近二十萬元的

美金。周斌明告訴彭明敏這樣的消息，請問彭明敏夠不夠，什麼時候可以成立研究會或基金會。特殊人物返回日本去了，彭明敏的阿殺力似乎也曇花一現了。彭明敏一下子嫌款項太小，一下子又說離開密西根以後，沒有地方住。周斌明問他爲什麼要離開密西根，是不是一定要離開密西根，才能做運動？彭明敏說，既然聯盟的總本部辦公室設在紐約，研究會或基金會的所在地最好也選擇紐約附近，將來出任聯盟主席，工作才會方便。周斌明請他決定地點，住的問題另外解決好了。彭明敏勉強同意，決定把研究會或基金會設在紐澤西。

　　周斌明和蔡同榮、羅福全商議，在紐澤西彭明敏指定的地點貸款買了一間小小的房子，做爲彭明敏的住處。中秋以後，彭明敏終於離開密西根，到紐澤西去了。周斌明把將近二十萬美金交給彭明敏，請他全權處理。彭明敏還是成立基金會了，可是兩、三個月過去，好像沒有看到基金會做了什麼事。一九七三年到來，應該出任聯盟主席的時候到了，彭明敏又推三阻四，等不及的蔡同榮早就把主席的位子交給澎湖人「鄭紹良」了。經過一再溝通商量，彭明敏才勉強出任，可是半年不到，他就不做了，而且一走了之，連基金會也不做了，離開紐澤西，到堪薩斯去，自己買房子住。不久，更前往俄亥俄州辛辛那提附近的Wright州立大學客座去了。

　　聯盟形同瓦解的局面，後來張燦鍙出面收拾，重新辦理盟員登記，設法再度起步。周斌明重新登記參加。對於台灣獨立運動，周斌明的熱心永遠不變，但是對於彭明敏的顛三倒四、不負責任，周

炆明傷透了心。想起自從黃鄭兩人棄保潛逃以後，爲了請求彭明敏挺身所做的種種努力，周炆明後悔不已。

張燦鍙大步向前，聯盟漸漸恢復穩定。張燦鍙決策力強，募款也有一套，沒有什麼事情需要麻煩周炆明，周炆明又沒有擔任聯盟的任何職務，漸漸就遠離聯盟核心，成爲一個單純的盟員了。

時間增多，心緒純淨，周炆明把整個心力，完全投入學術研究。西維吉尼亞安安靜靜，研究工作安安靜靜。獨立運動有人承擔重任，可以放心安安靜靜做研究，周炆明覺得高興。

第十三章　兩對父母親

1

　　三個兒子的成長與教育，是吳秀惠生活的重心。當然關心周斌明的一切，關心台灣人的活動，但是周斌明會照顧自己，台灣人的活動三不五時才有一次，大部份的時間和心思，吳秀惠放在三個兒子身上。

　　西維吉尼亞的台灣人原本就少，增加的速度也非常緩慢，三個兒子唸書，當然都唸美國人的學校，平常交往的同學朋友，也都是美國小孩——吳秀惠不曾忘記，三個兒子本來就是美國人。

　　大學附近的美國白領階級，極為關心小孩的種種，為了結合社區的力量，提供小孩更加周密的照顧，社區裡面的家庭主婦，組成媽媽團體，輪流幫小孩服務；小孩要去旅行，或者要去參加運動比賽、生日或節慶聚會等等，開車接送。學校需要義工，輪流前往擔任。社區裡頭的一些生活事務，有時未必與小孩有關，媽媽團體也會集體商議，做出決定。吳秀惠參加這種媽媽團體，熱心奉獻，服務小孩的同時，還希望讓媽媽同伴對台灣人能夠產生良好的印象。

　　媽媽團體的成員並且介紹吳秀惠參加「婦女投票者聯盟」。這個聯盟是美國最大的婦女團體，無黨無派，選舉時不會支持特定的政黨候選人，而是支持特定的政策。投票之前，聯盟總部會發給所有候選人問卷，就一些特定的議題，請候選人表示意見，同時在大

衆傳播媒體公佈問卷調查的結果，不僅影響聯盟成員的投票傾向，甚至對於非成員或男性選民都會造成影響，力量很大，一般候選人都不敢掉以輕心。吳秀惠非常喜歡這種生活化的政治，國家大事、重要決策能夠這麼柴米油鹽，這麼的舉重若輕，眞是令人羨慕。人民就單純地生活著，甚至包括整天兒女先生的家庭主婦，都不需刻意關心政治，自然就不會錯過政治。對於政治人物的挑選與監督，這麼簡單，這麼平實，這麼普遍地進入日常生活，獨裁者怎麼可能產生，連背離民意的，都難以生存。吳秀惠用心學習聯盟的一切，希望有一天，自己的國家也用得上。

跟著比較熱心的社區媽媽，吳秀惠還參加AI，就是國際特赦組織。加入AI的心情，跟加入媽媽團體或婦女投票者聯盟的心情完全不一樣。因爲這個國際性的人道組織努力從事的，正是世界獨裁國家遭受迫害的政治犯的關心與救援工作，吳秀惠非常清楚，這樣的工作對於國民黨野蠻統治之下的台灣獨立運動者，以及海外地區熱心台灣獨立運動的台灣人，多麼迫切需要。吳秀惠懷抱嚴肅的悲憫，認眞參與組織的活動，學習怎樣有效關心並救援政治受難者。

參加這些由小到大的團體，關懷的範圍由社區到全國到國際，開始只是因爲要替社區裡頭的孩子，也就是三個兒子的朋友和同學服務，沒想到經由社區媽媽的介紹，還能參加視野更寬廣的組織，多所學習，讓自己不斷成長。吳秀惠感覺喜歡，活動的時候，經常想到很久很久以前，在台灣，在台大醫學院，自己一手籌組的ROV俱樂部。

生活的重心當然是三個兒子，從關心兒子出發，道路逐漸寬廣，關心的，卻仍然是兒子長大以後，生活跑跳的空間。

2

一九七五年春天，吳秀惠前往紐約參加一個抗議活動。這個活動跟媽媽團體、婦女投票者聯盟或AI都沒有關係，不過吳秀惠更加喜歡，因為，跟台灣密切相關。

活動是台獨聯盟主席張燦鍙的太太「張丁蘭」發起的。張丁蘭打電話邀請吳秀惠參加，告訴吳秀惠，活動的主題是要抗議國民黨政權的黑名單惡政。吳秀惠知道，國民黨為了懲罰在海外地區參與或關心台灣獨立運動的台灣人，同時為了嚇阻台灣人捐款支持贊助獨立運動，根據抓扒仔特務密報的資料，將許多熱心的台灣同鄉列入所謂的黑名單，緊緊關閉家鄉的大門，不給這些台灣同鄉返國的入境簽證，讓他們有家歸不得，嚐盡想念故鄉、想念家人的痛苦，讓他們每次聚集，吟唱台灣歌曲「黃昏的故鄉」時，滿臉淚水，痛哭失聲。

來到美國十七年了，吳秀惠從來不曾申請過返台簽證。前面幾年，還在唸書，經濟困窘，沒有能力購買機票回家。同時也想，拿到學位就回去了，不必急。中間幾年，連護照都沒有了，還申請什麼簽證？後來幾年，知道丈夫介入台獨運動這麼深，不可能不被列入黑名單，也就不想自取其辱。沒有申請過返台簽證，並不表示不想回台灣，並不表示不想家，當然，更加並不表示不想念父親母

親、兄弟姊妹。有風的黃昏，下雨的清晨，無法入睡的黑夜，每當童年的往事悄悄侵入心頭，刺骨的疼痛就遍佈五內，無法忍住的淚水就河堤崩潰了，啊，故鄉。如果不是明明知道會被拒絕，不知早就申請過多少次了。

張丁蘭說，為了抗議國民黨政權的野蠻惡霸，為了讓美國的新聞媒體知道這種不人道的黑名單政策，也為了替許許多多的台灣同鄉爭取返鄉的權利，所以決定集合同志，到紐約國民黨駐美領事館負責辦理簽證的大廳，靜坐抗議。張丁蘭還說，為了凸顯這項人性的、溫柔的訴求，前往抗議的，將會全部都是女性。

吳秀惠坐飛機到紐約，和張丁蘭會合後，一起前往領事館。張丁蘭交給吳秀惠一件白色的背心，上面用紅色的油漆，寫有抗議文字。張丁蘭叫吳秀惠先把背心放在手提袋裡，抵達現場之後再拿出來穿上。

參加抗議活動的台灣女性，包括吳秀惠和張丁蘭在內，一共只有十二個。張丁蘭一個一個介紹，都住在紐約和紐澤西附近。吳秀惠都不認識，記得名字的，也只有兩個，一個叫「黃靜枝」，另外一個叫「黃雪香」。記得住黃靜枝，是因為她跟自己最小的妹妹吳秀枝長得有點像，而且名字的最後一個字都是「枝」。至於記得黃雪香，大概是因為她跟黃靜枝一樣，都姓黃。

抗議活動的進行很簡單，也很靜態。十二個女性穿上同樣款式、寫有同樣文字的白背心，在領事館大廳，辦理簽證的地方，坐成一排，坐在地板上。不曾參加過類似活動的吳秀惠，對於這個樣

子坐在地上看人、也被人看,感覺相當新鮮。偶爾想到抗議的主題,覺得應該讓表情嚴肅一點,或者悲壯一點,就稍微把嘴角往下拉,不過這樣的表情維持不久,因為注意看著進進出出的人,很快就忘記必須嚴肅或悲壯了。進進出出的人,有的抬頭挺胸走過去,好像一隻驕傲的火雞,皮鞋或高跟鞋敲踏地上的聲音很響亮,彷彿根本沒有看見坐在地上的人。有的剛剛相反,非常好奇的樣子,不但睜大眼睛張望,還會走近一點,仔細看背心上面的紅字,甚至已經走過去了,仍然頻頻回頭。看起來像台灣人的,神態明顯同情,看起來像中國人的,就表現出鄙夷、輕視、不屑或憤怒的神情。同情也好,鄙夷、憤怒也罷,大抵都保持靜默,沒有真正講出來。不過也有少數人,也許是感覺特別強烈,情緒特別激動,光用神態表達不夠暢快,也會發出聲音。其中就有兩、三個,使用怪腔怪調的中國話罵人,一大串,口音濃濁,而且邊走邊罵,聲音越來越遠,吳秀惠雖然注意聽,感覺卻很模糊,但是加重語氣的「不要臉」、「三八」、「丟人現眼」、「告洋狀」或「拋頭露面」等等,吳秀惠倒是聽得一清二楚。可惡,怎麼可以這樣罵人?佔領人家的土地,欺壓人家的同胞,關閉人家的大門,還敢這個樣子罵人,真是太可惡了!吳秀惠心頭火起,幾次大聲回罵過去。可是平常很少罵人,並且很少使用中國話,一時之間,根本找不到適當的詞彙,罵來罵去都不順口,比較滿意的只有一句「中國豬」,因為小時候每次聽到父親母親提及中國人,用的就是這三個字,就算心平氣和,完全沒有罵人的意思時,父親母親也是這樣稱呼中國人,吳秀惠聽多了

聽熟了，雖然經過長久的時間阻隔，竟然沒有影響到情急脫口的順暢。

　　大約坐了兩個小時以後，反正就是臀部開始發酸的時候，開始有人來拍照片。陸陸續續，好幾個人來拍。黑頭髮的也有，黃頭髮的也有，應該是媒體記者吧，因為還有人問問題，同時拿出筆記簿，重點記錄。所有的問題都由張丁蘭搶著回答，有一、兩次吳秀惠覺得張丁蘭的回答不夠，想要補充，也被張丁蘭搶過話頭，沒有補充成。記者離開以後，張丁蘭向吳秀惠道歉，同時解釋為什麼她忽然會這麼沒有禮貌：

　　「如果問妳問題的，真的是記者，妳回答了，他可能接著就會問妳的姓名和身份，這個樣子寫出來的新聞稿，才有根據，才有可信度。問題是，為什麼我們要有那麼多人曝光？而且是主動曝光？國民黨想知道，就讓他們的抓扒仔來查，有本事就來查，為什麼我們要那麼好心，主動透過媒體告訴他們？我個人沒辦法，因為燦鎏的關係，不曝光也不可能，就曝光到底好了，看看會怎樣。至於其他姊妹，能夠隱藏身份，還是盡量隱藏比較好。特別是妳，從來沒有參加過這種活動的，何必急著曝光？」

　　「謝謝妳，原來妳是好心，要保護我。」

　　「也不一定能夠保護到，」張丁蘭嘆了一口氣：「他們無孔不入，我們只是盡可能隱藏，不讓他們吃太好而已。事實上，我們怎麼知道那些來照相的，沒有他們的抓扒仔？本來燦鎏還要我們，全部都戴上面具。我反對，台灣人要求自由回台灣，為什麼還要遮遮

掩掩？」

「另外請教一個問題，」吳秀惠有點不好意思，停頓了幾秒鐘吧，不過最後還是把問題講出來了：「妳怎麼那麼厲害，知道我沒有參加過這種活動？」

「很簡單，」張丁蘭笑了：「因為妳跟中國人相罵。第一次參加這種活動的，也就是公開的群眾抗議活動的，才會跟對方相罵。次數多了，就知道不必罵，原因是，罵不完，還是省省體力。妳回想看看，剛剛是不是只有妳一個人跟人家相罵？還有，西維吉尼亞那麼鄉下的所在，妳怎麼可能有機會參加這種活動？」

警察來了，不准吳秀惠等人繼續靜坐，叫大家站起來離開，整個抗議活動就算結束了。脫掉背心，想要站起來時，吳秀惠發現雙腳酸麻，掙扎顫抖半天，還是靠著張丁蘭又拉又扶，才勉強歪歪斜斜站了起來。至於「離開」，一時之間哪有辦法舉步？

張丁蘭開車送吳秀惠前往機場，途中聊天，談到黑名單惡政嚴重剝奪台灣人的返鄉人權時，張丁蘭忽然問吳秀惠願不願意加入台灣同鄉組成的人權團體「全美人權會」，吳秀惠吃了一驚：

「當然願意，那還用說？國際特赦組織都加入了，台灣同鄉的人權組織怎麼可以不加入？不過，什麼時候開始，我們台灣人也有這種組織，怎麼我都不知道？」

「剛剛成立的，還沒有對外活動，妳當然不知道。我也是正好講到返鄉的人權，才想起來的。」

「那就拜託妳，幫我報名加入，會費多少，是不是我現在先給

妳？」

「我幫妳報名，人權會辦公室叫妳繳費的時候，妳再直接繳給他們，以免轉來轉去，常常會忘記。」

返回西維吉尼亞途中，吳秀惠的心情相當興奮，完全新鮮的抗議靜坐經驗，而且是為台灣同鄉爭取返鄉權利這麼有意義的經驗，當然會讓吳秀惠興奮異常。何況，因為這次的抗議行動，還加入一個新的台灣人團體，可以多關心台灣的人權問題，感覺中，比參加國際特赦組織更親近，更有意義。這樣意外的收穫，更讓吳秀惠興奮不已。

興奮不已的吳秀惠把抗議背心放在手提袋裡帶回家，迫不及待向周炇明展示，同時吱吱喳喳敘述抗議靜坐的點點滴滴，最後還特別鄭重強調，以後碰到類似的群眾活動，她都要盡量前往參加。實在是興奮不已，所以吳秀惠忘了計較，只有十二個人參加的活動，算不算「群眾」活動。當周炇明笑嘻嘻，提出這樣的問題調侃她時，她也不知道應該怎樣回答。

抗議靜坐的興奮心情還沒完全消失，吳秀惠居然不得不申請返台入境簽證了。擔任台灣大學醫學院公共衛生研究所所長的大哥吳新英來電，說父親吳拜病危，要吳秀惠設法回家一趟，見父親最後一面。申請不准，意料之中。再申請，還是不准，七十七歲的父親卻已等待不及，永遠閉上眼睛了。

兩個月以後，七十四歲的母親王彩玉也因為哀傷過度，告別人世。吳秀惠仍然拿不到簽證，回不了台灣。出國十七年來，不曾見

過父親母親一面，此後，再也見不到了，無論如何無論在什麼地方在什麼所在無論幾十年幾百年幾千年幾萬年甚至無論死去活來無論天地顛倒永永遠遠都見不到了！吳秀惠哭腫雙眼，心如刀割，孤單無助的悲憤，連周斌明都無法安慰。周斌明陪著太太流淚，再三告訴太太，還有一對父母住在日本，這對父母和台灣的父母對她的疼惜都一樣，吳秀惠連連搖頭，說不一樣。

3

　　一九七六年四月，周斌明接受日本東京大學的邀請，前往擔任客座教授半年。行前，周斌明多次與吳秀惠商量，希望兩個人能夠一起去。周斌明的想法是，生活環境的變換，對於平復太太悲傷的心情有幫助。雙親不幸接連去世，同時慘遭國民黨惡意阻撓，沒有辦法返台探視，連奔喪的機會都被剝奪，接二連三的折磨，使原本身形纖瘦的吳秀惠更加單薄，往昔愉快的笑容、飛揚的神采都消失了，皺紋忽然增多的臉上，經常呆滯的眼神，都清楚顯示她內心的悲苦。周斌明看在眼裡，當然於心不忍，卻又幫不上忙，正好有機會出國，就想到帶太太一起去，讓她散散心。

　　吳秀惠不同意，說她走不開，因為家裡還有三個小孩。周斌明建議，是不是可以找社區媽媽團體的成員幫忙照顧，吳秀惠說不行。吳秀惠告訴先生，半年太長，不可以麻煩別人那麼多。而且三個兒子的年齡分別是十六、十四、十三，正好都處於青少年狂風暴雨的叛逆期，不能跟父母親分開那麼久，只有父母親能夠瞭解他

們，能夠幫助他們。既然父親有事，母親就不能離開：

「我大概知道你在想什麼。不必擔心，我很快會好起來。責任這麼大，以前我們差一點被遣送的時候，沒有體會到的責任，現在都體會到了。以前比較年輕，不大懂事，現在好多了。責任眞的很大，家裡的，整個台灣人的，台獨運動的。你想想看，我們這種悲痛，多桑和卡將過世，卻不能回去的悲痛，從前一定不只一百次一千次，發生在海外的台灣人身上。可是我們都沒有感覺。因爲沒有感覺，所以就縱容自己，沒有努力盡責任，繼續讓國民黨統治台灣。以後不能這樣了，以後要多做一點事了。你放心，責任感讓我覺得堅強，我沒有那麼悲傷，我只是穩重了，成熟了。我講不清楚，但是我會很快好起來，你放心。知道你放心，我才會放心。」

周炆明一個人去日本。東京大學的課程按照計畫，順利進行。大學的醫學院院長和教授，還有東京地區著名的醫療單位對於周炆明的來訪，表現出極大誠意的歡迎，除了正常上課之外，還特別舉辦好幾場演講會與座談會，選擇不同的地點，就周炆明最專長的腦神經病理方面，設計講題，讓周炆明盡情發揮，也讓關心醫學研究的日本醫師或教授，有更多的機會向專家請教。就在一次這樣的演講會當中，周炆明意外與黃雲松重逢。來到東京大學以後，醫學院院長和幾位教授就跟周炆明提過台灣人醫師黃雲松，說他是當今日本醫學界腦神經外科的權威，目前住在京都。周炆明很想抽空前往京都，跟這個曾經影響過自己研究方向的台大醫學院優秀學弟見見面，沒想到還沒有安排好，就在東京跟他重逢了。黃雲松告訴周炆

明，專程來到東京，就是為了聽學長演講，讓周斌明高興、感動之餘，難免也產生一種面對專家的惶恐。演講完，兩人單獨相聚敘舊，回憶起台北種種，不時開懷大笑。只是兩人好像事先已有默契，從頭到尾，沒有提過他們共同的朋友廖史豪。周斌明不想提，是因為廖文毅變節投降的往事令人感傷難過，不過不知道為什麼黃雲松也沒有提。

課程全部結束之前，東京大學的校長與醫學院的院長為了肯定周斌明的醫學成就，也為了感謝周斌明不遠千里應邀前來講學，隆重頒發了一個意義崇高的學術貢獻獎給周斌明。

上課和演講之餘，周斌明和小學同窗好友周英明經常相聚，也去辜寬敏的家中拜訪過好幾次，同時找過宗像隆盛，並且跟台獨聯盟日本本部的盟員做過聚會。不管是跟老同窗重聚，還是跟新朋友相處，談話的重點都圍繞著台灣獨立。周斌明喜歡這種談話；這個世界上，不同的角落，越多人談論台灣獨立，越多人關心台灣獨立，周斌明越喜歡。如果台灣能夠早一點獨立，比如說去年或前年就已經獨立，那麼，岳父岳母病危到過世之間，太太就可以隨時出入台灣，不必因為被國民黨惡意刁難而痛苦，而遺憾了。如果台灣不能儘早獨立，同樣的痛苦和遺憾，不知道還要繼續折磨多少台灣人。

4

孤身在外的日子裡，當然會想念西維吉尼亞的家，以及太太和

小孩所給予他的溫暖，但是，在父親和母親東京的家裡，周炌明卻享受到另外一種家庭的溫暖。兩種溫暖不大一樣，周炌明都喜歡。在西維吉尼亞的家裡，自己是父親與丈夫，在東京的家裡，自己是兒子。父親與丈夫的身份，享受到的家庭溫暖是親密的敬重，兒子的身份，享受到的家庭溫暖卻接近溺愛。四十六歲了，三個小孩的父親了，居然還有機會被溺愛，周炌明的感覺是幸福。

　　十七個年頭不曾見過面，父親和母親的面容和體態，都明顯蒼老了。歲月改變了他們的外表，彷彿同時也改變了他們的性情或愛好。七十三歲的父親周耀星不像從前那麼嚴肅沈默了，神色比周炌明的印象當中和藹許多，甚至有點慈祥的感覺了，偶爾跟兒子喝起酒來，話也多了。有一天，竟然還帶周炌明去看很久很久以前，周炌明才兩歲大的時候，一家四口住過的老房子，租來的，小小的二層樓。父親說，周炌明曾經從二樓陽台掉下來過，掉在水泥地上，母親嚇壞了，大哭失聲，可是非常奇怪，周炌明自己摸摸屁股爬起來，什麼事也沒有。

　　跟父親同樣年齡的母親施浣清愛上畫畫了，說是孩子都長大了，閒著無聊，就跟兩個師大美術系畢業的女兒月坡、月秀學畫畫。剛開始只是為了消磨時間，好玩，沒想到越畫越有興趣，越畫越入迷，天天畫，不停畫，居然畫出成績來了，台北的美國新聞處還為她辦過畫展。除了畫畫，偶爾還寫些短詩，藝術家雜誌社已經跟她接洽妥當，明年就要出版她的「浣清詩畫集」。母親有點得意，也有點不好意思：

「出什麼詩畫集嘛，真的有人看嗎？都是月秀啦，她最雞婆，到處替她卡將吹牛，雜誌社的編輯聽到了，就主動跟她接洽，她也沒有問過我，就答應人家了。明年出版以後，我會寄一本給你，不過，不是那麼熟的朋友，不要拿出來給人家看，不可以讓卡將丟臉。」

靜靜聽著母親娓娓叙述，周斌明的感覺是，幸福如同溫暖的潮水，幾乎把自己淹沒了。周斌明終於明白了，自己喜歡畫畫，妹妹月坡和月秀也喜歡畫畫，不是沒有原因的。只是，將藝術細胞遺傳給子女的母親，居然最後才跟女兒學習，最後才揮動彩筆。人生的幸與不幸，差別真大。幸運的，得到適當的栽培，天才自然能夠展現。不幸的，沒有獲得栽培，再大的天才，恐怕都要遭到埋沒。年輕時候的母親顯然不夠幸運，假如那個時候，就有人發現母親的天分，引導她栽培她，也許她在繪畫藝術上面，會有比較可觀的成就。年輕時候，一個被殖民地的鄉下女子，哪有機會得到栽培？只有自己的國家，才會用心栽培自己的國民，台灣人哪有那個福氣？

客座半年的日子裡，除了上課、演講，以及跟台獨聯盟日本本部的老同窗、新朋友聚會之外，大部份的時間，周斌明幾乎都跟父親母親在一起。周斌明珍惜並且感謝父親母親的溺愛，因為這種溺愛，從小到大，形式不盡相同的溺愛，自己才有機會長大，才有機會接受完整的教育，並且在四十六歲的中年，遠從北美客座東京，原本應該孤單寂寞，做客異鄉的時刻，還能如此縱情享受家庭的溫暖。

半年過去，當東京地區的樹葉開始轉黃變紅，離別的時刻就到了。周斌明心底矛盾，一方面，東京的家讓他依依不捨，另一方面，西維吉尼亞的家，又叫他歸心似箭。到底還是母親最能瞭解孩子的心情，母親微笑著打包送給媳婦和孫子的禮物，輕柔著聲音這樣叮嚀：

「這次的禮物你帶回去，下次的禮物我和你的多桑親自送過去。說不定很快，我們就會去美國看你們。」

「那麼遠的路，我們又不懂英語，」父親的表現真實許多，說話的時候，眼眶都紅了：「還是你們找機會，一起來日本吧。」

第十四章　內外

1

　　一九七八年秋天，西維吉尼亞州立大學慶祝建校一百週年，特別選出百年來該校最傑出的十五名學者，擴大表揚。十五個人的資料都慎重整理，送入校史館永久陳列。還在人間存活的，校慶典禮當中，都接受儀式隆重的頒獎，連已經退休的也被請回學校。周斌明是十五名學者之一。校方評鑑周斌明獲得表揚的主要原因是，來校十年，除了認真上課、診病，同時訓練大學附設醫院的住院醫師外，還全力從事腦神經病毒的相關實驗與研究，陸續發表論文一百多篇，有效提供美國甚至全世界醫學研究或臨床人士新的思考角度，對於人類的身體健康貢獻卓著，學校也分享到許多榮耀，所以必須肯定獎勵。

　　站在領獎台上，面對數以千計的學生、校友、教職員、醫師，以及西維吉尼亞政經各界前來參與盛會的人士，周斌明真是感觸良多。時光匆匆，沒有想到，進入這所大學居然已經十年了。十年前，如果不是這所大學伸出援手，透過多方面的協助，爭取到國會的特別批准，能夠在美國永久居留，面臨遣送困境的周斌明夫婦，還真是前進無路、後退無步，哪裡還能從事什麼醫學病理研究？

　　主持頒獎典禮的校長特別請周斌明代表所有的得獎人講幾句話，由於事出突然，加上心緒波濤洶湧，周斌明簡直不知道應該講

些什麼才好。典禮會場掌聲如雷，都在等待周炎明開口。想要推託或婉拒，根本不可能。周炎明只好硬著頭皮站起來，雙腳發抖，走到麥克風前面，幾乎是想也不想，講出了這樣一段話：

「我是台灣人，一個沒有國家的台灣人。我們台灣人的土地，被中國人佔領，中國國民黨的獨裁政權，三十多年來，都在欺壓迫害我的同胞。十九年前，我來到貴國唸書，因為參加追求台灣獨立的運動，護照被國民黨取消。面臨遣送的危機時，西維吉尼亞大學和貴地的熱心人士幫我的忙，讓我有機會繼續居留貴國，做醫學研究。我感謝之餘，深深相信，只有偉大的、人道的、愛好自由的國家和大學，才會對慘遭迫害的弱勢者伸出援手。我也同時承諾，一旦台灣獨立建國，必將努力學習貴國愛好自由的人道精神，幫助需要幫助的弱勢者，共同為現代醫學無能為力的人類和平友愛盡心盡力，謝謝大家。」

2

台灣島內風起雲湧，周炎明和吳秀惠覺得必須有所因應。西維吉尼亞地方偏遠，台灣住戶始終增加緩慢，想要捲起獨立運動的旋風，客觀上有困難，即使只想多參與一點台灣人的活動，都沒有機會。兩人開始商量搬家的可能。搬家，搬到一個台灣同鄉比較多的城市，共同設法，多為故鄉台灣做點事。

國民黨政權的大頭目蔣介石死掉，軍事強人的極權統治開始鬆動，台灣島內追求主權獨立或民主改革的勇士躍躍欲試，分別出版

雜誌，開始針對民眾啟蒙。百餘年來影響台灣非常深遠的基督教台灣長老會，也適時發表人權宣言，主張在台灣建立一個新而獨立的國家。國民黨的大靠山——美國，偏偏在這個時候跟中華人民共和國外交關係正常化，把國民黨政權一腳踢開。原本只能靠選舉單打獨鬥、宣傳理念的各地黨外，透過雜誌的發行舉辦演講會，慢慢形成互相支援、團結合作的政治團體。蔣介石的兒子，沒有被黃文雄一槍射殺的蔣經國心慌意亂，設計打壓，一手製造一九七九年底的高雄美麗島事件，同時逮捕黨外人士一百多名，企圖一網打盡從事反對運動的台灣人。可是大規模的逮捕反而引發海內外台灣人的強烈不滿，情勢的轉變對國民黨政權不利的同時，殘暴野蠻成性的統治者竟然屠殺美麗島事件受害被捕者之一，宜蘭人「林義雄」律師的母親和雙胞胎幼女！台灣人民和國民黨政權赤裸裸的對抗於是全面展開。對於台灣獨立運動而言，從未有過的有利時機，正在向台灣人招手。

人神共憤的台灣島內，如同一鍋滾燙的沸水，始終密切注意台灣局勢的周炡明和吳秀惠，也跟著心情起伏。安靜平穩的西維吉尼亞不適合滾燙的沸水，也不適合起伏的心情。孩子已經漸漸長大，最小的周攸棟十七歲，就快跟著兩個哥哥一樣，離開家裡進入大學，客觀上，家務減輕，時間增多，非常適合為台灣挺身。西維吉尼亞真的太偏遠了，不方便伸腳出手，的確需要搬家。

搬家的機會來了。俄亥俄州克里夫蘭的醫學中心需要一個神經病理的專家。周炡明有一個朋友在中心裡做事，問周炡明是不是願

意過去。幾乎是毫不考慮，周炌明就應允了。因爲周炌明知道，克里夫蘭醫學中心的腦神經外科，設備與聲望在美國的腦神經醫學界都數一數二，去那裡工作，比留在西維吉尼亞大學，更有機會發揮。這個還不重要，重要的是，周炌明清楚克里夫蘭的台灣人很多，台灣同鄉會很活躍，在克里夫蘭，可以爲台灣獨立運動做比較多的奉獻，正好適合目前的台灣情勢和個人的起伏心情。

　　吳秀惠的看法跟周炌明一樣，一九八〇年十月，五十歲的周炌明帶領家人，告別停留長達十二個年頭的西維吉尼亞——三個孩子永遠的故鄉，遷居克里夫蘭。家具比較多了，需要請班家公司幫忙了，不過那個深藍色的大皮箱，以前是吳秀惠的，後來是全家共有的，周炌明還是不願意勞動搬家工人。小心翼翼放在車子的行李箱內，周炌明喜歡自己把大皮箱載去克里夫蘭。

　　居住的問題都還沒有解決呢，還在租房子住呢，吳秀惠已經透過國際特赦組織西維吉尼亞成員的介紹，加入了俄亥俄州的同一個AI社團，並且說服社團成員，認養高雄美麗島事件的受難女性，三十歲的宜蘭人「陳菊」。

　　爲了鼓舞台灣同鄉更加關懷美麗島事件的受難者，吳秀惠透過台灣同鄉會和全美人權會，在克里夫蘭舉辦捐款、遊行等聲援活動，號召同鄉踴躍參加。吳秀惠的熱情，感動了克里夫蘭的同鄉，也爲周家找到了志同道合的新朋友。新朋友當中的兩個醫師，原本在克里夫蘭就很熱心的「陳克孝」與「許世模」，慢慢成爲周炌明和吳秀惠的親近知己和運動同志。

聲援的種種活動需要廣爲宣傳，才能擴大效果。吳秀惠前往克里夫蘭的最大報社，講述國民黨如何製造美麗島事件，如何趁機大規模逮捕台灣的黨外人士，同時如何違反人權等等，請求幫忙報導。一個名叫David的記者義憤塡膺，當場打電話去D.C.的國民黨協調處求證，第一次接電話的人說，負責人去吃飯，第二次說去喝咖啡，第三次乾脆回答下班了。David把吳秀惠的叙述寫成報導，還把打電話求證的經過也寫出來了。此後，David也成了周家和台灣人的好朋友。

　　克里夫蘭的議員Edward Fighn主動跟台灣同鄉會聯絡，說看到報紙上面的報導，願意關心台灣的人權事務。吳秀惠前往拜訪，並且表示感謝，從此也跟Edward Fighn建立了良好的友誼。

　　住處終於還是確定了，吳秀惠到處奔走打聽，得到不少台灣同鄉的幫忙之後，在克里夫蘭醫學中心附近，步行僅僅需要五、六分鐘左右的Berkshire Road，看中了2677號的一棟老房子。眞的是老房子，一九二九年完工的英國式建築，比吳秀惠還大兩歲。古舊的外表、精緻的雕刻上面，滿佈著靑苔；寬廣的庭院，大樹參天。吳秀惠帶周炆明去看，徵詢周炆明的意見。周炆明一眼看見那些大樹，就點頭同意了。事實上，日常生活種種，周炆明一直都聽吳秀惠的。周炆明知道，自己的生活能力不高，而太太在這方面，表現搶眼。周炆明常常想到的是，非常年輕的時候，前往阿里山畢業旅行的往事，假如不是吳秀惠特別精靈，生活能力特別高明，自己怎麼有機會扛到她深藍色的大皮箱？如果角色對調，周炆明確信，自己

想不出這麼輕巧省力的主意。想到這裡的周炆明，心中的感覺是慶幸，是甜蜜；當年肩膀上面的沈重負擔，根本感覺不到了。

　　既然周炆明點頭，吳秀惠很快就把房屋買下來了。夫妻兩人和老三Hugh周攸棟有了新家。老大Tony周孟棟和老二Winston周偉棟住在學校宿舍裡，暫時還不知道新家的模樣。

3

　　一九八一年元月，周炆明開始在克里夫蘭醫學中心上班。擔任的職務是神經病理科主任，同時兼任住院醫師訓練班主任，平均每年必須訓練醫師四百名左右。醫學中心總共有員工九千多人，分成研究部門和門診病院兩大部份。為了提供病患足夠的服務，還經營設備完善的旅館和飯店，國際上許多呼風喚雨的政治人物，甚至總統級的外國領袖，都千里迢迢，來到中心看病。阿拉伯的國王的心臟手術，就是在中心裡頭進行的。哪一個國家的大人物住院診療，中心就升哪一個國家的國旗。周炆明每天上班，看看旗桿上面的國旗，就知道哪一個國家的重要人物住在醫院裡。許多國家的國旗，周炆明從來沒有看過，認不出來，還特別去書店買了一本介紹世界各國國旗的書來看。除了國旗，書中當然還會介紹各該國家的領土面積、人口總數、歷史發展和特殊文化等等，周炆明看到許多國家，人口比台灣少很多，也有不少國家，面積比不上台灣島，可是卻都是不折不扣的獨立國家，在聯合國裡頭有席位，在國際上被承認，心中真是五味雜陳。

有一天，周斌明忽然心血來潮，這樣跟吳秀惠開玩笑：

「我真的很煩惱，如果有一天，我在我們中心入院了，旗桿上面，沒有國旗可以插，怎麼辦？」

「不要講那種不吉利的話，」吳秀惠板起面孔教訓丈夫：「都五十幾歲了，還像小孩子一樣。」

「我是真的煩惱啊，只要是人，隨時都嘛可能破病，沒有什麼吉利不吉利。什麼事情都要有個準備啊，到時候沒有國旗插，怎麼辦？連病都不敢亂生，台灣人真可憐。」

「那就只好再做一面國旗了，」吳秀惠也童心未泯，順著丈夫的語氣開玩笑：「以前我們在威斯康新就做過一面，沒什麼。」

「問題是，升上去以後，沒有人知道那是哪一個國家的，」周斌明滿臉苦笑：「還是一樣煩惱。」

開過玩笑，期待台灣早日獨立建國的心情，就更加迫切了。

在醫學中心，周斌明的工作相當忙碌。研究部門，需要上課，需要訓練住院醫師，同樣的講義，每年都必須講三次，此外，門診病院那邊，還需要看病。腦神經病理的長期研究，當然也必須持續下去；英語系統國家的各大醫學雜誌，不時還會來函索取論文，所有這些單調重覆的工作，就已經讓周斌明幾乎分身乏術了，最麻煩的是，經常還會有同事臨時拜託幫忙看切片，特別是腦部手術之前，判斷腫瘤的良性或惡性，整個醫學中心，沒有任何一個醫師比周斌明更精準。同事的拜託，人命關天，周斌明都是列為第一優先，不管正在進行的，是什麼重要的代誌，一旦碰到拜託，都是立

刻放下，前往幫忙。時間慘遭切割，零零散散，許多事情必須分期付款，周斌明一個頭兩個大。

　　離開西維吉尼亞的主要目的，是為了多替台灣獨立運動盡心盡力，假如所有的時間都被醫學中心佔領，搬家還有什麼意義？周斌明決定主動出擊，逼迫自己設計台灣同鄉的活動，一旦活動頻繁，自然就能從醫學中心裡，多搶出一點時間。

　　周斌明選擇的切入點是「台灣人公共事務會」，也就是FAPA。周斌明以為，這樣一個台獨色彩比較不明顯，外在形象比台灣獨立聯盟溫和斯文，可是實際上還是在追求台灣獨立的團體，對於一般旅居美國的白領階級台灣同鄉，吸引力大一點。久居美國的經驗告訴周斌明，天高皇帝並不一定遠，因為，皇帝並不一定是外在的，經過國民黨白色恐怖的摧殘，皇帝早已深入人心，不論時間地點，幾乎是無時無刻，始終盤據在台灣人的意識深處，成為無所不在的心靈病毒。這種病毒的特徵之一，就是對於色彩鮮明的獨立運動團體，具有先天性的恐懼與非理性的排斥。台灣獨立聯盟的盟員一直沒有辦法明顯增加，熱心獨立運動的台灣同鄉之所以必須另外組織一些中性團體，都是受到這種病毒的影響。

　　早在一九八〇年台灣人公共事務會成立之初，當時還在西維吉尼亞的周斌明就已經參加了，是創會會員之一。來到克里夫蘭以後，經由接觸，發現這個所在的會員還很少，需要大力開發。周斌明認為最有效的開發方式，就是成立分會。因為成立分會之前，必須先吸收一定數目的會員，成立之後，又可以利用分會的人力物力

舉辦活動。吸收會員是開發，舉辦活動更是開發。周斌明首先吸收了同行好友陳克孝和許世模，透過這兩個新會員，繼續吸收，半年後，就正式成立俄亥俄分會了。成立之前，必須安排會長人選。在周斌明的心目當中，最適合出任會長的，是台灣獨立運動的元老級重要人物，台灣獨立聯盟的創始人之一，與林榮勳和筆名李天福的「盧主義」並稱費城三傑的陳以德。六〇年代末期，也就是周斌明搬到西維吉尼亞以後不久，由於理念和部份盟員差距太大，陳以德卸下主席職務，換由「王人紀」接掌聯盟以後，就漸漸淡出台灣獨立聯盟的決策核心，最後完全淡出台灣獨立運動，住在俄亥俄教書，過著類似隱居的日子。不過因為和周斌明談得來，所以兩人還保持聯絡，偶爾也會互相找尋，吃飯聊天。周斌明始終覺得，讓陳以德就這樣退隱，不再繼續參與台灣人的事務，實在太可惜，經常想要找機會，再把陳以德請出江湖。台灣人公共事務會俄亥俄分會成立，應該是一個機會。聲望、能力、學養當然不用說了，重要的是，陳以德剛好住在俄亥俄。

周斌明問陳以德的意思，陳以德不反對，不過希望周斌明能夠幫忙，擔任副會長。陳以德說，他已經好多年不管事了，對於島內海外的許多人事，難免生疏。周斌明一口應允，有這麼大牌的人物站上台面，什麼事情都好做，擔任副會長，一點也不困難。

會長任期一年，第二年，一九八三，陳以德任滿下台，會員改選周斌明接任，他不能推辭，接了一年。不過這一年，由於周斌明接受澳洲西澳洲大學的客座邀請，整整有半年的時間，離開克里夫

蘭，所以分會會務的推動，大都由陳克孝與許世模分擔。

客座結束，西澳洲大學同樣盛大頒獎，肯定周斌明在腦神經病理醫學研究上面的傑出成就。

4

周斌明很忙，吳秀惠也沒有閒著。一九八二年，吳秀惠出任克里夫蘭台灣同鄉會的會長，第二年，克里夫蘭同鄉會主辦「中西部台灣人夏令會」時，她當然成爲決策人員之一，負責邀請演講者。

旅居美國的台灣人和留學生，爲了聯絡感情、排遣鄉愁，並表達對台灣島內各項事務的關心，除了在各自落腳的城鎮設法組織同鄉會，並且定期聚會聯誼之外，每年暑假都會聯合其他城鎮的同鄉會，舉辦三天兩夜或四天三夜的大規模夏令會。由於美國的幅員實在太大，不可能聚集所有的同鄉，一起舉辦，所以夏令會必須分區。波士頓、紐約、紐澤西、費城、華盛頓D.C.一線，聯合舉辦，名爲美東台灣人夏令會。芝加哥、辛辛那提、威斯康新、堪薩斯、克里夫蘭等地，聯合舉辦，名爲中西部台灣人夏令會，另外還有美南、美東南、平原區、美西等等，也都分別聯合舉辦。

參加夏令會的人數，各區不等，大人小孩加起來，多的多達兩千，少的也有四、五百。這麼多台灣人聚在一起三、四天，要吃要喝要住，還要安排各種活動，工程自然十分龐大。特別是，這種基於民族感情的自發性聚會，不但沒有任何常設機構來處理繁瑣細碎的行政工作，還得應付國民黨抓扒仔或駐美單位有意無意的騷擾，

所以如何承辦這個台灣人社圈一年一度的大事，一直是各地同鄉會的重大課題之一。

中西部夏令會的主辦傳統是，由各大城鎮的同鄉會輪流負責。類似克里夫蘭這樣的大城，中西部有好幾個，都住了不少台灣人，也都有相當活躍的同鄉會，因此，克里夫蘭大概每隔五年，才必須主辦一次。輪到主辦夏令會那年，正好擔任同鄉會會長的，當然格外忙碌，好像台灣民間習俗，廟會的時候，附近地區的庄頭必須輪流派飯攤，免費招待其他庄頭的人吃喝，輪到的庄頭都嘛鄭重其事，不能漏氣一樣。會長戰戰兢兢，希望表現傑出，為自己的同鄉會爭面子，也讓所有參加夏令會的鄉親盡情享受，不虛此行。會長這麼辛苦，曾經擔任過會長或同鄉會幹部的熱心同鄉，一樣不能輕鬆，因為會長會召集眾人，組成一個工作決策小組，共同承擔重任。

一九八三年夏天，克里夫蘭同鄉會輪到主辦中西部夏令會之前，吳秀惠剛好卸下會長的職務，新任會長怎麼可能讓她脫身？會長指派她擔任決策小組的成員，任務是，邀請夏令會的演講者。

來到美國轉眼二十五年，吳秀惠當然參加過許多次夏令會了。吳秀惠深切明白，演講者的表現，直接關係到整個夏令會的成敗。特別是，在吳秀惠的認知裡，夏令會的意義，聯絡感情和排遣鄉愁當然重要，可是最重要的，應該在於激發同鄉對台灣獨立運動的熱情。就這個角度而言，一個恰當的演講者能夠帶動氣氛，也能夠激發同鄉對台灣問題的思考與討論。演講者的選擇，自然就非常重要

了。

　　道理很清楚，實際上要找到適當的演講者，吳秀惠知道，談何容易？個人的學養口才先不說，僅僅必須曝光這一點，對於大多數的鄉親來說，就是很難克服的挑戰。上台演講怎麼可能不曝光？曝光以後，特別是政治演講的演講者曝光以後，國民黨將會如何對付，大家都心裡有數。能夠戰勝恐懼、義無反顧的人，畢竟是少數。戰勝恐懼、義無反顧的少數人當中，具備演講學養口才的，更是少之又少。恰當的演講者，哪裡去找？

　　從前的演講者，大概都是台灣人團體的負責人，比方說台灣獨立聯盟的主席、台灣人公共事務會的會長，或者是各地同鄉會的會長等等，反正這些人早就曝光了，沒有什麼顧忌，大規模的夏令會，又是他們宣傳理念最適當的場合。除了這些具有政治色彩的人物，有時還請來一些學有專精的醫師或學者，讓他們做一些跟實際生活有關的演說，如何保健、如何照顧小孩，甚至如何理財等等。演講這些主題，曝光也比較無所謂。事實上，流落到海外討生活的人，關心台灣政治以外，實際的生活層面，也不能忽略。所以一般而言，演講大致成功，都有人聽，都有掌聲，只是氣氛冷熱不同罷了。

　　吳秀惠希望自己找來的演講者，不只有人聽，不只有掌聲，不只氣氛一定要熱，還要很熱很熱，能夠帶動同鄉，更加關心台獨運動的發展。這樣的演講者，哪裡去找？哪裡去邀請？

　　吳秀惠與周炆明商量，周炆明給了她兩個建議，一個是邀請陳

以德，另外一個是邀請台灣島內高雄美麗島事件受難者的家屬。關於陳以德，周斌明說好不容易，因為台灣人公共事務會俄亥俄分會成立，才把他重新請出江湖，當然要找機會讓他多多發揮。至於美麗島受難者家屬，現身說法，直接描述事件發生的過程，探討事件的前因後果，控訴國民黨政權的同時，還可以清楚說明親人受難的悲傷感受，客觀主觀互相配合，理性感性衝擊激盪，必然精彩萬分，能夠非常有效引發海外台灣同鄉的同情與憤怒，並且提升整個台灣獨立運動的士氣。

吳秀惠同意先生的看法，實際進行邀請。陳以德沒什麼問題，爽快答應。美麗島事件的受難者家屬比較麻煩。所有的家屬都遠在台灣，吳秀惠一個也不認識，加上自己二十多年沒有回過台灣，人際關係自然疏遠，實在不知道應該透過什麼管道，跟家屬接觸。再說，就算有家屬願意千里迢迢跑一趟，國民黨政權要不要放行，也還在未定之天。困難重重的現實狀況，讓吳秀惠傷透腦筋。後來還是周斌明想到一個辦法，拜託吳秀惠的大哥，在台大醫學院擔任公共衛生研究所所長的吳新英就近打聽，代為邀約。至於吳秀惠擔心的，國民黨肯不肯放行一事，周斌明倒是老神在在。周斌明判斷，國民黨政權被自己設計的美麗島事件搞得焦頭爛額以後，應該不會再節外生枝，搬石頭砸自己的腳。刁難受難者家屬出境，只會加深國民黨尷尬的處境，並且讓台灣越來越多的黨外人士找到抗爭的議題，周斌明認為，國民黨不會那麼笨，叫吳秀惠放心。

吳新英幫忙邀請到彰化受難者「姚嘉文」的太太「周清玉」，

周清玉又幫忙邀請到南投受難者「張俊宏」的太太「許榮淑」。吳新英把結果告訴吳秀惠，吳秀惠才正式寄出夏令會的邀請函，並且進一步直接聯絡，商量細節。兩個受難者家屬開始辦理出境手續，周斌明判斷正確，果然沒有遭受刁難。

陳以德、周清玉和許榮淑三個演講者當然不夠，吳秀惠又根據過去參加夏令會的經驗，就近在美國邀請了幾個，圓滿完成同鄉會會長交付的任務。

5

暑假到了，夏令會順利舉行。

陳以德的演講很特殊，出乎周斌明和吳秀惠的意料之外，他並沒有講台灣獨立，甚至沒有碰到台灣政治，他的講題居然是「如何在美國培養台灣人的第二代」。

已經很久很久不曾參加台灣人的夏令會，甚至連一般台灣人公開聚會的場合都很難得出現了，所以陳以德答應在夏令會裡演講的消息一傳開來，立刻就引起許許多多同鄉的好奇和期待，事實上，恐怕不管這個傳奇性的人物講什麼，必定都會轟動整個夏令會，何況他的演講主題，又那麼切合旅美台灣人的需要，再加上，他風姿綽約的美國籍太太Maxime又陪他來到會場，因此整場演講，從頭到尾，氣氛熱烈，掌聲如雷。

這場演講應該是陳以德最後一次，在台灣人公開聚會的場合演講，周斌明建議吳秀惠邀請他擔任演講者之初，根本沒有想到，能

夠爲陳以德的台灣活動，製造了這樣一個反應熱烈的圓滿結局。

　　周清玉和許榮淑的演講跟陳以德完全不一樣，同鄉對於兩人演講的反應，也完全不一樣。兩個受難者家屬，當然不可能像陳以德那樣，談笑風生。先天上口才就有不同，演講的主題圍繞著悲傷的台灣，講者和聽者心情沈重，更是不可能出現任何笑聲。事實上，兩人沒有講多少話，幾乎是一站上講台，就淚水汪汪了，台下的同鄉，也開始陪著流眼淚。先生同時被國民黨判處十二年重刑，含冤忍受黑獄的折磨，兩個原本柔弱的女性被迫必須挺身，持家育子、孝敬公婆、工作賺錢之外，還得爲了營救先生，四處奔走，甚至繼續走先生沒有走完的道路，參與反對運動。光是這樣的背景資料，就已經足夠感動同鄉了，其他的敘述、說明、指控，反而顯得多餘。

　　兩人的演講反應，跟陳以德的，還有一個最大的不同，就是同鄉瘋狂捐錢。沒有人提及必須捐錢，也沒有人問到捐錢做什麼，自然而然，就有人帶頭捐錢，幾乎是所有的聽眾，就全部跟進了。大家一面流著眼淚，一面掏錢或寫支票的情形，周斌明和吳秀惠從來不曾看過，也從來不曾想像過。夫妻兩人淚眼對望，感動萬分。周斌明哽咽著聲音表示，這樣一個深情義氣的民族，怎麼可能無法獨立建國？吳秀惠點點頭，淚水跟著大串大串往下掉。

　　夏令會結束，有生以來第一次跟台灣黨外人士面對面接觸的周斌明夫婦，誠懇邀請周清玉和許榮淑到克里夫蘭家中盤桓了幾天。夫婦兩人想盡辦法，希望讓兩位客人明白，海外的台灣同鄉，對於

台灣島內冒險從事反對運動的勇士，是多麼地由衷尊敬，多麼希望
能夠提供更多更大的支援。陸陸續續的聊天當中，口才比較好、話
也比較多的周清玉答應，往後每年夏天，都會安排黨外人士前來美
國，只要台灣同鄉不棄嫌，可以巡迴所有的夏令會演講，甚至如果
有必要，各地的同鄉會也願意去。周斌明非常高興，說海外島內這
個樣子交流合作，對於壯大台灣獨立運動的力量，意義十分重大：

　　「那就必須拜託姚太太多辛苦，幫我們多找幾個演講者，夏令會
可以邀請，台灣人公共事務會也可以邀請，還有其他台灣人團體，
應該也可以出面，總是越多人來越好，到處講到處刺激，到處鼓
舞，把台灣人的能量都激發出來。可惜海外的人要回去很不方便，
黑名單把許多人綁死了，不然多多雙向交流，流來流去，越流越
大，越流越急，總有一天，要把國民黨衝垮。」

　　許榮淑不大講話，大部份時間，只是靜靜坐著。悲苦的表情，
凝滯的眼神，彷彿根本沒有聽見旁邊的人在講些什麼。周斌明相
信，如果不是因為先生遭受迫害，許榮淑不可能這麼的靜默愁苦，
根據夏令會介紹的資料，許榮淑長久在台北市教國中，一個當老師
的人，怎麼可能如此靜默？周斌明不時主動招呼，對許榮淑噓寒問
暖的同時，禁不住心如刀割地體會到自己的幸福。比起台灣島內跟
國民黨面對面生死抗爭的黨外勇士，自己簡直是生活在天堂當中。
早年的護照風波，自己跟太太雖然受了一點苦，後來岳父岳母過
世，因為黑名單的折磨，自己跟太太又受了一點苦，可是跟島內勇
士和他們的家屬所承受的巨大痛苦相比，實在微不足道。這樣的深

切感受，讓周斌明相當內疚。

　　爲了減輕內疚，周斌明決定盡量捐款支援島內的黨外人士，同時自己在美國的台灣運動，也必須更積極一些。

第十五章　兩個人都哭了

一九八四年春天，周斌明開始籌組北美洲台灣人醫師協會。

克里夫蘭除了陳克孝、許世模之外，還有不少台灣人醫師，平時經常聚會，周斌明認為可以把他們組織化，發揮團隊的力量，參與台灣獨立運動。周斌明的看法是，就現實層面而言，醫師畢竟是台灣人生活圈精挑細選的聰明人物，優渥的經濟基礎，高尚的社會地位，如果能夠積極參與，當然可以發揮相當的作用。就歷史事實來說，從日本時代開始，一直到國民黨入侵台灣，在台灣人民的反抗過程當中，醫師也一直扮演非常重要的角色。讓醫師這麼閒閒散散，或單打獨鬥，未免太過可惜。

剛開始只有大略構想，自然也還沒有想出組織名稱的周斌明先跟陳克孝和許世模商量，許世模認為，既然要發展組織，不如擴大範圍，不要侷限在克里夫蘭：

「美國各地都有台灣人醫師，這些醫師在台灣唸書的時候應該就有可能互相認識。台灣就那幾個醫學院嘛，男生畢業以後當兵，就算不同學校出身的，也都有機會彼此認識，想要聯絡，大概不會太困難，乾脆就全部聯絡看看。組織大，力量也大。」

陳克孝的看法比較保守：

「美國那麼大，不同城市的醫師，如果相隔太遠，聚會很不方

便，假如只是形成組織，沒有辦法經常聚會，想要發揮團體的力量，恐怕還是有困難。當然，光是克里夫蘭一個地方，範圍也不夠大，是不是這樣，我們就以克里夫蘭做中心，盡量往外延伸，擴大到北美地區，方便聚會的所在，我們都設法聯絡怎樣？」

「形成組織的目的之一，是對外發言有一個響亮的名義，」周斌明一面表達，一面也在整理自己的構想：「除了總會，應該還會有地區性的分會，平時活動，就以分會為主，全體會員都要參加的大型聚會，一年頂多一、兩次，距離的遠近也許不是什麼大問題，所以我比較贊成許世模的看法。」

「克孝兄剛剛說的，倒是給了我一個靈感，」許世模又圓又大的眼睛，露出興奮的光芒：「名稱上面的靈感。克孝兄提到北美地區，我想，如果可能的話，組織的名稱也許可以就叫做北美洲台灣人醫師聯盟。那個『洲』用有三點水的，就是跟中南美洲、南美洲同樣的一個地理名詞。這樣一來，不僅美國全部涵蓋在內，連加拿大的台灣人醫師都可以參加。」

「這樣的一個名稱，哪裡需要什麼靈感？」陳克孝跟許世模開玩笑；陳克孝比許世模年長二十歲左右，平常就喜歡跟這個忘年之交開玩笑：「當然，對於像你這麼笨的人，說不定真的需要靈感。事實上，大同小異的名稱，早就有人想出來了。名稱是很好啦，可惜不是你最先想出來的，而且根本不需要靈感。」

「怎麼可能？」許世模不服氣：「怎麼可能有人那麼大膽，怎麼可能有人比我更有靈感？真是太過分了。」

「北美洲台灣人教授協會啊，有沒有？」

「果然是人外有人天外有天，」許世模露出稚氣的微笑：「怪不得我自己也覺得，我靈感一來，想到的名稱有點面熟。」

「既然是想到的，就不能叫做面熟。看到的，才可以叫做面熟。」

「那麼請問你，想到的應該怎樣講？」

「我也不知道，總是不可以叫做面熟。」

周炘明滿臉笑容，習慣性地聽著兩個好朋友鬥嘴。等到覺得他們大概鬥夠了、自己也聽夠了以後，才開口說話，建議把「聯盟」兩個字改為「協會」，專業性比較濃，運動性比較低，也許更適合醫師組織的性質，像教授協會那樣。許世模同意，陳克孝也不反對，組織的名稱就這樣確定了。

接下來的工作是招募會員。三個人分別認真聯絡，希望美國地區每州至少都有一個會員，比較有全國的代表性。到了暑假，中西部夏令會在密西根舉辦之前，確定願意加入的醫師，已經超過五十個，周炘明便決定，趁著夏令會大家聚在一起，舉行成立大會。周炘明寄發通知，並且事先擬妥章程草案，以便在成立大會當天，交付全體會員討論。一切進行順利，大會當天，二二八事件受難者林茂生的兒子，住在加拿大溫哥華的著名醫師「林宗義」，也千里迢迢飛過來共襄盛舉，讓周炘明又高興又感動。

周炘明是發起人，理所當然被選為第一任會長，按照章程規定，會長一任兩年。兩年裡頭，周炘明透過各項活動，努力吸收會

員，成績很好，等到第二任會長「楊次雄」上台的時候，會員已經
超過三百個。

2

一九八五年四月，周焜明以醫師協會的名義邀請北美洲台灣人
教授協會的創會會長「廖述宗」來克里夫蘭演講。教授協會的形成
相當偶然。一九八一年七月，從匹茲堡攜眷返回台灣探望家人的卡
內基.美隆大學三十一歲教授「陳文成」莫名其妙遇害，陳屍母校台
灣大學校園。消息傳來，引起包括廖述宗在內，不少教授同行的震
驚與憤怒，廖述宗於是挺身而出，募集款項，在報紙上買廣告，譴
責國民黨政權。當時中西部的募款工作，廖述宗就是拜託周焜明幫
忙的。廣告刊出的時候，公開具名的教授，包括廖述宗和周焜明，
總共超過五十個。事後，在廖述宗熱心的推動之下，就以這五十多
個教授做基礎，成立了北美洲台灣人教授協會。周焜明當然也是創
會會員之一。

邀請廖述宗前來克里夫蘭演講，是教授協會的活動，也是醫師
協會的活動。組織多了，活動可以互相支援配合，台灣同鄉的聚會
增多，傳播理念的機會也相對增多，周焜明喜歡這樣。

演講完，廖述宗在周焜明家裡住了一個晚上，談到組織的成長
極為緩慢，建議周焜明設法吸收會員，在克里夫蘭成立分會。周焜
明照辦。有過成立FAPA克里夫蘭分會和北美洲台灣人醫師協會的經
驗，這次要組教授協會分會，感覺駕輕就熟。分會不久成立，周焜

明被選爲會長，任期兩年。總會的現任會長「林宗光」特別趕來致詞勉勵，同時邀請周斌明兼任總會的理事。會後，還在周斌明家住了三天。

3

　　一九八六年元月中旬，美國神經病理學會召開年度大會時，會員推選周斌明出任副會長。這項新的頭銜，使原本已經非常忙碌的周斌明幾乎一個人拆做兩個用。因爲擔任副會長，必須經常跟會長輪流，代表學會出國，參加各種重要的醫學會議。光是一九八六年這年當中，周斌明就分別前往德國、奧地利、法國、西班牙、義大利和日本各兩趟，緊鄰美國的加拿大，更是整整去了八趟，全部都是爲了開會。這麼頻繁的出國行程裡，周斌明經常幻想的是，有一天，飛機降落的地點，是故鄉台灣的機場。離開故鄉已經二十七年了，對於故鄉台灣累積的思念，早已鬱結，變成靈魂深處不可碰觸的疤。真的沒有機會重新踏上台灣的土地嗎？這麼多原本陌生的國度，都能自由來去，自己魂牽夢縈的家國，反而不能進去？真的沒有機會嗎？永遠沒有機會嗎？想到這樣的悲情無奈，周斌明的感覺是欲哭無淚。

　　返回克里夫蘭，回想每一趟不同的旅程，每一個不同的國家，周斌明清楚體會，自己最喜歡去的，還是日本。父親和母親住在東京，去日本有一種回家的感覺。周斌明喜歡這種感覺。

　　母親的「浣清詩畫集」按照計畫，一九七七年由台北市的藝術

家雜誌社出版了，銅版紙精美印刷，八十七頁，看起來相當大方。接連兩次去日本，周斌明都各帶回克里夫蘭五本，碰到朋友來家裡坐，就趕快拿出來展寶，彷彿是自己的得意作品一般。母親說，詩畫集出版不久，就曾經郵寄了兩本到西維吉尼亞，可是不知道為什麼，周斌明沒有收到，母親當然也不知道。不應該丟掉的啊，許多東西寄來寄去，都很少丟掉過，周斌明判斷，恐怕問題是出在母親不會寫英文，父親也不會，地址寫錯了。當時周斌明並不知道母親寄了，所以也沒有向郵局查詢，所以陰差陽錯，晚了九年才看到母親的詩畫集。周斌明清楚記得，十年前客座東京大學時，母親曾經提過要出詩畫集這件事，而且說過出版以後會寄到美國，怎麼返回美國就忘記了呢？假如沒有忘記，隨時再打電話問問母親，應該就不必一拖九年了。漫長的九年匆匆過去，母親繼續完成的新作，已經是詩畫集的好幾倍了。

難得有空的星期假日，周斌明喜歡倒杯酒，坐在克里夫蘭老屋爬滿葛籐的玻璃窗前，慢慢翻閱母親的詩畫集，慢慢喝酒。翻著翻著，喝著喝著，一種隱隱約約的惆悵便爬上心頭，生命當中，非常美好的一種什麼，說不出口的什麼，彷彿幽幽微微，在玻璃窗外，在大樹之間，輕聲呼喚著五十六歲的周斌明。

有一天黃昏，結束工作走出醫學中心的周斌明，攔了一輛計程車進入市區，找到一家繪畫器材專賣店，買了一整套的繪畫用具，再坐計程車回家。每天走路上下班的周斌明，很少坐計程車回家。

接下來的一個週末下午，周斌明摒除了一切邀約，拒絕了一切

活動，靜靜站在窗前，開始畫窗外的大樹。一筆一筆，開始在白色的畫布上面，畫他家的大樹。沒有畫多久，周斌明就覺得眼前一片模糊了。

爾後，周斌明總是搶時間畫畫。半個鐘頭，六十分鐘。出門參加活動之前，返回家中洗澡以後，任何短暫的空檔，周斌明都喜歡畫幾筆，慢慢畫，隨興畫。根本不曾想過，有一天要像母親那樣，印刷作品成冊。只是喜歡畫，真的喜歡畫。

重新找回青少年時期的一種愛好，讓周斌明心情祥和平靜。醫學中心單調重覆的繁忙工作，台灣人團體目標相同方式有異的各項活動，忽然都有了新的意義。不再是負擔，不再是重任，生活輕鬆滿足，心靈獲得慰藉，工作也好，運動也罷，周斌明都更能用歡喜的心，快樂奉獻了。

畫畫以外，另外一種青少年時代極為熱中的興趣——小提琴演奏，不久之後，也重新返回周斌明的生活當中了。克里夫蘭音樂水準相當高，職業性的音樂家很多，影響所及，業餘的愛好者當然也不少。醫學中心裡頭，就有不少同事，喜歡演奏不同的樂器，周斌明出面，邀請三個美國籍同好，組成名稱叫做「Clevelan clinic string quartett」的弦樂四重奏樂團，時常公開演奏，爾後台灣同鄉有聚會活動時，更是從來沒有錯過。

4

終於有機會返回台灣了。

一九八七年夏天，北美洲台灣人醫師協會的第二任會長楊次雄打電話告訴周炳明，十一月間「台灣省醫學會」為了慶祝成立八十週年，要在台灣大學醫學院禮堂擴大舉行年會：

「因為是擴大慶祝，當然是整個台灣醫學界的大事，島內的醫政單位主管、各大醫學院院長，還有許多醫學研究者或臨床醫師應該都會參加，說不定還會有國際知名的醫學專家出席——國民黨外交太爛，國外的來賓不可能太多，不過應該還是會有幾個。我覺得這是一個機會，讓台灣的醫學界知道，我們在北美洲也有這樣的一個台灣人醫師組織，最好還能夠找機會，讓他們明白我們主要的宗旨是什麼。所以我在想，是不是我們可以用組織的名義，組團回去參加？」

「機會是不錯啦，但是名稱完全不妥，叫做什麼台灣省醫學會，」講到「省」這個字，周炳明差點咬到舌頭：「我們是主張獨立的，參加省級的活動，會不會被人家誤會，以為我們同意台灣是中國的一個省？這是第一點，我們必須慎重考慮的。還有，主辦單位會不會歡迎我們？最重要的是，我們能不能拿到入境簽證？這些都必須考慮。」

「我的看法是這樣，『省』這個字眼我們當然討厭，我們醫師協會裡頭，沒有任何人會同意，台灣是中國的一省，也許只要我們事先有個共識，知道所謂的台灣省云云，只是一個方便性的官方說法

而已，應該就不會有什麼問題。我們參加的，是台灣醫學會年會，或者是台灣人醫學會年會，不是台灣省醫學會年會，我們心裡面清楚就好。至於主辦單位是不是歡迎我們參加，我不知道，也不想推測，但是我想於情於理，至少他們沒有理由拒絕，現任的會長是楊思標，如果我們決定組團回去，我會事先跟他聯絡。簽證的問題我們先試試看，萬一有人拿不到，再想辦法。只要有幾個人能夠順利拿到，就可以代表醫師協會回去參加，做我們想做的事。如果國民黨一個簽證也不給，正好給了我們協會一個抗爭的機會。」

「我是很想回去，」楊次雄這麼信心十足，真讓周炳明心底騷動，甚至有點坐立不安：「做夢都想回去。這麼多年來，無時無刻都想回去。你的構想我同意。你再問問看其他會員的意思，如果沒有什麼反對的意見，就照你的意思試試看。」

半個月以後，在等待當中，周炳明又接到楊次雄的電話。楊次雄說，他大概問過一些會員的看法，沒有人反對：

「當然，要用組織的名義組團，必須會員大會通過，這道手續我會補辦，會員大會的時候，補辦。台灣那邊，我問過楊思標了，他說沒有問題，他還主動提到你，說如果你能夠回去參加，開幕典禮時要安排你做一個鐘頭的演講。他說他從前教過你內科，也教過大嫂內科，還說他這幾年來讀過你很多論文，講了許多呵咾的話。」

「沒錯，」周炳明心中興奮：「楊老師教過我內科，也教過我內人的，我和內人來到美國以後，還多次談到過他。楊老師教我們的時候，還很年輕。真是高興，他竟然還記得我們。聽到你這樣說，

我就更想早點回去了。真的，真想趕快回去看看楊老師。」

「還有，」楊次雄繼續說話：「組團的方式，大家的意見是，自動報名，不限人數，越多越好，不知道你的看法怎樣？」

「我同意，這種事本來就不能勉強，而且也不一定每一個會員都有空。我報名參加，我也替內人報名，現在就向你報名。」禁不住想起太太十二年前申請簽證的往事，周炌明的心情瞬間往下直沈：「只是我還是非常擔心簽證不准。」

「我差點忘了告訴你，關於簽證的問題，我也跟楊思標講過了，他同意用主辦單位的名義，發給我們正式的邀請函，希望能夠對簽證有點幫助。不過是不是真的會有幫助，他的語氣也不大肯定。」

自動報名，願意返台參加會議的，包括楊次雄本人和周炌明、吳秀惠，總共十四個。楊次雄說，簽證手續要一起辦，表示組織同進同退的意思，叫周炌明把相關證件寄給他。周炌明把自己和太太的證件資料寄給楊次雄，卻下意識覺得，拿不到簽證。

十月中旬，除了周炌明和吳秀惠以外，其他十二個會員的簽證都下來了。得知消息的周炌明心中黯然，下意識的感覺真準，果然還是不讓我周某人夫婦回去！看來除非推翻國民黨政權、建立台灣國，否則我周某人這世人是返鄉無路、回國無門了。

周炌明告訴楊次雄，沒辦法啦，不能跟他們十二個人一起回去了：

「見到楊老師的時候，拜託你替我們向他請安。」

「我們還可以再試試看，」楊次雄鬥志旺盛：「不要那麼早放

棄，反正還有時間。『林逸民』說他可以再想想辦法。」

　　林逸民是醫師協會的會員，周斌明聽楊次雄說過，這次他也自動報名，願意回去參加會議。楊次雄還告訴過周斌明，林逸民的岳父，宜蘭羅東的眼科名醫「陳五福」，在台灣的政治界，人脈相當豐富。

　　「替我謝謝林逸民的好意，同時幫我轉告他，不必太勉強。」

　　周斌明心裡想的是，林逸民所說的再想想辦法，應該就是要動用他岳父的人際關係，去向國民黨政權請求，甚至哀求。周斌明不希望這樣。做為一個真正有尊嚴的台灣人，怎麼可以向敵人低聲下氣？周斌明要楊次雄轉告的，本來比較直接，要林逸民不必為了他們夫婦的入境簽證，委屈陳五福，丟台灣人的臉。不過這樣的重話，對於自己的同志，周斌明講不出口。語氣緩和了，用詞轉彎了，周斌明盼望，林逸民能夠自己體會。

　　十月底，楊次雄告訴周斌明，簽證終於下來了，單次進出，准許在台灣停留的期間是，十五天。周斌明意外驚喜的同時，感受到一種被人家施捨的屈辱。心情非常矛盾的周斌明問楊次雄，簽證最後為什麼會准，究竟林逸民用的是什麼辦法，楊次雄說他不清楚：

　　「不過林逸民一再強調，絕對沒有讓我們台灣人漏氣。反正要一起回去，必須坐很久的飛機，你再當面問林逸民就可以了。現在你必須做的，應該是好好準備開幕典禮的演講，讓所有參加會議的人見識一下，從事台獨運動，所謂黑名單人物的真才實學。」

　　確定機位，得知抵達台灣的時間以後，周斌明和住在士林的妹

妹周月秀電話聯絡，請她來接機。

5

　十一月初三黃昏，當夕陽金黃的光輝，溫柔親吻中央山脈的美麗時刻，闊別故鄉二十八年的周斌明終於再度踏上台灣的土地。同機返台的吳秀惠，比他多出一年。走下飛機的剎那，兩個人都哭了。

　可惜等待這對遊子的，不是激動狂喜的歡迎，而是冷酷刁難的國民黨海關。醫師協會回來參加會議的會員，讓周斌明與吳秀惠走在最前面，七嘴八舌，說是什麼敬老尊賢。周斌明當然清楚，會員同志的用意，是要護送他們夫婦平安入關。申請入境簽證時，只有他們夫婦不順利，通關的時候，說不定還會節外生枝。多年來，旅居海外的熱心台灣人，累積同鄉曾經有過的遭遇，都已經有了普遍的共識，心照不宣的共識，那就是，拿到簽證並不保證一定能夠進入台灣，最後關頭被擋在海關外面的，也不是沒有發生過。追問原因嗎？誰理會？講道理嗎？跟誰講？

　周斌明和吳秀惠果然被海關人員擋了下來。海關人員在電腦上面按來按去，不知道在按些什麼碗糕，然後就叫兩人站到旁邊去，說必須請示上級。周斌明和吳秀惠站到一旁，海關人員就叫跟在後面的人向前走，辦理通關手續：

　「其他窗口沒有旅客，你們也可以過去通關。」

　醫師協會的會員不通關，都站到周斌明和吳秀惠的身旁。

「你們快通關，」海關人員招手催促：「他們兩個不能通關，你們不要擋到別人的路。」

「我們是一起的，」楊次雄大聲回答：「我們是北美洲台灣人醫師協會的會員，接受邀請，組團回來開會的，我們要一起通關。他們兩個如果不能通關，我們就不要通關，全部都不要通關。」

「這裡不是美國，」海關人員的聲音也很大，比周斌明在任何一個國家的海關曾經聽過的聲音都大，不但聲音大，態度也很兇：「醫師有什麼了不起？你不要妄想妨礙公務！」

「我們不會有事，」周斌明不好意思讓大家陪著自己和太太在海關外面罰站：「頂多再飛回美國而已，你們不必擔心，先進去，如果有親戚朋友來接機的，也比較不會煩惱。我妹妹周月秀會來接我們，拜託次雄出去以後留意一下，問問看，告訴她我們會晚一點，不要煩惱。假如真的晚太多，就叫她不必等了。出去之後，大家就各自行動，會議開幕當天，再去會場碰頭就可以。」

「不，不不，」楊次雄堅持留下來：「如果真的不讓你們通關，我們馬上就地抗爭。天底下哪有這種事，台灣人不能回台灣嗎？」

「我覺得還是周醫師講的對，」林逸民的看法跟楊次雄不一樣：「外面來接機的，接不到會煩惱。不如我們還是先出去，在外面的大廳等待，意思一樣。」

除了楊次雄，其他會員同志都跟林逸民通關離開了。海關人員好像看也不看，就在他們的護照上面蓋章，讓他們通過。

十幾個鐘頭的長途飛行裡，周斌明不曾問過林逸民，關於自己

和太太的簽證，他最後到底想了什麼辦法。隱隱約約裡，周炆明害怕，假如林逸民的回答，果眞讓自己覺得屈辱，甚至覺得整個台灣人都受到屈辱，自己是不是能夠抵擋，返回故鄉的迫切渴望？自己是不是眞的有足夠的勇氣，在已經飛抵台灣的時候，願意放棄簽證，飛回美國？就算自己願意，太太吳秀惠呢？長久以來，她是多麼悲苦而又多麼殷切地盼望著，回到台灣，至少至少，去祭拜雙親的墳墓！

看著林逸民快速走出海關的背影，周炆明知道自己，終究不會開口詢問，有關簽證的種種。無可奈何，但是周炆明知道。

等待一個多鐘頭以後，周炆明忍不住問海關人員，還要罰站多久。海關人員說，他也不知道，反正他已經按照規定，請示上級：

「上級什麼時候有空，什麼時候要來，我怎麼知道？」

大概又過了十五分鐘，海關人員口中的「上級」終於來了。上級的年齡看起來不大，態度相當客氣，不過非常明顯，是一種皮笑肉不笑的客氣，裝出來的官樣客氣。上級講中國話，腔調特殊，周炆明知道，台灣人再怎麼努力學習，也不可能講出那種腔調的中國話。上級說他代表政府，歡迎周炆明醫師夫婦返國：

「所有的中華民國國民返國，政府都竭誠歡迎。」

周炆明說他不是什麼中華民國的國民，他是台灣人。上級好像沒有聽到，只是拿出一張表格，要周炆明找個保證人：

「把他的聯絡電話和地址填在表格上面，很簡單。」

「保證人要保證什麼？」

「保證政府可以隨時和兩位聯絡，隨時為兩位服務。」

周斌明問楊次雄，有沒有楊思標的聯絡電話和地址。楊次雄找出楊思標先前寄到美國的邀請函，上面有電話號碼和地址，應該是台灣省醫學會的。周斌明把電話號碼和地址抄到表格上面去。

「這位楊先生，」上級始終面帶微笑：「是兩位的什麼人？」

「老師。大學時代的老師，也是邀請我們回來開會的人。」

「老師不能當保證人，必須找兩位的親戚。」

「如果沒有親戚呢？」周斌明心頭火起：「你明明是有意刁難。」

吳秀惠拿過先生手中的表格，把周月秀的姓名、電話號碼和住家地址填上去。入境表格上面，兩人在台灣的聯絡資料，填寫的就是周月秀的家中資料。

「這個人是我的小姑，」吳秀惠把表格交還所謂的上級：「她有資格做保證人嗎？」

「當然當然，還是周太太識大體。好了，沒事了，兩位可以進來了。我還是代表政府，誠摯歡迎兩位。祖國進步非常大，兩位可以多走走看看，多體會體會政府的英明，」噁心的上級從襯衫口袋裡掏出一張名片，交給吳秀惠：「需要政府服務的話，請隨時打電話給我。」

周斌明、吳秀惠和楊次雄通過海關，按照標示，準備走去提領行李，看見第一個垃圾桶的時候，吳秀惠就把那張名片丟掉了。

進入機場大廳，周斌明遠遠就看到妹妹周月秀在用力揮手。記憶當中，妹妹還是一個少女，二十八個年頭匆匆過去，出現在周斌

明視線裡的，已經是一個頭髮灰白的歐巴桑了。焦急萬分的周月秀一直問哥哥究竟發生什麼事，怎麼會耽誤這麼久，說她幾乎放棄等待了。

「我有拜託先出來的醫師跟妳講啊。」

「沒有任何人跟我講什麼，我就是傻傻地等，等到快哭出來。」

話剛講完，周月秀真的哭出來了。

周炴明環顧機場大廳，沒有看到林逸民他們。

楊次雄沒有叫人來接，就跟周炴明夫婦一起坐周月秀的車子進入台北。燈光下，周炴明覺得車輛很多，開很快，大大小小的招牌亮晶晶，看起來很亂。台北大城，讓周炴明覺得陌生。

楊次雄說他要去朋友家，朋友住在重慶北路。周月秀問清楚地址，先把楊次雄送過去。然後載哥哥嫂嫂回士林家中過夜。

第二天上午，周炴明和吳秀惠依照台灣省醫學會開會資料的指示，進入台大醫學院裡頭的景福館暫住。資料說明，景福館是醫學院的歷屆畢業生捐資興建的，專門提供校友必要時暫時居住，性質類似旅館，但是非常便宜，一個晚上才收三百元新台幣。由於開會的地點就在醫學院禮堂，住景福館最方便，周月秀也就沒有挽留哥哥嫂嫂繼續住她家。

在景福館，周炴明意外與大學同班同學「莊明哲」重逢。寒暄交談，才知道莊明哲也旅居美國，在波士頓工作，這次回來台灣，主要也是為了參加醫學會擴大年會。大學時代，周炴明與莊明哲沒有什麼交情，所以畢業以後就沒有什麼聯絡，甚至連這個同窗在美

國都毫無所悉，北美洲台灣人醫師協會成立三年多了，一直都不知道要邀請他加入。想到這裡的周斌明有點內疚，覺得自己對於同窗實在太不關心，為了彌補，立刻開口邀請莊明哲加入。莊明哲笑著拒絕了，說他知道這樣一個組織，也知道周斌明一直在做些什麼：

「不過，我對政治沒有興趣。」

6

台灣省醫學會成立八十周年的擴大年會如期召開。在會場內外，周斌明和吳秀惠都碰到不少前後期的同學，甚至還有同班的。這些同學有的在教書，有的在開業；有的一直留在台灣，有的已經前往美國或日本很多年。因為開會的關係，能夠在母校重逢，年輕歲月單純的稚氣重又出現了，大家七嘴八舌回憶往事的同時，也禁不住為了彼此臉上的皺紋與頭上的白髮，互相調侃，共同感嘆。

開幕儀式裡，居然要全體起立，唱國民黨黨歌，還要向孫文的照片和所謂的國旗行禮，周斌明夫婦和楊次雄、林逸民等人目瞪口呆，小聲商議之後，決定拒絕起立。

開幕典禮的專題特別演講一共安排了三個人，一個是台灣島內的，兩個是美國來的，除了周斌明，另外一個來自美國的，是哈佛大學醫學院的院長。客人先講，哈佛大學醫學院的院長講第一個，時間是上午八到九點。周斌明講第二個，九到十點。台灣島內的算主人，最後上台，十到十一點。

周斌明上台以後，先用三分鐘的時間講述闊別台灣二十八年，

因為參與台灣獨立運動被列入黑名單，無邊無際的鄉愁，以及第一次重回台灣和母校的激動與感觸，然後開始他充分準備的精彩演說。周斌明講完，全場起立，熱烈鼓掌。周斌明含著眼淚，鞠躬答謝三次，掌聲還是持續不停。周斌明感動不已，他非常清楚，大家的掌聲，不僅是因為他的演講，不僅是因為他在醫學研究上面的努力，更多的原因是，因為大家對於台灣共同的愛，以及對於他長久以來從事台灣獨立運動的支持。

會期當中的某一天，吳秀惠溜出會場，獨自搭乘計程車，前往剛剛成立不久的民主進步黨中央黨部。吳秀惠準備去捐點錢，同時對勇敢打破國民黨政權野蠻黨禁的黨員表示敬意。吳秀惠碰到的，是在媒體上面看過照片的創黨主席「江鵬堅」。吳秀惠自我介紹，江鵬堅親切接待，兩人談了半個多鐘頭。離開之前，吳秀惠照計畫捐出一筆錢，江鵬堅落落大方收下，表示民主進步黨一定會為台灣獨立打拚到底，絕對不會辜負海內外所有台灣同胞的期待。回到會場三十分鐘不到，大會主席，同時也是吳秀惠大學時期的內科老師楊思標就來找吳秀惠，問她是不是去民主進步黨找過人，吳秀惠點頭說是，楊思標臉色冷冷的，丟下這樣一句話：

「最好妳不要這麼做。」

吳秀惠大吃一驚，親身體會到國民黨情治系統或抓扒仔線民無孔不入、滴水不漏的普及、嚴密與效率。

大概是因為北美洲台灣人醫師協會的成員，拒絕在開幕儀式唱所謂的國歌時起立，周斌明又公開表示他從事台灣獨立運動，吳秀

惠還私底下跑去民進黨部，所以主辦單位對於醫師協會的成員不大客氣，大會最後一天晚上的晚會，竟然只有周斌明和吳秀惠接到請帖。吳秀惠找楊思標，問他為什麼一起回來的十二個同伴沒有帖子，楊思標的回答是，不要理他們：

「本來都沒有，是我交代他們，一定要請妳們夫婦兩個，特別來賓嘛，演講者。妳們夫婦來就好。」

「不行，我們是一個團體，同進同退，如果大會不邀請他們參加，我和斌明也不去。」

楊思標很不高興，拿來一疊空白的請帖，叫吳秀惠自己寫。

十四個成員都參加了，餐會，大家吃飯聊天而已。不過進行當中，做為大會主人的楊思標介紹出席團體時，倒是把「北美洲台灣人醫師協會」的名稱，清清楚楚說出來了，只是表情恨恨的，本來楊次雄返台之前，在美國做了一面精緻的牌子，要用醫師協會的名義，在晚會中送給楊思標做紀念，感謝他邀請醫師協會回國與會。看到楊思標不高興，楊次雄臨時決定不送了。至於那塊刻有楊思標姓名和感激字樣的牌子，以後要怎麼處理，楊次雄沒有說。

晚會當中，周斌明在隨興交談裡，聽到一種傳言，說這次為了舉辦擴大年會，台大醫學院和台灣省醫學會花了很多錢，因為愛面子，希望增加會議的國際性，邀請了哈佛大學醫學院的院長當開幕典禮的演講貴賓。對方自然是願意考慮，不過開出來的條件非常嚇人，要求主辦單位捐款三百萬美金，在哈佛設立一個教授講座。醫學會哪有那麼多錢，只好找台大醫學院想辦法，本來醫學會和台大

醫學院幾乎就是一體的，台大醫學院也不能置之不理，就跟對方討價還價，最後以兩百萬元成交。傳言裡頭還指名道姓，說居中牽線的人，叫做莊明哲，就是對於政治沒有興趣的那個周炆明同窗。閒談中，還有陌生人大概是開玩笑吧，當面問周炆明，開幕典禮演講的價碼多少，讓周炆明非常不高興。

這天晚上，回到景福館時，館內的辦事人員拿了一個土黃色的長方形信封，交給周炆明。周炆明接在手上，重重的，不知道裡面裝的是什麼，不過可以清楚感覺，應該是整整齊齊的紙張，厚厚的一大疊。辦事人員滿面笑容，說是院長要他轉交的：

「就是我們醫學院的院長啊，他要我看到莊先生的時候，就拿給你。信封上面有寫你的名字。」

「我不姓莊，」周炆明仔細看了一下信封，黑色的墨水筆，寫了莊明哲的姓名；就把信封交還辦事人員：「你認錯人了。」

「真對不起，真對不起，你們美國回來的，看起來都有點相像。」

7

北美洲台灣人醫師協會一行十四人回到台灣，除了參加台灣省醫學會的年會以外，會長楊次雄還以團體的名義，安排了一些拜會活動。拜會的對象，大概都是醫學研究或醫療機構，希望能夠和台灣的醫學界，多少建立交流的管道，必要的時候，旅居美國的台灣人醫師，也許能夠在專業上面，對台灣提供一點實質的幫助。

拜會活動的最後一項比較特殊，對象不是醫學研究單位，也不是門診醫療機構，而是一個個人，國民黨政權所謂的副總統「李登輝」。楊次雄表示，之所以會安排和李登輝見面，是因爲林逸民的岳父陳五福極力堅持，陳五福認爲，李登輝很有可能繼承國民黨蔣家的政權，實際掌控未來台灣的政治經濟大權，海外的台灣人團體，包括醫師協會在內，爲了增加奉獻鄉土的機會，有必要跟李登輝建立關係。陳五福說服林逸民，林逸民說服楊次雄，楊次雄徵詢成員的意見，大家似乎沒有什麼異議，就把拜會的行程正式排定了。

　　爲了配合周炆明和吳秀惠簽證的停留期限，所有的拜會活動，都排在半個月以內，從返回台灣的那一天算起，半個月以內。楊次雄說，拜會活動希望大家盡量參加，此外各人自由，返回美國的時間，也可以各自安排。

　　年會結束之後，沒有團體拜會的空檔，吳秀惠和周炆明回去一趟台南，也在台北和能夠聯絡到的當年ROV俱樂部成員歡聚，大學同窗多人，也分別和兩人聚餐，最讓吳秀惠興奮不已的是，少女時代第二女中的死黨好友，竟然也呼朋引伴，召集了十個左右，和吳秀惠喝了一個下午的廣東飲茶。

　　簽證允許停留的最後一天，也就是楊次雄安排好中午要跟李登輝見面，然後周炆明和吳秀惠原本預計搭乘晚間的班機離開台灣的那天，一早起床，周炆明夫婦就坐計程車到機場去了，並且更改機位，十點左右就離開台灣了。登機之前，周炆明打電話向楊次雄道

歉，說最後一項團體活動不參加了：

「真失禮，早就決定好的，臨時才跟你講。我實在沒有辦法跟國民黨體制裡頭的大官見面，特別是，這個大官偏偏又是台灣人。我看不起進入國民黨體制裡面做官的任何台灣人。可是你也知道，林逸民這次幫了我的忙，我也不能讓他覺得掃興。就是這樣，我先回去，大家再聯絡。我的想法，你也不必跟別人說。」

稍後幾天回到美國的楊次雄打電話告訴周烒明，說跟李登輝見面的時候，大家先坐好了等他，他一進門就問，哪一位是周醫師。

第十六章　闖關

1

返回美國以後，周斌明和吳秀惠很快又向芝加哥國民黨的協調處提出簽證申請。事實上，兩人並沒有打算什麼時候要再回台灣，申請簽證的主要用意，是為了測試對方，想要瞭解這次兩人回到台灣的種種表現，國民黨到底如何反應。協調處的官員打電話來，囉唆了老半天，都是官腔官調，不過最後還是給了一個單次進出的，准許停留期限，跟第一次一樣，仍舊是半個月。

2

這年年底，全美台灣同鄉會聯合會在洛杉磯召開。

為了統籌協調各地台灣同鄉會的活動，也為了更進一步團結旅居美國的台灣同鄉，在地區性的同鄉會上面，另外設有全國性的全美台灣同鄉會，簡稱「全美會」。全美會是一個完全空頭的單位，名義上，規模好像很大，事實上，一個會員也沒有，或者應該說，她的會員全部分屬各地同鄉會，所有地區性質同鄉會的會員，都是她的會員，同時也都不是。雖然沒有會員，卻有會長和副會長各一個，擔負協調結合的責任。會長和副會長由全體同鄉會的會員直接票選產生。本來這樣一個完全義務、完全奉獻的職位，除非特別熱心的同鄉，很難找得到人出任。表面上是票選，實際上，歷年來連

候選人都得三託四求，還不一定能夠託得出、求得到。

　　應該是一九八三年夏天以後吧，台灣島內的政治人物或反對運動工作者，開始和美國地區的同鄉會密切接觸交流之後，奇怪的事情忽然發生了，任何台灣人團體的領導職位，包括全美會在內，都有人爭著要搶了，彷彿任何的職務，都有權可掌、有名可享、有利可圖了一樣。

　　周炃明和吳秀惠透過部份同鄉會或台灣人社團發行的刊物報導，並且長時間仔細聆聽台獨聯盟盟員或其他台灣人社團成員的談論，才慢慢明白其中的原因。原來是，高雄美麗島事件之前，少數黨外人士從台灣逃到美國，在台灣人的社圈當中，寂寞生活。後來，海外島內往來頻繁，政治氣氛熱起來了，這些喪失舞臺卻又不甘寂寞的黨外人士，就開始結合同道培養黨羽，介入各項台灣人社團，企圖厚植實力，做為日後重返台灣政治舞臺的本錢。這些原本進入國民黨政權，想要分享權勢地位和財富，因為分享不到，轉身變成黨外，打算另起爐灶的政客，最擅長的，當然是爭權奪利的鬥爭。國民黨中國人社會的許多歪風，就這樣污染原本單純乾淨的美國台灣人生活圈了。一旦碰到什麼選舉，這些所謂的黨外人士用力運作，激烈的爭奪經常就迫使一些台灣人團體，不得不面臨分裂或潰散的危機。察覺到這種因由的周炃明與吳秀惠，痛心而又機敏地警覺到，台灣人民和國民黨政權的抗爭，在海外地區已經開啓了全新的戰場了，代表台灣人民的，是單純理想的老留學生和舊移民，代表國民黨政權的，是冒牌的黨外人士，以及他們的隨從黨羽。對

抗的情勢將會如何發展，必須密切注意。

　　值得密切注意的機會來了。一九八七年的全美會正副會長選舉，就因為冒牌黨外人士的強力運作，幾乎造成各地同鄉會全面性的分裂。為了商量解決危機的可能，會長才會在洛杉磯召集各地同鄉會的重要幹部，慎重舉行全美會的聯合會。

　　由於剛剛返回台灣半個月，醫學中心工作極端忙碌，無法分身的周炆明特別叫吳秀惠飛往洛杉磯，觀察會議的進行。

　　桃園人「呂秀蓮」在聯合會的會場上散發傳單，呼籲女性挺身而出，形成組織，運用女性與生俱來清新、純淨、堅持理想的獨特力量，淨化台灣人社團爭名奪利的惡劣風氣，還給台灣人各項運動一個素樸熱情的空間。看到傳單的吳秀惠相當感動，沒錯，如果台灣女性真的能夠發揮姊妹一般，互相疼惜的感情，組成團體，對於幾乎面臨分裂的全美會，多數男性同鄉相爭不下的全美會，一定會有所啟發吧？吳秀惠幫忙散發傳單，鼓舞女性參與。

　　呂秀蓮和吳秀惠的努力有了成績，台灣人的女性團體，真的就在聯合會進行期間成立了。經過討論，名稱叫做「北美洲台灣婦女會」，第一任會長選出雲林縣虎尾人「張富美」擔任，吳秀惠被選做副會長，任期一年。第二年，張富美卸任以後，吳秀惠更上一層，擔任會長。吳秀惠經常和會內姊妹相互期許的願望，就是發揮每一個人對家人無私的心，疼惜自己的團體，疼惜自己的同鄉會，以及大家共同的母親——台灣。

3

　一九八八年元月中旬，全美人權會舉行年會，改選幹部的時候，入會長達十三年，已經夠資格算做資深會員的吳秀惠，被選爲理事。

　三月間，理事會開會，住在洛杉磯的會長「王泰和」想找一個成員回台灣一趟，一方面探視「蔡有全」和「許曹德」，另外一方面，實際看看蔣經國去世之後，台灣政治情勢的變化。王泰和向理事們詳細報告，高雄人蔡有全和基隆人許曹德都曾經因爲主張台灣獨立，坐過國民黨政權的黑牢，去年八月三十日，「政治受難者聯誼會」成立大會上，許曹德建議，聯誼會的章程之中，必須明白列出台灣應該獨立的主張，獲得通過。結果許曹德和主持會議的蔡有全雙雙被捕，今年一月十六日，國民黨判處許曹德十年重刑，蔡有全更重，十一年：

　「這兩位勇敢的台灣人不怕顧面桶的黑牢，爲了台灣前途，再度挺身入獄，全美人權會應該有所表示。至於沒有被黃文雄打死的蔣經國去蘇州賣鹹鴨蛋，用他們中國話來說，叫做終遭天譴。這個魔頭死了，可以說正式宣告國民黨政權強人統治的時代，也結束了。這個代誌究竟會讓台灣政治發生什麼變化，究竟會如何影響台灣社會和台灣獨立運動，也需要密切觀察，所以希望我們會裡，能夠有人回一趟台灣，不知道誰比較方便？」

　吳秀惠說她方便，因爲正好她有入境簽證，馬上可以成行。

　兩天以後，吳秀惠飛抵台灣。過去長達二十九年，沒有辦法踏

進自己的家鄉一步，想不到最近短短的半年當中，居然兩度回到台灣。

　　吳秀惠聯絡到出獄之後，在「台灣人權促進會」工作，從前曾經被俄亥俄國際特赦組織認養的陳菊，請她幫忙安排蔡有全和許曹德的探監事宜。陳菊安排了，並且陪伴吳秀惠，還有蔡有全的太太「周慧瑛」，一起去龜山監獄探視。

　　蔣經國過世的影響，初來乍到的吳秀惠一時之間不知應該從什麼地方看起，就向陳菊和周慧瑛請教。陳菊說，國民黨政治權力的重整是必然的，覺醒人民的力量由於民進黨成立、解除戒嚴、衝破報禁和蔣經國死亡，更加蓬勃壯大也是必然的：

　　「台灣人民持續覺醒，國民黨抵擋不住，當然不得不有所讓步，所以代表台灣獨立運動最大勢力的民進黨，在未來數年之間，應該會大有斬獲。獨立運動的問題所在，我粗淺的看法是，有所斬獲的民進黨必須防止腐化，同時破除李登輝情結。當然，這只是目前的觀察啦，對不對我也不敢肯定啦，政治非常複雜，我懂的又非常少，周太太不要見笑。」

　　周慧瑛始終保持沈默，不曾加入吳秀惠和陳菊的談話。悲苦的表情，黯淡的神色，都讓吳秀惠於心不忍。經常，吳秀惠會拍拍周慧瑛的背部，或者輕輕摟抱她的肩膀。吳秀惠多麼希望周慧瑛明白，海內外許多覺醒的台灣人都陪著她，不會讓她孤單無助。

　　吳秀惠在台灣停留一個禮拜。除了聽陳菊的推測，自己還到處跑到處看，想要看看蔣經國死後，台灣社會有什麼不同。結果是，

感覺差不多，跟四個月前第一次回來的感覺差不多，很亂，台灣人民橫衝直撞、無處宣洩的生命力很亂。看不出來，蔣經國掌握大權，和李登輝登基做王，有什麼不一樣。

的確沒有什麼不一樣，台灣的大門依舊緊緊關閉，這不是吳秀惠在台灣島上看出來的，是吳秀惠回到美國以後，才體會出來的。

回到美國的第一件事，就是重新測試國民黨——再度申請簽證。國民黨芝加哥協調處迅速拒絕了，似乎是等不及吳秀惠申請，事先就已經決定必須拒絕了。吳秀惠打電話去追問原因，對方的回答很乾脆：

「妳做了什麼，自己最清楚。」

協調處的拒絕很徹底，不但拒絕了吳秀惠，兩天以後，還通知周炌明，他四個多月前申請獲准的簽證，一併取消了。

4

返回故鄉是會上癮的，五個月以後，吳秀惠又想回台灣了。

簡稱「世台會」的世界台灣同鄉會決定，八月十九日到二十一日三天兩夜，在台北新店燕子湖山區舉辦一年一度的同鄉大會。世台會的性質跟全美會類似，都是沒有會員、同時又擁有許多會員的協調統籌單位，不過涵蓋的範圍比全美會更大。全美會涵蓋的地區只有美國，世台會涵蓋的所在，遍及全世界。全世界所有國家或地區的台灣同鄉會，都包括在世台會服務的範圍以內。世台會每年召開一次年會，是旅居海外台灣人社圈的大事之一，因為受到國民黨

黑名單惡政的限制，過去二十多年來，年會都在海外召開，爲了回應蔣經國死亡之後，島內高漲的民氣，一九八八年的年會，第一次決定排除萬難，正式進入台灣。

消息傳出，夏天是不是返回台灣參加世台會，就成爲各地台灣同鄉爭相討論的熱門話題了。所有慘遭黑名單大鎖深鎖的台灣人，也想盡辦法，希望能夠拿到簽證，順利返台。

吳秀惠眞想回去。第一次在故鄉舉行的世台會年會，特別具有歷史意義的一次年會，吳秀惠渴望參加。從前參加過很多次世台會年會了，如果這次不能參加，那將會多麼美中不足，多麼遺憾啊。可惜吳秀惠不能參加，協調處不給她入境簽證！熱烈盼望參加的吳秀惠甚至有點後悔，假如三月間沒有回台灣就好了，單次進出可以停留半個月的簽證就還在，八月就可以回去了，眞可惜。

沒有簽證的吳秀惠仍然想要回去，想要闖關回去。

這段期間，申請簽證准或不准的消息，就像台灣夏季狂暴的颱風一樣，四處亂竄。吳秀惠聽說，同樣旅居俄亥俄、住在辛辛那提的黑名單人物，來到美國長達二十三年，從來不曾回去一次的台獨聯盟中央委員、彼此之間交情深厚的台南縣北門區同鄉「莊秋雄」已經使用假名，取得返台簽證，準備八月回去，參加世台會年會。吳秀惠替莊秋雄高興，並且羨慕莊秋雄的好運，同時有好幾天，也在設想如何仿效莊秋雄的招式，騙取簽證。周斌明叫她不要胡思亂想：

「莊秋雄是突然使出奇招，所以幸運過關，妳剛剛申請過，而且

剛剛被拒絕,人家非常注意,怎麼可能成功?」

　　不久以後聽到的傳言是,國民黨的協調處不知道為什麼,發現莊秋雄使用假名申請簽證的事情了。傳言同時指出,國民黨決定不要打草驚蛇,將錯就錯,等到莊秋雄真的返回台灣時,再加以逮捕。然後的傳言就是,莊秋雄也知道國民黨的陰謀了,為了不讓國民黨得逞,準備放棄返回台灣的機會了。吳秀惠覺得可惜,也覺得不應該向國民黨示弱,就打電話鼓舞莊秋雄,說自己願意設法陪他回去:

　　「闖關也要回去!這麼難得的機會,新聞媒體都會注意,就算真的被國民黨逮捕了,也能夠為台灣獨立運動大大宣傳一番,千萬不要放棄。放棄了,國民黨就會嘲笑我們台灣人沒有膽量,而且因為覺得他們的恐嚇有用,以後繼續恐嚇我們。再說,傳言的可信度如何,我們也必須存疑。失禮啦,因為我們是好朋友,我又比你大了幾歲,所以講話重了一點,你不要在意。但是,絕對不要放棄,一定要回去,替我們台灣人爭一口氣。我陪你回去,是不是我幫你一起訂機票?」

　　莊秋雄本來就想回去,只是聽到傳言,心中難免害怕,有點猶豫而已,吳秀惠這樣鼓勵,重又鬥志飽滿,決定成行。兩人約好八月十六日出發,分別前往底特律機場會合,從底特律經東京到桃園的西北航空公司機票,由吳秀惠訂妥。知道登機之前,必須繳驗護照,吳秀惠找克里夫蘭的女性同鄉商量,正好一個周姓同鄉的台灣護照簽證還在有效期間,吳秀惠就向她商借,並且答應在東京轉機

時，寄回克里夫蘭還她，絕對不會把護照帶到台灣，給她惹麻煩：

「只是登機之前用一下而已，在底特律機場用一下而已，不會有問題的，機場的作業情形妳也知道。妳放心，一定不會有問題。至於在東京轉機，已經有登機證了，不會再檢查護照，慣例都是這樣，在底特律就一次給兩張登機證了，這個妳當然也知道。飛機一到東京，我立刻把護照寄回來，就在機場寄。」

周姓同鄉答應，同鄉的同宗周斌明儘管非常擔心，漫長歲月的相處經驗，也明白自己沒有辦法改變太太的決定，再說，爲了台灣，太太這種義無反顧的勇氣，也正是周斌明所深深佩服的，因此，除了再三交代吳秀惠必須處處小心，也只有咬緊牙關答應了。

按照計畫，吳秀惠和莊秋雄在底特律機場順利登機。登機之前，吳秀惠替自己買了一百萬美金的意外險，心裡想的是，萬一被國民黨怎樣了，保險公司會幫忙尋找。丈夫當然會找，同鄉會、人權會、婦女會、醫師協會、國際特赦組織，這些自己隸屬的團體當然也會找，所有關心台灣前途的台灣人，應該都會幫忙尋找，不過，多一個保險公司尋找，吳秀惠覺得沒有什麼不好。旅途中，吳秀惠根據自己兩次返鄉的印象，詳細告訴莊秋雄機場海關的種種，以及海關到出口之間的相關通道設計：

「如果顧面桶眞的要逮捕我們，我們就奮不顧身往出口衝，只要衝到大廳，旅客那麼多，就算被逮捕了，也會引起注意。」

「我一半同意，一半不同意，」表情明顯緊張的莊秋雄說：「妳陪我回來，我已經非常感激了，絕對不能讓妳，爲了我再受到任何

傷害。假如他們真的要抓，妳就當做不認識我。我會照妳所說的，盡量往出口衝！我四十九歲了，一定跑不過顧面桶的抓扒仔，一定會被抓去。妳不要跑，妳根本跑不過。他們應該不會對妳怎樣，了不起，遣返而已。妳就讓他們遣返，把我的狀況跟大家講，有沒有進去，有沒有被抓等等，讓大家知道。拜託妳，秀惠姐，拜託妳同意我這樣的構想。」

吳秀惠叫莊秋雄放心，說她到時候會看情況，不會盲目衝動，會盡量按照莊秋雄的意思做。

在東京成田機場等候轉機時，吳秀惠找不到郵政辦事處，沒有辦法寄回周姓同鄉的護照。護照已經裝入信封，信封上面也已經寫好姓名地址，就是找不到郵寄的所在；連一個郵筒都找不到。正在焦急的時候，忽然看見一個熟識的同鄉「韓良信」，吳秀惠跟他打招呼，知道他剛好要回美國，就把信封交給他，請他抵達美國之後代為付郵。信封裡頭裝的是什麼，吳秀惠沒有說。

意外發生了，機場櫃檯廣播，說飛往桃園的班機臨時更改，要旅客前去更換登機證。吳秀惠擔心還要檢查護照，就叫莊秋雄拿著兩張登機證去換，自己避到洗手間去。幸好有驚無險，沒有檢查護照。

吳秀惠在機場打電話回克里蘭，周斌明告訴她一個不幸的消息，長久以來奔走海外，從事台灣獨立運動的長者「陳翠玉」，因為渴望返台參加世台會年會，飛來飛去，想要在國民黨不同的駐外單位碰碰運氣，希望奇蹟出現，讓她拿到簽證：

「試過好幾個地方，都失敗了，最後在新加坡拿到簽證，沒有想到雖然進入台灣，卻因爲年紀太大，不堪勞累，住進台大醫院了。假如妳能夠順利進去，一定要去醫院看她。」

晚上九點二十分，西北航空公司的班機準時飛抵桃園機場。通關的時候，吳秀惠走在前面，被擋下來。海關人員叫吳秀惠站到一旁。走在後面的莊秋雄臉色大變，跟到旁邊表示關心，吳秀惠裝做不認識他，別過臉去。莊秋雄很快改變方向，走向海關窗口，吳秀惠看見他順利通過。終於平安「護送」這個樸實忠厚的同鄉好友返回台灣了，終於證實國民黨要在海關逮捕莊秋雄的傳言只是謠言罷了！吳秀惠鬆了一口氣，一時之間，反而忘了煩惱國民黨會如何對待自己。

5

海關的工作人員一直讓吳秀惠在旁邊站著，同一班飛機的旅客早就全部通關完畢，不久，又有一批旅客陸續通關，顯然，另外一班不知道從什麼地方飛來桃園的班機又降落了，可是海關人員始終沒有跟吳秀惠講話，原先叫吳秀惠站在一旁的那個，沒有再跟吳秀惠講話，其他的海關人員也沒有。所有的工作人員都忙著在電腦上面按來按去，同時不斷在通關旅客的護照上面蓋章，彷彿早已忘記吳秀惠的存在。

三次回台灣，除了第二次以外，都被長久罰站的吳秀惠生氣了，終於忍不住，走近窗口大聲責問原先叫她站到旁邊的那個關

員，究竟要讓自己罰站到什麼時候：

「要逮捕，或者要遣送，都隨便你們，就是不應該一直叫我罰站。」

「不要生氣嘛，歐巴桑，」關員的年紀不大，講台灣話：「沒有人會逮捕妳，可是時間這麼晚了，已經沒有班機把妳遣送回去了，我也不知道應該怎麼辦。已經請示過上級了，上級一旦決定，應該就會找地方讓妳休息，真失禮。」

「台灣人回台灣，受到這種待遇，真是沒有天理。」

「歐巴桑，看妳的樣子，」關員的態度很誠懇：「是一個很好命的，很有教養的人，為什麼沒有簽證，也敢坐飛機回來？」

「不是我不申請簽證，是你們國民黨不准。」吳秀惠怒氣未消：「當然是有代誌，我才會回來，坐那麼久的飛機，你們以為很舒服嗎？你們又不讓我進去，不是主謀，也是幫凶，還罰我站。」

「我不是國民黨，」關員好脾氣地笑了：「我只是一個吃頭路的人，普普通通的台灣人，哪有權力決定要不要讓妳進去？」

上級來了，談話中斷。上級要吳秀惠在機場待一個晚上，明天一早，遣送出境。上級叫吳秀惠跟著，帶她走了十多分鐘，進入一個房間，門上釘有一塊藍色的牌子，上面寫著「迎接室」三個字。房間裡面有沙發，三個年輕的女警坐在沙發上。看見上級帶著吳秀惠走進來，三個人動作整齊，同時站了起來。

「妳們三位就陪著她，」上級講中國話，地中海型的禿頭抬得高高的，沒有正眼看三個女警，當然也沒有看吳秀惠：「明天上午八

點多吧,早班飛機,有人會來帶她離開。」

「你的意思是,」吳秀惠問那個什麼碗糕上級:「我必須在這裡過夜?」

「如果嫌設備不好,不夠舒服,就不要偷渡回來。」

「能不能商量一下,」吳秀惠用力壓抑自己心中的怒火:「讓我去台大醫院看一個朋友好嗎?你們可以派人跟我去,明天上午八點以前,我保證一定回到這裡,搭機離開。能不能拜託一下?」

「這樣好不好?」上級冷笑一聲:「找人帶妳去唱卡拉OK怎樣?」

上級講完,頭也不回,就往外走,同時把房間的木門順手帶上。

室內安靜下來。吳秀惠在沙發的一角坐下,久站引起的雙腳酸疼,在坐下的瞬間,猛然襲擊腰背。吳秀惠伸了一個懶腰,然後把穿了一整天的鞋子脫掉,讓自己舒服一點。

三個年輕女警始終靜靜的,無聲無息看著吳秀惠做這一切動作,偶爾眼神跟吳秀惠接觸到,就好像觸電一樣,立刻避開。吳秀惠試著跟她們講話,問她們多大年紀,問她們是不是台灣人,問她們知不知道即將召開的世台會等等,她們一概默不作聲,彷彿根本沒有聽到吳秀惠在說話。吳秀惠覺得無趣,也累了,就閉上眼睛,靠在沙發上休息。吳秀惠希望能夠睡一陣子,多少恢復一點體力,不過睡不著,陳翠玉的身影與面容,不斷在腦海當中跳動,偶爾莊秋雄的,也會出現。

第二天上午，八點多飛往日本的飛機，吳秀惠就被帶上去了。四個男性警員陪同，連隨身行李，也是警員拿著。警員說吳秀惠的運氣眞好，因爲班機客滿，只好安排吳秀惠坐頭等艙。吳秀惠坐下，警員離開以後，鄰座的美國人問吳秀惠：

「妳爸爸做什麼大官？」

吳秀惠在日本聯絡上世台會的會長「李憲榮」。因爲拿不到簽證，這個應該主持世台會的旅居加拿大台中人，返回故鄉的漫漫長路，只能走到日本，開幕典禮的會長致詞，拍成錄影帶，事先讓同鄉帶回台灣，準備在燕子湖的開幕現場播放。李憲榮本身，就留在東京關心會議的進行。吳秀惠也決定在東京留幾天，和李憲榮做伴。

吳秀惠打電話回克里夫蘭報平安，周斌明說他已經知道太太抵達東京了，是透過議員Edward Fighn幫忙查詢的：

「如果妳有時間，就去看看多桑和卡將。」

會議的第二天下午，消息傳到東京，疲累過度的陳翠玉終於油盡燈枯，在她深情摯愛的祖國台灣，嚥下最後一口氣！消息同時指出，莊秋雄在會場上發言，勇敢公開他台獨聯盟中央委員的身份！吳秀惠和李憲榮，還有幾個在場的聯盟日本本部盟員，都泣不成聲。

第十七章　台灣村

1

一九八八年秋天，吳秀惠又有出國旅行的機會了，不過這次不是要回台灣罰站，這次是要前往歐洲。

周斌明要去羅馬參加一項國際性的醫學會議，為了慰問太太夏天闖回台灣的辛勞，主動邀請太太一起前往，做一次輕輕鬆鬆的旅行。

抵達羅馬，周斌明和台獨聯盟歐洲本部的盟員「何康美」電話聯絡，知道正好有一群民進黨的立法委員和國大代表在義大利進行考察訪問，便與吳秀惠商量，是不是溜一天班，不要參加會議，去跟這些在台灣島內同樣為獨立運動打拚的同志相聚。不用商量，吳秀惠當然贊成。就拜託何康美跟他們聯絡妥當，約好時間，由周斌明和吳秀惠前往他們投宿的飯店會合。飯店的地址和電話號碼，何康美問清楚了，告訴周斌明，叫他抄下來。周斌明問何康美要不要一起去玩，旅居比利時的何康美表示，距離遙遠，不能前來，只好在家流口水羨慕。

約定的日子到了，周斌明夫婦一大早起床，從羅馬坐車前往民進黨人投宿的飯店所在地，一個名叫「Pissa」的城市，按照地址找到飯店。吳秀惠遠遠看見曾經在新聞媒體上面見過的「謝長廷」，穿著短褲在飯店前走來走去，很高興，以為謝長廷在等他們，趕快

下車揮手。沒想到謝長廷一面不停搖手，一面遠遠走開。吳秀惠正在詫異之間，忽然看見周清玉走出飯店。周清玉跟兩人親切招呼，聽吳秀惠說到謝長廷奇怪的反應，叫謝長廷過來問，才弄清楚原因。原來謝長廷以爲兩人是前來投宿的旅客，揮手要叫自己去提行李：

「所以我趕快搖手走開，表示我不是飯店裡的小弟。我個子這麼矮小嘛，又沒有什麼帝王相，旅行的時候還喜歡穿短褲，住飯店常常被當做小弟叫來叫去，經驗多了，會怕，真是失禮。」

四個人站在飯店前面大笑不已，準備下來集合出發的民進黨人「姚嘉文」、「尤清」、「劉峰松」、「翁金珠」、「盧修一」等人聽見笑聲，當然會追問原由，周清玉清楚描述，大家笑成一團，無意間替異鄉的相聚創造了一個非常有趣的開始。本來只和周清玉見過面，其他人都不認識，周斌明和吳秀惠還在擔心，彼此之間會不會很生疏，經過這樣一陣大笑，距離就完全拉近了。

大家做伙搭車去威尼斯玩，周吳兩人和劉峰松、翁金珠這對夫婦走在一起。翁金珠看到路旁有人擺地攤在賣手工樂器，說他們的兒子對音樂很有興趣，想要買一個回台灣。吳秀惠問地攤的主人，說是南非來的。吳秀惠怕翁金珠他們言語不通，不會講價，可能吃虧，就主動幫他們出面討價還價。價錢講妥以後，劉峰松嫌樂器體積龐大，帶著旅行很不方便，不想買。可是地攤的主人認爲價錢都已經講了，怎麼可以不買？翁金珠最後出錢買了下來，還是交給劉峰松提著。吳秀惠覺得自己太過雞婆，很不好意思，再三向翁金珠

和劉峰松道歉。翁金珠笑著說沒關係：

「男人都嘛非常懶惰，一點點東西叫他拿，就說多重多重，不要理他就好。」

黃昏返回Pissa的車上，吳秀惠想跟周清玉敘敘舊，回憶一下五年前暑假邀請她和許榮淑前來中西部夏令會演講的往事，就和姚嘉文商量換位子：

「拜託你去跟我先生坐，我跟你太太坐好嗎？」

姚嘉文二話不說，就站起來。吳秀惠在周清玉的旁邊坐下，兩人開始愉快交談。幾分鐘以後，當吳秀惠自自然然問到許榮淑的近況時，周清玉的口氣忽然就明顯轉變了：

「那個人最討厭了，什麼都不懂，又愛錢。就是上次啊，妳邀請我和她一起去美國那次啊，討厭死了，一句英語都不會講，什麼都要靠我，好像給一個啞巴兼瞎子做奴才一樣，結果妳知道怎樣嗎？分錢的時候，斤斤計較，最討厭了。」

「分錢？」吳秀惠驚愕又糊塗：「分什麼錢？」

「捐款啊，不是有很多人捐款給我們嗎？氣死了。後來連上下樓的電梯，我都不想跟她一起坐。我們不要講她了，講別的。」

2

一九八九年三月中旬，吳秀惠透過同鄉會，邀請莊秋雄來克里夫蘭演講，報告他返台參加世台會，並且在大會中公開台獨聯盟中央委員身份的相關種種與感想。

　　莊秋雄的演講題目是「異鄉的台灣人，台灣的異鄉人」。莊秋雄說，旅居美國二十多年，隨時感覺自己是異鄉的台灣人，可是好不容易第一次重新回到台灣，最強烈的感想卻是，自己已經成為台灣的異鄉人。神情落寞的莊秋雄進一步解釋，來到美國以後，一頭栽進台灣獨立運動，追隨同志的腳步，希望能夠為故鄉台灣獨立建國的艱困事業盡心盡力，結果是，幾乎所有的時間和心神都擺在獨立運動上面，從來就不曾想到，應該怎樣融入美國人的社會，培養自己和美國這塊寬廣大地的感情，所以美國始終是美國，自己始終是自己，二十多年來，在下意識裡，在心靈深處，美國永遠是暫時託身的異鄉，自己永遠是異鄉的台灣人。然後，有機會返回台灣，當然是興奮不已，認為是回到故鄉了，卻萬萬沒有想到，經過外來政權國民黨無情、蠻橫而全面的摧殘，台灣早就已經不是記憶裡頭熟悉的台灣了。從內到外，從人民的素質到自然的環境，幾乎都徹底改變了。自然環境慘遭破壞，一般人民原本善良純樸的性情，也不能倖免：

　　「我這個美國的異鄉人回去，很快就發現一切都變了，記憶當中真水真水的鄉村景觀不見了，山坡上面種滿檳榔樹了，更嚴重的是，幾乎沒有辦法分辨一般人講話的真真假假了，說一套做一套，真的說成假的，假的說成真的，說謊話好像跟喝開水一樣，都是一種日常生活普通的習慣或需要。小時候，序大人教我們，做人必須忠厚老實，可是現實社會裡頭，奸詐狡猾才不會吃虧。一切都不一樣了，都大大改變了，熟悉的故鄉已經消失了。雖然回到台灣，異

鄉人那種格格不入的感覺，無法穩定放鬆的感覺，不但還是存在，好像還特別強烈。真悲哀，實在不希望這樣的，可是我不能不承認，在台灣，我還是覺得自己是一個異鄉人，台灣的異鄉人。」

莊秋雄接著指出，這一代流落海外的台灣人，特別是五、六十歲的，離開台灣二、三十年的，不管是在美國，或者是在日本、歐洲，應該都會面臨同樣尷尬的處境。在落腳的異國，沒有辦法安身立命，回到家鄉，卻又格格不入。舊的已經喪失，新的無法建立：

「這樣空虛的、奇怪的心情，應該許多人都曾經有感覺到，可是好像真正說出來的不多，至少我從來沒有聽過。辛辛那提台灣人很多，五、六十歲的也不少，平常大家在一起，我就沒有聽誰講過，克里夫蘭這邊的情況，應該也差不多。既然有這樣的感覺，為什麼大家不說？事實上，這次我回台灣，覺得自己還是異鄉人的時候，自己非常吃驚，也非常難過，因為我不希望那樣，我害怕那樣。我在美國沒有辦法融入美國人的社會，感覺理所當然，可是回到台灣，仍然沒有辦法融入台灣的社會，那種感覺是震驚，是痛苦。我多麼渴望，台灣社會給我的感覺，是一隻魚游入大海。我是一隻魚，我需要屬於我的大海，和我的同胞一起放鬆享受的大海，結果美國不是我的大海，台灣竟然也不是。各位鄉親大家想想看，發現這樣的處境，是怎樣的一種心情？要不要承認這樣的處境？講出來，明白講出來，清楚講出來，就是承認。不講出來，或者不要講出來，至少還可以模模糊糊，當做問題不存在。可是，當做問題不存在，問題就真的不存在了嗎？或者是，講出來會怎樣？因為怕怎

樣，所以雖然有感覺，卻不講出來？」

　　周炳明和吳秀惠坐在演講會場的角落靜靜聆聽，兩個人幾乎都心慌意亂地感覺到，莊秋雄講出來的，是自己內心深處的聲音。兩個人的處境都跟莊秋雄極為類似，都是五、六十歲，都出國二、三十年，都因為熱心從事台灣人的運動，很久很久以後，才有機會重新回到日思夜念的台灣。在美國，是異鄉人，不用說，回到台灣，的的確確，真的也感覺自己還是異鄉人，兩邊都是異鄉人，永遠的異鄉人。莊秋雄誠懇落寞的自我表白，深深打動了兩人的心靈。從演講會現場安靜專注的氣氛看起來，莊秋雄的講述，顯然也同樣打動其他同鄉的心靈。

　　莊秋雄繼續演講，談到的是他決定清楚明白講出這種尷尬處境時，內心曾經有過的一番天人交戰。莊秋雄說，做為一個覺醒的、有責任感的台灣人，參與台灣獨立運動是義無反顧的選擇，因此而疏忽了落腳地區人際關係、土地感情的培養，歡喜甘願，做異鄉人就做異鄉人，根本不必說出來。至於故鄉台灣的人文自然慘遭扭曲破壞，也是由於外來政權為了長久控制剝削，必然會採取的毒辣手段，故鄉因此變成異鄉，也沒有什麼好說的：

　　「今天我把這樣的感覺說出來，而且是公開演講說出來，暴露我們這一代台灣人的空虛痛苦的時候，會不會影響我們繼續從事運動的鬥志？會不會澆到運動同志或熱情鄉親的冷水？或者會不會讓別人誤以為我是在訴苦，在討功勞，沒有真正歡喜甘願？我就是這個樣子想來想去，沒有辦法決定，是不是真的要說出來。後來我終於

決定要說了，原因是，我認為誠懇面對問題，才有可能眞正解決問題。我的想法是，我們必須公開自己的空虛與痛苦，才能避免同樣的痛苦，發生在我們的下一代，或其他更多的台灣人身上。大家想想看，假如我們一直沒有辦法實現我們的理想，眞的讓台灣獨立建國的話，那麼海外台灣人的下一代，就必須繼續從事台灣獨立運動，島內的台灣人，也就必須繼續忍受獨裁政權的統治，自私自利的獨裁政權爲了永遠控制台灣，必然會繼續扭曲破壞台灣的一切。中國人打台灣人，台灣人會痛。繼承中國人政權的台灣人打台灣人，台灣人也會痛。特別是，一旦中華人民共和國夠強大了，有能力打台灣了，可是台灣到那個時候還不是一個獨立的國家時，情況就會更加悲慘。爲了避免所有的這些不幸，我們這一代既然犧牲了，就犧牲徹底一點吧，至少要爲我們的下一代，還有許許多多的台灣同胞，建立一個永久的故鄉，不要讓他們再做永遠的異鄉人。在台獨聯盟裡頭，我一直不是檯面人物，安安靜靜做一點點小事，比較適合我的能力和個性，這次回台灣，我之所以會那麼不知輕重，在世台會上面，公開自己聯盟中央委員的身份，目的之一，就是希望逼迫自己，也鼓舞同志，更積極一點，跟國民黨政權正面對抗，看看能不能加快台灣獨立建國的速度。」

　　深受感動的周斌明和吳秀惠忍不住忘情鼓掌，現場同鄉也跟著鼓掌。熱烈的掌聲至少持續了兩、三分鐘。

　　莊秋雄從褲袋裡掏出手帕擦汗，掌聲停止以後，他才再度開口：

「多謝大家鼓掌鼓勵我，事實上，應該接受掌聲的，不是我，是周醫師和秀惠姐。因爲秀惠姐的再三鼓舞，我才有勇氣，拿著使用假名申請的簽證回台灣。也因爲周醫師對台灣的熱情，才能夠讓他太太陪著我回去，給我助膽，是不是我們，再爲他們兩人鼓掌一次？」

莊秋雄率先鼓掌，現場重又掌聲雷動。鼓掌完畢，莊秋雄就說他要做結論了。莊秋雄表示，獨立建國的具體意義，是要替海內外所有的台灣人創造一個眞正的故鄉，創造一片可以讓台灣人安身立命、自在悠游的大海：

「島內台灣同胞的大海在台灣，海外台灣移民的大海也在台灣。不管移民住在什麼地方，在日本，在歐洲，在美國，或在世界上其他任何國家，都一樣，除非台灣的大海眞正出現，否則海外移民也沒有辦法得到眞正的自由和快樂。一個獨立自主的祖國，才能讓海外的移民得到應有的保護。不必掛念祖國同胞的種種，移民也才能夠心安。我們這一代的海外移民，五、六十歲的，離開台灣已經二、三十年的，因爲親身感受過沒有大海的空虛與痛苦，所以不希望下一代也必須繼續忍受同樣的空虛和痛苦。爲了我們自己，也爲了我們的下一代，希望我們都能心甘情願，爲獨立建國全力打拚。謝謝大家。」

3

　莊秋雄對於海外台灣人尷尬處境的深入感受，對於台灣獨立建國運動的殷切盼望，周斌明都能夠體會，也能夠同意，尤其是莊秋雄把人比喻做魚，把故鄉比喻做大海，更讓喜歡畫畫的周斌明印象深刻，很久很久以前，剛剛住進台大醫學院學寮的時候，周斌明也曾經把自己比喻做魚，把學寮比喻做大海。類似的比喻，當然更形加深周斌明的印象。不過，往昔自己的比喻是愉快的，莊秋雄現在的比喻，卻是悲慘的。喪失大海的魚，或者快樂穿梭在海中的魚，不同的情境，卻同樣活生生的畫面，好像就漂浮在周斌明的眼前一般。

　落腳海外的台灣人果真是喪失大海的魚嗎？喪失大海的魚，不但空虛而又痛苦，甚至連繼續生存的憑藉都沒有了，能夠成功建立全體魚群放鬆悠游的海洋嗎？演講現場特有的、聽眾之間容易互相感染的激動情緒消失之後，周斌明一再冷靜思索莊秋雄提到的問題，故鄉的問題。莊秋雄認為，海外的台灣人因為沒有故鄉了，所以痛苦空虛，變成永遠的異鄉人，變成喪失大海的魚。那麼，故鄉究竟是什麼？具備什麼條件的一個所在，才能夠叫做故鄉？出生的地方嗎？好像不對，因為周斌明清楚，東京是自己的出生地，可是自己並沒有把東京當做故鄉，同樣的情形，麥迪遜是三個兒子出生的地方，但是三個兒子也沒有把麥迪遜當做故鄉。如果不是出生地，那麼，是成長的地方嗎？還是工作的地方？好像也都不對，事實上，包括自己在內，包括太太在內，許多人搬來搬去，住過的地

方不少，怎麼可能把每一個地方都當做故鄉？或者就是一般性的、通俗的說法，故鄉是父親或母親出生的所在？然而，周斌明知道，這樣的答案也非常牽強，真的要說自己的出生地東京，或者是太太的出生地台南，對於自己的三個孩子具有什麼樣的意義，周斌明都覺得相當自欺欺人。那麼，所謂的故鄉究竟是什麼？為什麼大家都不喜歡做異鄉人？

回想莊秋雄的說法，海外的台灣人本來是有故鄉的，當然，那個故鄉就是台灣。可是因為被國民黨從裡到外都破壞了，所以感覺當中，已經不再熟悉，已經格格不入，因此不是故鄉。可以想見，故鄉是一種感覺，一種熟悉的感覺。莊秋雄又說，來到美國以後，由於忙著從事運動，沒有時間也沒有心神去培養美國社會的人際關係，或土地認同，所以雖然長久居住，美國也沒有辦法成為自己的故鄉。可見故鄉同時跟人際關係或土地認同有關。人際關係是外在的、客觀的，土地認同是內在的、主觀的。台灣人對於台灣，因為有認同土地的感情，因為有父母，有兄弟姊妹，有親戚，有同學等等各種不同的人際關係，所以自然而然產生一種熟悉的感覺，因此把台灣當做故鄉。對於落腳的美國，因為欠缺上述的種種條件，或者條件不夠完整，所以沒有辦法產生熟悉的感覺，因此不能把美國當做故鄉。周斌明思前想後，綜合歸納，最後勉強得到的答案是，一個有土地感情，並且有一定的人際關係，能夠讓人感覺熟悉，可以像魚在海中穿梭那麼愉快放鬆的安全所在，就叫做故鄉。

如果這樣的答案大致正確，那麼，不管什麼地方，只要能夠設

法認同土地，拓展人際關係，創造愉快、安全的生存條件，長久在那裡放鬆生活，漸漸產生熟悉的感覺之後，自然而然就可以成為故鄉。重點是，不管什麼地方，都可以。周斌明大略回想台灣先民移民的歷史常識，整個關於故鄉定義的思考就完全一清二楚了。先民當年，對於故鄉中國的感覺，以及對於新的土地台灣的感覺，和海外台灣人對於故鄉台灣，以及落腳地的感覺，恐怕是很類似的，那種兩邊都是異鄉人的尷尬處境，應該也非常類似。後來，先民在台灣建立家園，用心經營台灣，逐漸對土地產生認同以後，尷尬的感覺自然也就消失了。後代子孫，想都不必想，就把台灣當做故鄉了。

　　既然已經離開台灣，長久在海外居住，不論是自願的也好，被迫的也罷，假如客觀條件清楚顯示，重返台灣定居的可能性小之又小，比如說，謀生的頭路不在台灣，孩子也都不在台灣，特別是，孩子感覺當中的故鄉，根本不是台灣的時候，重新在落腳的所在，營造一個新的故鄉，孩子的故鄉，應該就是必要的，絕對必要的。空虛痛苦，做一隻喪失大海的魚，沒有什麼意義。故鄉的情況特殊，被敵人侵佔，心甘情願，為故鄉的獨立運動奉獻一生，當然是義不容辭的責任。認清客觀現實，給自己安排一個小小的海灣，也不是什麼罪惡。設法減輕心情的空虛痛苦，也比較有力量和精神，為運動打拚。是這樣嗎？不是這樣嗎？應該是這樣吧？真的是這樣嗎？故鄉台灣如果有任何召喚，我周某人還是隨傳隨到。台灣獨立建國的一切，還是我周某人的第一優先，絕對優先，可是，海外台

灣移民的艱難處境，類似莊秋雄這種弟兄的落寞，難道不值得設法解決嗎？

營造一個新的故鄉，一個海外台灣人小小的港灣，周斌明覺得理所當然，毫無愧疚。

4

吳秀惠的做法實際許多。她去找同鄉商量，找聽過莊秋雄演講的同鄉商量，大家都同意莊秋雄的說法，沒錯，在美國無法真正融入，返回台灣又已經格格不入，在台灣歷史錯亂的時空底下，永遠的異鄉人怎麼辦？除了努力參與或贊助台灣的獨立建國運動以外，能不能同時想點辦法，多少減輕一點流落異國的空虛和痛苦，大家共同的空虛和痛苦？商量的結果是，找一塊地，蓋房子，至少退休以後，志同道合的知己好友住在一起，互相安慰，互相鼓勵，讓台灣人必須浪跡異鄉的苦楚，稍微減緩？吳秀惠處理現實生活的能力很強，大家同意，把這件事，把大家共同的心願，交給她。

吳秀惠的初步構想是，繼續尋找意願相同的鄉親，除了克里夫蘭以外，其他城鎮比較要好的朋友，比如說辛辛那提的莊秋雄，也問問看，當然還拜託朋友幫忙再問問別的同鄉。吳秀惠希望能夠找到三十個左右。人多，募集的資金自然也多，可以買一塊比較寬敞的、獨立的土地，蓋好房屋住在一起，才會有個村落的樣子。接下來的構想是，土地的挑選，最好具備三個條件：座落在美國西岸，同時冬天不會太冷，而且價格不會太高。第一個條件是因為西岸瀕

臨太平洋，距離台灣比較近，浩瀚的海水一面拍打溫哥華到聖地牙哥的海邊，一面也拍打宜蘭到台東的，感覺比較親切。第二個條件是因爲怕冷，雖然旅居美國三十年了，吳秀惠還是沒有辦法習慣冰封雪鎖的美國冬季。吳秀惠以爲，成長在亞熱帶台灣島上的鄉親，應該都和她一樣，普遍怕冷，既然能夠有所選擇，當然必須挑選不會太冷的地方。第三個條件不用解釋了，價格低，有能力參加的鄉親比較多，想要結合三十戶人家，比較容易。

　　一旦住戶招募夠了，土地也買好了，吳秀惠計畫，就找人開始整體規畫，設計動工，建築的形式、景觀的安排，盡量營造台灣農村傳統的風味。除了每一戶人家當然都要有單獨的住宅以外，還要興建一個共同使用的活動中心。中心裡要有一般休閒娛樂或運動健身的設施，還要有一個紀念館，設法蒐集陳列台灣移民進入美國的相關歷史文物或資料。最重要的是，中心裡面一定要有數量足夠的客房與教室。吳秀惠的想法是，最近幾年來，台灣的民進黨政治公職以及獨立運動組織的工作人員，或一般社運團體的義工，跟美國地區的台灣同鄉會交流極爲密切，這些辛辛苦苦的運動同志抵達美國，應該要有一個招待他們落腳的所在。平時有人需要來美國充電或休息，也有地方住，如果有什麼團體要辦組訓活動，也可以免費使用活動中心。

　　吳秀惠興奮不已，計畫著，也憧憬著集資購地與建村落的遠景。吳秀惠希望，建築完成的村落，不只是三十戶左右台灣移民的住處，還是美國地區能夠展現台灣傳統風味、台灣建築文化的代表

性社區，同時還能紀念移民的歷史，並且成為獨立運動工作者的休息站與充電或訓練的場所。吳秀惠希望這個理想當中的村落是多功能的，讓海外台灣同鄉有機會住在一起，互相照顧，減輕想家的空虛痛苦之外，還能提供台灣獨立運動，實質的幫助。

吳秀惠並且替夢想裡的村落，想好了名稱，就叫做「台灣村」。

第十八章　潮聲太平洋

1

　　一九九○年春天，入籍美國已經十四個年頭的吳秀惠，報稱舊的美國護照遺失，申請了一本新的，然後模仿莊秋雄的招式，使用假名「周克子」和朋友的住址，向芝加哥國民黨政權的協調處申請台灣的入境簽證，居然過關了，而且是期限五年，可以多次進出的。吳秀惠喜出望外，渴望早點得到機會，讓簽證發揮功能。

　　機會來了。夏天八月，北美洲台灣人教授協會為了慶祝成立十周年，決定組團返台，在台北馬偕醫院九樓的禮堂舉行年會，會後環島旅遊。招募團員的時候，吳秀惠立刻報名了。周斌明不必報名，因為他是當然團員。教授協會要他擔任工作人員，負責安排三天大會期間必要的演講活動。周斌明徵詢幾個他所熟知的，口才比較好、專業學養也不錯，而且願意返台參加年會的會員以後，排定演講者，同時談妥講題，把資料送給教授協會。演講的時間，協會決定就可以了，反正到時候大家都在一起，時間上不會有什麼困難。周斌明安排的演講者當中，有一個年輕人比較特殊，因為這個年輕人排了兩場，一場是開幕典禮的特別演講，一場是生物醫學組的專題演講。這個年輕人是三十七歲的雲林縣人「李應元」，台灣大學公共衛生系畢業，是吳秀惠的哥哥吳新英的學生，來到美國之後，先後取得哈佛大學公共衛生碩士，和北卡大學醫療經濟學博

士。周斌明在教授協會的活動中與他認識多年，覺得他很優秀，可以勝任兩場演講。必須演講兩場的，只有李應元。

教授協會的部份會員有意見，質問為什麼周斌明對李應元這麼特別，是不是因為李應元也是台獨聯盟的盟員，所以周斌明偏心。或者是周斌明根本有私心，企圖讓教授協會沾染濃厚的聯盟色彩，擴大聯盟的地盤。周斌明問心無愧，事實上，他完全不知道李應元是聯盟的人，因為就他所知，聯盟裡頭，並沒有「李應元」這個盟員。他安排李應元兩場演講，純粹是由於李應元本身的條件夠。

周斌明向紐約台獨聯盟總本部的秘書處查詢，證實李應元果然是盟員，不過參加聯盟時，李應元使用的是假名，所以周斌明不知道。周斌明堅持讓李應元演講兩場，理由很簡單，因為李應元條件夠，是不是盟員，並不會影響他的演講條件。

報名返台參加年會的會員，總共有七十多個。申請簽證時，十三個拿不到。教授協會出面交涉，剩下四個拿不到。這四個是豐原人「洪基隆」、南投人「吳明基」，還有「周斌明」和「李應元」。會員「朱耀源」，也就是台北延平大學的創辦人「朱昭陽」的兒子，再度挺身爭取，最後只剩吳明基和李應元拿不到。吳明基表示只好放棄，李應元要周斌明放心，演講不必更改：

「我會用台灣人自己的方式回家，我們馬偕醫院見。」

周斌明問朱耀源是怎麼爭取簽證的，朱耀源說直接找李登輝。

2

按照計畫返台，吳秀惠順利通關，周斌明又被罰站，不過比起三年前第一次回來時，縮短很多，只站四十分鐘而已。

團員全部投宿中山北路的國賓大飯店，大會開始前一天早上，團員之一，也是教授協會的前任會長「賴義雄」拿來一張報紙給周斌明看，頭版刊出一張照片，是李應元站在總統府前面照的，說明的文字指出，國民黨情治單位已經獲悉李應元潛入台灣，正在加緊緝捕當中。周斌明默默不語，心裡想到的是，新一代台灣的年輕人果真不一樣，勇敢多了，也能幹多了。這樣的年輕人投入獨立建國運動，必然能夠加速最後成功的來臨。

周斌明覺得高興，卻也有點擔心。萬一國民黨當局知道李應元會來馬偕醫院參加教授協會的年會，同時做兩場演講，趁機佈線逮捕，李應元就處境危急了。周斌明不放心，找到一起回來的「李敦厚」，也就是李應元在波士頓唸書時，最要好的一個朋友，先去馬偕醫院仔細察看，希望確定一下，假如真正面臨逮捕，李應元有沒有逃脫的通路。兩個人上上下下看了又看，發現會場位於九樓，人一上去，就等於老鼠進入布袋。周斌明搖搖頭，表示無路可逃，李敦厚立刻掉下眼淚。周斌明建議李敦厚，設法通知李應元不要出席：

「演講另外找人，沒有關係。」

「我根本不知道他人在哪裡，」李敦厚聲音哽咽，一面講話，一面吸著鼻水：「怎麼通知他？就算通知到了，也沒有用，他那個人

說要來，就一定會來。他的個性就是說到做到。」

　　大會期間，李應元始終沒有現身。周炆明鬆了一口氣，不過演講臨時找人代替，也引起部份團員的不滿。不滿的團員，當然就是原先質問周炆明是不是有偏心或私心的那幾個。

　　大會結束，接下來是爲期七天的環島旅行。團員加上眷屬，搭乘兩輛遊覽車出發，熱熱鬧鬧的氣氛，周炆明很喜歡。正好年滿六十的周炆明稚氣未脫，還是喜歡看熱鬧高興的場面，特別是台灣人的。除了旅遊，沿途還參觀新竹的科學園區、台中的資源回收中心、農業試驗所，以及高雄的中鋼和中船等單位，都是教授協會事先安排的。因爲是團體參觀，所以每一個單位的總經理或負責人都有出面接待簡報，還替每一個團員準備了禮物。周炆明喜歡有人簡報，這樣比較不會走馬看花，特別是簡報的人都表示，知道美國回來的台灣人喜歡聽台灣話，所以都說台灣話，說不好的，還再三道歉，格外讓周炆明高興。不過周炆明不喜歡他們送禮物，非親非故，隨便送禮的中國文化，周炆明相當討厭，覺得這種文化多少有討好或收買的意思，而且不管怎麼贈送，不管是哪一個單位贈送，浪費的，還是台灣人民的稅金。周炆明不喜歡浪費台灣人民的稅金。

　　喜歡人家簡報，卻又不喜歡人家贈送禮物，同樣一件事情裡頭，包含著互相矛盾的喜歡和不喜歡，一次又一次發生以後，周炆明慢慢瞭解，這也許就是台灣社會奇特的現象之一。舊的威權統治方式正在解體，新的民主自由政治卻還來不及建立；覺醒台灣人民

的社會力，逐漸逼迫李登輝帶領的國民黨遠離中國，可是真正的獨立建國，卻還不曾出現；官僚系統一方面守舊，另一方面卻又想要革新；民間也是，希望享受國家主人的權利，但是又害怕承擔必然伴隨而來的責任。彼此矛盾而互相衝撞的生命力，周斌明殷切希望，這種奇特的現象，正是一個新的國家即將誕生之前，不得不經歷的混亂與陣痛。

混亂與陣痛的典型代表，周斌明一直想要忘記，卻始終無法忘記的是，旅途當中，路過台中縣霧峰時，教授協會安排的一項台灣省議會拜會活動。自然是有簡報的，也是使用台語的，讓周斌明覺得高興的。特別是，在省議會，還碰到蔡有全，吳秀惠專程代表人權會，返台探望過的政治受難者。蔡有全坐牢的時候，他的太太周慧瑛出馬參選所謂的省議員，高票當選，進入霧峰省議會。不久蔡有全出獄了，就跟著太太，住到省議會的會館來。意外碰面，經由吳秀惠的介紹，看見蔡有全精神不錯，周斌明當然高興。可是高興的同時，卻又難免覺得矛盾，覺得難過。先生主張台灣獨立，還為了這樣的主張兩度入獄受苦，太太卻做省議員；既然做省議員，沒有問題，就表示自己承認台灣是一個省，是中國的一個省，這不是太奇怪了嗎？承認台灣是中國一省的太太做省議員，主張台灣必須獨立的先生跟著住到省議會，這不是太奇怪了嗎？根據簡報，周斌明知道，省議員的待遇，折合美金，好可怕，竟然超過美國總統的。長久以來對於台灣政治的關心，周斌明也知道，所謂的省議員根本沒有什麼事做。沒有什麼事做的省議員，享受那麼優渥的人民

稅金，當然是國民黨分贓的惡政之一。國民黨的省議員分贓，民進黨的省議員分享，省議員本人分享不夠，連先生都來一起分享，道理上，怎麼說？這樣的簡單推理，就讓周斌明高興不起來了。當然，省議會贈送的禮物，每個團員一個手錶，表上還刻著所謂議長「簡明景」贈送的字樣，也讓周斌明不高興。不過，跟蔡有全和周慧瑛引起的不高興相比，這樣的不高興，比較沒有那麼不高興。

周斌明就在高興和不高興、喜歡和不喜歡同時存在的矛盾當中，繼續環島旅行。同樣的矛盾，自然環境居然也無法避免。美麗的山水，讓周斌明喜歡；人為的破壞，又讓周斌明不喜歡。可是，破壞卻又寄託在山水之上，想要欣賞山水，就不能不看到破壞。想要享受喜歡的感覺，就不能不觸及不喜歡。周斌明第二次返回故鄉的感覺，就是這樣的矛盾，混亂的矛盾。

3

一九九○這年秋冬，周斌明還有兩次長途的旅行，一次是應邀前往沙烏地阿拉伯做短期的教學演說，另外一次也是應邀，去新加坡。新加坡政府要興建腦神經病理醫學研究中心，聘請周斌明擔任顧問，同時在正式成立之後，做神經病理科的教授，周斌明先行前去瞭解。新加坡距離台灣不遠，周斌明多麼希望，也有機會能夠返回台灣，做同樣的工作。自己的專業技術，要為新加坡人民服務的同時，為什麼不能也為祖國台灣的人民服務？

周斌明忙著飛來飛去，吳秀惠也忙著飛來飛去。周斌明飛比較

遠，吳秀惠飛比較近。但是周斌明飛比較少趟，吳秀惠飛比較多趟。吳秀惠爲夢想中的台灣村到處奔走。住戶大概找夠了，雖然沒有達到三十戶的原訂目標，總算相差不多，有二十七戶。二十七戶裡頭，克里夫蘭的同鄉大概佔一半，其他地方的台灣同鄉也佔一半，莊秋雄非常熱心，自己參加一份，還找來三個朋友。吳秀惠認爲夠了，不過還是希望會再增加。一九九一年春天，土地也買好了，座落在奧立岡州西北角Manzanita的太平洋濱，站在這塊土地上面的任何一個角落，都能聽見太平洋反覆演奏的潮聲。總共面積兩百個Arces，價錢美金四十五萬。土地夠大，價錢便宜，緊鄰太平洋，冬天又下雪不多，吳秀惠構想當中所有的條件，幾乎都符合了。不知道曾經有過多少次，在國內線的班機上，吳秀惠興奮莫名，一再想像是自己長了翅膀，不是飛機在飛，是自己在飛，自己正在飛向美麗的夢境。

台灣村的英文名稱，吳秀惠取做「Villa Formosa」，也已經向奧立岡的州政府辦妥登記，只要住戶籌夠建築資金，就可以正式動工了。

這年五月，台灣獨立建國聯盟美國本部的主席，台南人「郭倍宏」來到克里夫蘭，在當地的台灣人基督教會裡做演講，報告他突破黑名單，成功進出台灣的經過。兩年前秋天，這個三十四歲的年輕主席，爲了推展聯盟主力遷返台灣的運動，同時挑戰國民黨政權禁錮海外台灣人的黑名單惡政，冒險潛入台灣，四處遊走，並且公開宣稱，十一月二十二日晚上，將要在中和運動場盧修一參選立法

委員、周慧瑛參選省議員的聯合政見發表會上，公開現身，舉行記者會。當天晚上，在國民黨情治單位信誓旦旦，揚言全力緝捕，軍警密佈，水洩不通層層重圍的天羅地網之下，郭倍宏果然現身了，同時上台了，演講攻擊國民黨的黑名單之餘，還接受現場記者的詢問，然後再度神秘消失，平安返回美國。這件轟動海內外的焦點大事，吳秀惠和周斌明當然知道，關心台灣獨立運動的同鄉，誰不知道？郭倍宏前來克里夫蘭現身說法，吳秀惠與周斌明當然不會錯過。

　　演講完，周斌明以盟員的身份，邀請這個比自己整整年輕二十五歲的主席到家裡過夜。閒談之間，郭倍宏主動吸收吳秀惠加入聯盟。先生參加聯盟以後，漫長的二十五個年頭當中，吳秀惠在心裡上，始終認為自己已經是一個聯盟的盟員，許許多多的朋友，看平時吳秀惠對於獨立建國運動的熱心參與，而且先生又是聯盟公開活動的元老級人物，大概也都認為她是盟員，理所當然應該是。不過實際上，吳秀惠不是。長久的時間裡，吳秀惠自己知道，憑著個人微薄的能力，沒有資格享受做為聯盟盟員的光榮，所以一直沒有主動加入。當然，還有一點必須坦白承認的私心是，一個家庭，一人出面奉獻就夠，萬一先生出事了，還能留下一個，照顧家庭和小孩，因此，很少的幾次，知道她不是盟員的聯盟幹部，開口邀請她加入時，她也婉拒了。可是，面對這麼勇敢的年輕主席主動開口，吳秀惠忽然感覺，如果不答應，就不道德，就不是中學時代釜娥導師諄諄期勉的，完整的人。吳秀惠爽快答應，終於同時是先生的太

太和聯盟同志了。

　　七月，北美洲台灣婦女會決定組團返台，和台灣島內的婦女團
體接觸，商談爾後如何合作，鼓勵婦女同胞關心、支持，甚至更進
一步，參與台灣獨立運動，同時探視因為闖關回台，遭到國民黨逮
捕監禁的張燦鍙。吳秀惠報名參加，簽證五年有效，可以多次進
出，真方便。

　　不過婦女會的現任會長、旅居紐約的「方惠音」卻沒有這麼方
便。方惠音申請簽證，被拒絕。知道消息的吳秀惠重施故技，幫她
運用新護照和假名、假地址，在芝加哥協調處申請到了，也是五年
有效的，多次進出的。另外一個同樣住在紐約的會員「黃玉桂」拜
託吳秀惠也幫她申請看看，結果卻失敗了。究竟是因為什麼，或者
兩個人之間有什麼差別，吳秀惠不清楚。

　　吳秀惠跟方惠音以及其他會員按照計畫回到台灣，停留了兩個
禮拜左右，去土城監獄看過張燦鍙，也跟一些婦女團體多次接觸
過，應該做的，都做了，才離開台灣。

　　返回美國不久，吳秀惠忽然接到芝加哥國民黨協調處的通知，
說她化名申請的簽證被取消了，並且警告她不可以再犯同樣的錯
誤。吳秀惠根本不理，又申請了一本新的護照，更改假名為「周雅
子」，借用另外一個朋友的地址，重新嘗試，又得手了，同樣是五
年，同樣可以多次進出。吳秀惠搖頭苦笑，覺得國民黨不但是一個
野蠻獨裁的殘暴惡魔，還是一個難以瞭解的政治怪胎。

4

　　一九九一年九月初，六十一歲的周斌明從克里夫蘭醫學中心退休下來。按照醫學中心的規定，年滿六十歲，同時服務年資達到十年以上的，可以申請退休，醫學中心爾後會在生活上給予一定程度的照顧。周斌明是一九八一年元月進入醫學中心的，早在八個月前就已經屆滿十年，條件符合，隨時可以辦理退休了。正好這年夏天，中央研究院的院士，爲了廢除刑法一百條，拯救身陷國民黨黑牢得意門生李應元而投入反對運動的台灣醫學前輩、世界級蛇毒專家「李鎭源」，接受邀請前來美國台灣同鄉夏令會巡迴演講，路過克里夫蘭，在周斌明家停留時，知道周斌明已經隨時可以退休，就鼓勵周斌明趕快辦手續：

　　「不要遲疑啦，正好有一個機會，回來台灣一起打拚啦。」

　　李鎭源接著提到，台灣的國科會有一筆錢，想成立腦神經研究中心，如果周斌明回去，一定可以爲台灣的醫學界大大發揮：

　　「這樣好不好，你先回來敎書，高雄醫學院的神經內科敎授『陳順勝』跟我很熟，我跟他先說說看。你也認識他嘛，對不對？私立學校，比較沒有束縛，政治色彩——，也比較不在乎，你也跟他聯絡看看。一旦國科會要做神經研究中心，你正好在台灣，很方便，當然必須借重你的專長。回來啦，新加坡你都在幫忙了，何況是我們自己的台灣？趕快辦手續退休啦。」

　　這天晚上，周斌明睡不著。心情激烈起伏的周斌明站在老屋的窗口，默默凝視玻璃窗外高聳的大樹。清冷的月光照在隨風輕搖的

枝葉上，地面的投影不斷跳動模糊。如果真的能夠回台灣貢獻專長，如果台灣的國科會真的想成立神經研究中心，那真是太好了！我周某人受到台灣人民的納稅栽培，能夠在最優秀的學校裡，接受長久而嚴格的基礎醫學訓練，後來才有機會出國深造，在腦神經病理的研究上面，獲得一點點成績，從而受到美國以及日本、澳洲、沙烏地阿拉伯和新加坡等等國家醫學界的肯定，多年來，總算為他們做了一點點小事。然而，做為一個台灣人，一個摯愛台灣鄉土同胞，熱心獨立建國運動的台灣人，我周某人這世人最想回報的，畢竟是我的血肉兄弟台灣人啊！即使不曾明白說出來，可是內心深處多麼渴望有機會為台灣人提供醫學專業的服務啊！突然之間，意料之外，機會來了，這是多麼令人興奮啊！聖誕節還那麼久，怎麼李鎮源這個聖誕老人居然提早來了，還送給我周某人這麼珍貴的禮物？

　　心情起伏的周炳明睡不著，只是因為興奮，不是需要考慮。第二天上班，他就提出退休申請了。

　　周炳明迫切希望美夢成真。當然他沒有忘記莊秋雄永遠是異鄉人的演講，沒有忘記想為自己和移民同鄉以及下一代，在美國營造一個小小的新故鄉的念頭，更沒有忘記太太為了台灣村奔波勞累的付出，但是不衝突，根本不衝突，祖國台灣的召喚，永遠是他的第一優先。

5

　　退休了，台灣的機會卻也同時消失了。先是陳順勝說，高學醫
學院沒有教授缺，然後是李鎮源說，國科會的預算越減越少，減到
最後，沒有了。台灣並不認爲，興建神經研究中心有什麼必要。希
望返回台灣貢獻專長，周烒明還得耐心等待。

　　美國的醫學界卻沒有讓周烒明閒著，好幾所大學的醫學院或研
究機構爭相邀請他前往教學或做研究，既然一時之間沒有機會返回
台灣做事，周烒明便想找一個研究機構，好好再次研究腦神經病
理，同時用心整理將近二十年來，陸陸續續發表過的三百多篇論
文。幾經比較考慮，最後周烒明選擇了舊金山的「加州太平洋醫學
中心」，主要的原因是，舊金山距離奧立岡計畫中的台灣村比較
近，吳秀惠處理興建事務，不必奔波太遠，而且大兒子也住在舊金
山，彼此來往比較方便。次要的原因也很適合周烒明的需要，包括
上班時間自由，助理研究員的數目由周烒明決定，什麼時候想要離
開，也沒有任何限制。最後一點非常重要，內心深處，周烒明仍然
在期待著台灣方面的機會，機會出現，必須隨時能夠離開。

　　一九九一年十月下旬，周烒明和吳秀惠搬離克里夫蘭，跟那棟
居住超過十年的英國老式建築說再見，來到舊金山，在太平洋醫學
中心旁邊，走路不到五分鐘的所在，租了一間位在三樓、兩個房間
的小小公寓，住了下來。公寓實在不大，特別是住過克里夫蘭的寬
敞老屋之後，兩個房間的公寓，彷彿到處都是牆壁。可是比起三十
二年前，剛剛結婚的時候，在麥迪遜租住的公寓，卻又大了一點。

事實上，同樣只有兩個人住，太大的房子反而顯得空虛，而且不好整理。兩個房間，一個當臥室，一個做書房，周斌明和吳秀惠都覺得剛剛好。臥室的櫥櫃太小，歷史悠久的、天邊海角相伴相隨的大皮箱太大，只能擺在角落的地板上。地板的顏色是素樸的深咖啡，映照著大皮箱的深藍，顯現出一種穩重的柔和與溫暖，周斌明和吳秀惠都覺得喜歡。

真的只有兩個人住，生活彷彿又回到麥迪遜新婚時期的簡單了。三個小孩都長大了，都大學畢業了，都進入社會開始做事了，老大Tony周孟棟三十一歲，就在舊金山的一家醫院擔任心臟內科研究員，老二Winston周偉棟二十九歲，在波士頓做建築師，老三Hugh周攸棟，「真有擋」，二十八，在聖路易的華盛頓大學電機系工作。除了老二，其他兩個都結婚了，都有自己的家了，就算近在咫尺的周孟棟也一樣，回來公寓和父母親住的機會，實在少之又少，簡直有點求之不得了。

住處安頓妥當，十一月上旬起，周斌明就開始前往太平洋醫學中心上班，醫學中心給他的職稱是研究部主任。還是保持克里夫蘭的老習慣，上下班都走路，當做運動。距離太近，運動量不夠，經常周斌明都會多繞兩條街。

吳秀惠仍然到處跑。奧力岡台灣村的興建事宜相當瑣碎，所有住戶的意見都必須時常前往徵詢、詳細考慮。克里夫蘭的房屋太大，卻又太舊，不容易找到買主，可是不賣出去，又不夠錢在台灣村蓋房子，所以克里夫蘭也要不時跑。一九九二年以後，因為聯盟

主席郭倍宏和副主席台中人「楊宗昌」的再三拜託，吳秀惠應允出任聯盟機關報紙「台灣公論報」的發行人，報社在洛杉磯，吳秀惠又多了一個長途奔波的所在。六十一歲，滿頭銀髮的吳秀惠，纖瘦的身子當中，彷彿蘊藏著使用不完的體力，經常性的各地奔波之餘，依然神采奕奕。周斌明偶爾忍不住，就會開她玩笑，說按照她這麼充沛的體力往回推論，當年畢業旅行上阿里山時，絕對不可能提不動自己的行李：

「叫我們幫忙，說不定只是為了找藉口，跟我接近。」

第十九章　白雲綠樹

1

　　一九九三年二月下旬，李鎭源所帶領的社會運動團體「台灣醫界聯盟」在台北舉辦台灣醫學教育檢討會，邀請十一個旅居海外的台灣人醫師返台，和台灣島內關心醫學教育的專業人士進行討論，美國地區被邀請的，除了周斌明，還有「李雅彥」、「洪正幸」、「鄭天助」和「蔡芳洋」等人，大都是醫師協會的會員。

　　周斌明申請簽證。感謝部份海外黑名單同鄉，和島內許許多多關心台灣人權、台灣前途的社團或個人，長期以來一再抗議、爭取和衝撞，終於把台灣的大門完全撞開來了，這次，周斌明順利取得簽證。通過海關時，也沒有再被罰站。吳秀惠陪著丈夫返回台灣，用的是周雅子的護照。周斌明喜歡太太陪著，太太就陪他。周斌明出席會議，太太也沒閒著，恰好碰到出獄之後的政治受難者許曹德代表民進黨，在新店參加市長的補選，就跑去幫忙，沿街發傳單。

　　會議開始之前，李鎭源私底下告訴周斌明，醫界聯盟之所以會舉辦這樣的檢討會，主要的原因是，台灣大學醫學院附設醫院長久以來，部份醫師收受病患紅包的陋習，最近被傳播媒體揭發了。媒體大幅追蹤報導，已經嚴重影響台大醫學院和附設醫院傳統的高尚名譽。爲了挽救台大醫學院和附設醫院的聲譽，也爲了有效提升包括台大醫學院在內，台灣所有醫學院校的教育品質，才舉辦這次的

研討會。

　　周斌明知道，醫師收受紅包，實在是對生命尊嚴最徹底的侮辱，不要說先進國家不可能出現這種現象，就算是三十年前的台灣，也不可能出現。醫師是醫學院培養出來的，醫師會收紅包，醫學教育當然必須痛加檢討。不過周斌明同時也知道，醫師之所以會收受紅包，特別是具有傳統光榮的台大醫院醫師，從台灣社會各界精挑細選的頂尖青年，接受醫學院長期嚴格訓練以後，培養出來的醫師，居然也會收受紅包，而且形成陋習，絕對跟整個社會的質變有關，不可能單純只是醫學教育出了問題。社會的質變是政治引起的，國民黨政權入侵台灣以後，運用政治力量，徹底扭曲了台灣社會，引起惡性的質變以後，台灣的醫學教育，怎麼可能繼續保持傳統的清純與理想？隨著時間的累積，老舊的醫師逐漸凋零，新起的醫師成為主流，清純與理想的堅持自然萎縮，再加上中國社會紅包文化無所不在的衝擊，醫師收受紅包，恐怕只是整個醫療品質嚴重惡化，甚至是全體台灣人民人性徹底墮落的冰山一角而已！想到這裡的周斌明冷汗直冒，毛骨悚然。台灣人如果再不擺脫外來統治，儘快建立自己的國家，人吃人的病態社會，說不定就是台灣無可避免的明天！

　　開會的時候，周斌明坦率說出自己的憂慮，幾乎是大聲疾呼，懇請與會的醫師或醫療單位主管人員，抓住問題的根本癥結，想辦法透過政治體制的完全改造，還給台灣社會一個可能的生機。只有台灣社會的復活，台灣人本土清幽儉樸、勤勉刻苦的氣質重新出

現，才能夠提供醫學教育一個正常的、健康的發展空間，也才能夠開拓探求真理的學術園地，從而培養高品質的醫師。周斌明說了一次又一次，只要時機恰當、議題切合，就不厭其詳，反覆說明，誠懇呼籲。可惜沒有什麼正面的迴響，除了北美洲台灣人醫師協會一起返台的幾個會員，偶爾還會發言聲援幾句之外，其他的與會人士針對周斌明的呼籲，大都默不做聲，甚至還有不少人說一些什麼醫學歸醫學、政治歸政治的鄉愿論調，企圖模糊問題焦點的同時，似乎還有諷刺的意思。

檢討會結束，醫界聯盟另外安排海外回來的醫師，前往台中、台南和高雄等地的醫學院校參觀，周斌明仔細留意，教學方式、研究設備，一點一滴盡量都不放過。當然，可能的工作機會，也是他特別注意的。

活動全部結束，正好碰到二二八和平促進會在台北市舉行大規模的紀念遊行，周斌明和吳秀惠就近參加。遊行完，才回美國。意料之外的遊行，讓周斌明心情舒坦許多，如果只有計畫當中的檢討會，周斌明恐怕會鬱悶許久。

2

夏天到了，周斌明透過醫師協會的轉述，聽到有關台大醫學院的一個消息。消息部份明確，部份模糊。明確的部份指出，原任醫學院院長的「陳維昭」要轉任校長，醫學院院長一職，將由醫學院的教授和副教授直接票選產生。既然是直接票選，當然要有人候

選。候選人的來源，就比較模糊，大概的說法是，採取推薦方式，至於誰或誰有資格推薦，沒有說清楚。

周斌明聽過就算，他的主要興趣是教學和研究，行政工作，想都不曾想過。因為聽過就算，因為想都不曾想過，消息當中比較模糊的部份，他也沒有再去追查。

醫師協會裡，熱心的台大醫學院校友不一樣，有人，有不少人，非常積極，把所有應該知道的，都打聽清楚了。這些校友這麼熱心，是因為他們想要推出一個候選人。他們中意的對象，正是周斌明。

電話不斷，都在鼓勵周斌明接受推薦。周斌明的回答千篇一律，說他根本不會做，也不想做行政工作：

「你們也都知道，我這一世人就是看病，就是教書，就是做研究寫論文，從來就沒有做過任何行政工作，連家庭裡頭，日常生活當中的點點滴滴，應該算是最簡單的行政工作了，都嘛是我太太在處理，我不想做什麼院長，也不會做，你們不要開玩笑。」

「沒有問題啦，」熱心的會員這樣遊說他：「哪有什麼行政工作？院長嘛，就是決定大方向，抓住大方向就好。院長底下，還有那麼多行政人員，哪裡輪得到院長做什麼行政工作？」

「多謝你們，」周斌明還是沒有半點興趣：「我知道我自己想做什麼，能做什麼。我不喜歡勉強。勉強對人不好，對事也不好。」

周斌明就這麼堅持著，堅持不接受推薦。熱心的會員也這麼堅持著，堅持一定要推薦。後來，曾經做伙返台參加醫學教育檢討會

的會員出面了，一起跑來舊金山進行遊說了，他們的說法，漸漸打動了周斌明：

「你知道我們母校現在的狀況，也知道毛病出在哪裡。你對醫學教育有一套徹底改造的理想論調，從政治面改造的論調，可是假如沒有抓到權力，你的論調，你的理想怎麼有機會落實？光是靠嘴巴說，慷慨激昂也好，苦口婆心也罷，除非能夠感動有權力的人，要不然都嘛只是狗吠火車，為什麼不去想辦法，自己抓住權力？」

「可是，對於做院長這種行政工作，我真的沒有興趣。」

「人的一生，哪有那麼好命，做什麼都正好有興趣？相信對於做總統這樣的行政工作，你也不一定有興趣，對不對？可是為什麼你要一世人拚台獨？做事應該看興趣，還是應該看需要？」

「看需要，也要看能力。就算真的有機會，我也不一定會做。」

「這句話的反面意義就是，也不一定不會做，對不對？那麼複雜的腦神經病變，你都會做啦，簡簡單單一個院長，怎麼可能不會做？再說，你出面，是代表我們這些有心人出面，你在做，是代表我們這些有心人在做，大家一起做，不是你一個人在做，你擔心什麼？老實說，之所以需要你代表出面，是因為你的聲望夠，專業素養夠，國際上的知名度夠，而且最重要的，對於台灣獨立的堅持夠。這些條件，我們當中，沒有任何一個全部具備。因為需要，因為你有能力，因為還有許多人站在你後面，所以你不能推辭。」

整個晚上，大家反覆陳述，積極鼓舞，吳秀惠在倒水、倒咖啡的同時，也站在熱心會員那邊，鼓勵丈夫接受。

「旣然你們都這麼說，」周斌明的心熱起來了，似乎連實際年齡也暫時忘記了：「如果我再推辭，就不是熱血的台灣青年了。好吧，我就答應試試看。我應該怎麼做，你們說。」

「很簡單，寫篇演講稿就好，大綱也可以。投票之前回去，政見發表時，詳詳細細告訴有投票權的人，你想要如何改造台大醫學院。就是這樣，其他的，交給我們辦。」

3

接下來的一個禮拜裡，周斌明果然非常用心愼重，寫了一篇將近四千字的演講稿，就好像他平時在寫醫學論文一般。

演講稿簡單交代他參選院長的動機，然後詳細說明他當選之後，希望努力從事的改革方向。周斌明把改革的方向分爲七個部份，清楚解說。這七個部份按照順序是：醫學院教師目前的升等辦法、如何提升研究風氣、醫學院與醫院行政體系的協調、學生的心理營養不良與社團活動缺乏、推行小組教學的挑戰與評估、醫學系外各學系醫事人員的調和，以及最後一個部份，新醫學院院長應該最優先進行的三件事。七個部份當中，周斌明把他認爲最重要的，擺在正中央和結尾，也就是第四和第七。第四部份，關於「學生的心理營養不良與社團活動缺乏」，周斌明這樣表示他的見解：

「學生不是不願，是不能參與各種活動，因爲學生功課太重。我二月回台參加醫學教育討論會中認知，大學法需修改，課程太多。要把不需要之軍訓、三民主義廢除，並減少物理化學（分析定量化

學）的功課。增加學生的自由時間，使學生能思考，去探求真理，去參與課外活動。學生功課一定要改革，對本土（台灣的，非中國的）人文更應加強。老師對學生的功利主義傾向抱怨，我認為老師必須以身作則。老師若是功利主義者，那能培養出非功利主義的學生？台灣整個社會就是功利主義太抬頭的環境。要Free up學生的功課，使之有選擇從事藝術、讀書、研究、交遊的機會，鼓勵參加社會服務，參與社會、環保、慈善等活動，以培養社會使命感。對參加社會活動的學生嘉獎或加分。」

第七部份，關於「新醫學院院長應該最優先進行的三件事」，周炌明這樣說明他的主張：「第一，減少學生之課程，讓學生有時間去追求人文之修養，對本土之認知，對倫理、道德、人權觀念之加強。鼓勵學生多參與課外社會活動，多服務，多學習Team work之經驗。第二，對教職員及員工提高福利（薪水、研究費等），務必使台大教職員福利同長庚、榮總一樣。院長將用各種公開制度化的辦法來增加收入，用指定醫師制度，到其他醫院會診等種種有Incentive的辦法來增加收入。若是法律不容，也要用各種方法去修改法律，同時搜尋各種Resources來加薪及加強研究費。第三，學術思想自由一定堅持。思想管制的排除不是只指政治方面，就是年輕教員對醫學言論不同，也不能用升等制度來壓抑。教官制度要根除。Inbreed人事也是思想管制的例子，必須打破。從各方搜尋各種不同之教員或領導人物，絕對不要選可能被黨政機關管制的院長。」

演講稿寫完，周炌明練習講了好幾遍，並且一再跟吳秀惠討

論，怎樣盡量講清楚，講明白，盡量口語化。

4

周斌明收到台大醫學院的通知。通知告訴周斌明，他已經正式被推薦為醫學院院長的候選人之一。通知上面除了寫明候選人政見演講和投票的日期、時間、地點以外，同時還列出全體候選人的名單，和簡單的基本資料。

周斌明看到，包括自己在內，候選人總共有十二個，海外地區五個，台灣島內七個，大部份周斌明都認識，或者說，至少都聽過或看過對方的姓名。海外地區，另外四個是「林靜竹」、「郭耿南」、「王國照」和「蔡芳洋」。島內七個，分別是台大醫學院神經科教授兼台大醫院副院長「陳榮基」、台大醫學院小兒科教授兼主任「謝貴雄」、台大醫學院實診科客座教授「何康潔」、台大醫學院外科教授「李治學」、台大醫學院耳鼻喉科教授兼主任「徐茂銘」、台大醫學院外科教授兼主任「朱樹勳」，以及台大醫學院婦產科教授「周松男」。

周斌明打電話給李鎮源。請教李鎮源對這次選舉的看法，順便拜託他在台北就近幫自己推銷拉票，李鎮源直截了當叫周斌明省點力氣，不必多此一舉：

「連什麼政見演講也不必回來參加了，那麼遠一趟路，不必白跑一趟。早就內定好了，黨政派系充分運作，就是要讓謝貴雄做院長。什麼直接票選，都是騙人的，跟國民黨的任何選舉都一樣，都

只是在演戲。既然是演戲，除了主角以外，當然需要配角，熱熱鬧鬧，才能吸引觀眾。我不知道，為什麼你要當人家的配角？說不定連配角都不是，只是布景而已。什麼選舉嘛，我氣死了！這樣下去，我們台大醫學院永遠沒有前途。」

周斌明知道，謝貴雄跟陳維昭大學同班，也知道，謝貴雄畢業以後，一直就留在台大醫院小兒科服務，同時在醫學院教書，可以想見，他和陳維昭之間，一定交情深厚，如果陳維昭有意運作，讓謝貴雄接任院長，當然可以理解。事實上，就算周斌明都不知道這些，光是憑著他對李鎮源人格的瞭解，他也能夠相信李鎮源所說的話，何況，年近八十的李鎮源那麼生氣，自然不可能沒有原因。

周斌明和吳秀惠商量，決定聽李鎮源的話，不回去當配角或者布景了，以免白跑一趟，還要受氣，被侮辱。可是已經辛辛苦苦寫好的演講稿怎麼辦？吳秀惠主張寄回去，就說因為有事，無法親自出席，要求醫學院找人，在政見演講會上面，代為宣讀：

「至少把我們的理想說出來，讓現場的教授、副教授或其他關心我們母校的社會人士聽一聽，當做一種宣傳教育。」

周斌明把演講稿寄回去，並且拜託找人代為朗誦。

醫學院沒有讓周斌明和吳秀惠失望，政見演講會當中，果然有人朗誦了周斌明的講稿。十二個候選人裡頭，唯一沒有親自出席的，總算還有機會，透露一點聲音。

醫學院也同時證明了，李鎮源的確具有未卜先知的能力。直接票選的結果，很巧，正好是謝貴雄眾望所歸。

5

　夏天沒有回台灣，秋天倒是回去了一趟。

　秋天，舊金山一帶的樹葉開始變色的美麗季節，周炆明獲得台美基金會的科技工程獎，十一月二十日，在台北市的環亞大飯店舉行盛大的頒獎典禮，周炆明回去領獎。吳秀惠當然陪著他回去。

　台美基金會是旅居美國的台灣富翁「王桂榮」集資創辦的，大概是八〇年代以後吧？周炆明不是那麼清楚，為了肯定海內外台灣人各方面的傑出成就，每年頒發不定名額的獎項。不過，得獎者的名額雖然沒有固定，獎金的金額卻始終固定。獎金不低，每個人美金一萬。也許是因為獎金不低吧，或者是台灣人民受到中國膨風文化的影響太過深入，不知道從什麼時候開始，這個簡稱「台美獎」的獎項，逐漸被台灣同鄉加上「台灣人諾貝爾獎」的美譽。基金會設有評審委員會，每年接受各界推薦，嚴格評審被推薦的人是否足夠優秀傑出，然後決定得主，頒發美金一萬，加以表揚。

　基金會通知周炆明得獎的消息，以及頒獎的日期、時間和地點，誠懇邀請周炆明屆時務必親自出席，因為頒獎典禮上，基金會已經安排好十分鐘，要請周炆明代表得獎人致詞。基金會還告訴周炆明，推薦他角逐這份榮譽的，是加拿大的林宗義，和台灣的李鎮源。

　回到台北，住進基金會指定並免費招待的環亞大飯店之後，根據基金會提供的精美書面資料，周炆明才知道，這是基金會開始頒發台美獎以來，第一次進入台灣，盛大舉行頒獎典禮。書面資料顯

示，跟周炋明一起得獎的，還有八個人。周炋明仔細看得獎者的姓名，認識的只有兩個，一個是彭明敏，得到特別貢獻獎，另外一個是「東方白」，得到文學獎。周炋明思前想後，希望多少能夠瞭解一點給獎的標準，想了很久，想不出來。周炋明知道，東方白至少寫過一些小說，可是，彭明敏究竟有什麼「特別」貢獻，或者對誰有過「特別」貢獻，周炋明絞盡腦汁，想不出一個貓仔毛。

頒獎典禮前夕，基金會的創辦人王桂榮請周炋明在飯店的西餐廳喝咖啡，多謝周炋明專程返台共襄盛舉的同時，告訴周炋明典禮進行的程序，以及周炋明必須做十分鐘演講的時段。王桂榮說，這次的典禮可以說空前盛大，基金會非常榮幸：

「第一次回到台灣舉行頒獎典禮，五院的院長就都答應前來賞光，而且願意擔任頒獎人。炋明兄你最重要，第一個上台領獎，頒獎人是誰你猜猜看，不得了，是『連戰』，真是莫大的榮幸。」

「台美基金會不是我們台灣人的基金會嗎？」周炋明心中的怒火，猛燃燒起：「台美獎不是我們台灣人的獎嗎？為什麼要讓國民黨的大官來，還要讓他們擔任頒獎人？」

「他們也是台灣人啊，時代不同了，連蔣經國要往生以前，也都承認他是台灣人了，炋明兄何必那麼清楚？」

「拍國民黨馬屁的，做國民黨大官的，就不是台灣人，就是台奸！不能不分，一定要分。時代有什麼不一樣？台灣獨立了嗎？台灣建國了嗎？台奸沒有資格頒獎給我！」

「炋明兄不要生氣嘛。只是頒個獎，誰頒都嘛一樣。熱熱鬧鬧就

好，入境隨俗而已，不要生氣嘛，既然他們要給我們面子——」

「真失禮，」周炳明打斷王桂榮的話，站起身來：「貴會要怎麼做決定，本人沒有資格表示意見，但是本人有權決定，接不接受貴會的獎。貴會如果一定要叫台奸頒我的獎，我拒絕接受。」

覺得嚴重遭到侮辱的周炳明氣呼呼，掉頭離開西餐廳，回到房間，叫吳秀惠收拾行李，準備搬出環亞。吳秀惠問他為什麼生氣，周炳明大概轉述了王桂榮的話。吳秀惠嘆了一口氣，說她最近在美國就聽人講過，王桂榮因為想做所謂的僑務委員，一直在想辦法巴結國民黨：

「我不相信，台灣人怎麼可能那麼沒有骨氣，我真的不相信，不願意相信。氣死人了，莫名其妙。」

行李還沒有收拾妥當，王桂榮和他太太，滿面笑容找到周炳明夫婦的房間裡來了。王桂榮和他太太再三央請周炳明不要生氣，說有什麼誤會他們都願意解釋清楚，也願意更改：

「總是，我們夫婦兩人在海外，長久以來為了台灣運動，出錢出力，沒有任何私心，這個炳明兄和秀惠姐當然也是知道的。好不容易，基金會能夠回來台灣頒獎，真的希望一切圓滿。圓滿就好！拜託拜託，兩位一定要幫幫忙，沒有炳明兄，事情就沒有辦法圓滿。關於頒獎人的事，既然炳明兄堅持，就改由小弟我頒獎給你好了。小弟我當然是不夠資格的，總是拜託兩位多多包涵。」

王桂榮態度軟化，周炳明夫婦自然也就沒有理由提前離開了。

第二天中午，頒獎典禮如期舉行，國民黨的高官來了兩個，一

個是連戰，另外一個是「劉松藩」。典禮開始的時候，居然要全體與會人士起立，唱國民黨的黨歌，還要向國民黨的破旗子和孫文的照片三鞠躬，就好像多年前，台灣省醫學會八十周年大會的開幕儀式一樣！周斌明和吳秀惠拒絕起立，坐在周斌明旁邊的東方白本來要站起來，看見周斌明夫婦一直坐著，已經站到一半，突然又坐下了。其他的人，周斌明看得見的，包括另外七個胸前配戴美麗鮮花的得獎人，都站起來了。

因為王桂榮邀請連戰和劉松藩上台致詞，又因為王桂榮自己宣佈，十一月二十日當天正好是他的生日，又唱生日快樂歌，又切蛋糕，等到周斌明要代表得獎人做十分鐘的演講時，司儀臨時告訴他，時間不夠了，請他講兩分鐘就好。結果周斌明就把早已準備好的講詞吞回肚子裡去，得獎一事完全不提，只說他是回來為民進黨的縣市長候選人助選的，拜託大家多多支持，惠賜一票，就下台了。

周斌明和吳秀惠真的去助選了。離開環亞以後，兩人就跟剛剛返台的北美洲台灣人醫師協會助選團會合，與許世模、鄭天助和在洛杉磯創辦台灣出版社的宜蘭文化醫師「林衡哲」等人，前往澎湖、彰化、花蓮、台南等地，為正在緊鑼密鼓參選縣長的「高植澎」、「周清玉」、「陳永興」和「陳唐山」等人加油打氣，四處奔跑，十二月中旬，才返回舊金山。

6

　　克里夫蘭的老房屋終於找到買主了，但是奧立岡的台灣村卻因為參與同鄉的建築資金籌湊不齊，遲遲無法動工。出售老屋的款項放在身邊，吳秀惠擔心貶值，一九九四年春天，便先在波特蘭郊區一座高聳的山上，買下一棟兩層樓的房子。

　　除了保值以外，吳秀惠在買下這棟兩層樓的時候，還有另外的打算。首先，波特蘭和台灣村的預定地Manzanita同屬奧立岡，將來台灣村開工之後，做為住所，就近監工，相當方便。其次，平常碰到長假，當做別墅，暫時離開舊金山的小公寓，前往放鬆幾天，也是生活當中，很大的享受。

　　周斌明很喜歡波特蘭山上的新房子。幾乎是第一次去渡假，他就不想再回舊金山了，他就只想待在山上畫畫了。高聳的地勢，寬廣的視野，清幽端麗的山林與花草，難道不是最適合揮動採筆的所在？

　　五月初，一個陽光亮麗的晴朗午後，利用假期返回波特蘭偷閒的周斌明坐在二樓起居室的窗前畫畫，燦爛的視野遠處，朵朵白雲在群山綠樹之間舒緩伸展。周斌明一面看一面畫，忽然出聲驚呼，叫來吳秀惠，指著窗外，稚氣十足，講出這樣一段話：

　　「這樣的風景我們曾經看過。我看過，妳當然也看過，雖然那個時候我們還不認識，可是我們是坐同一班火車上山的。畢業旅行的時候，高中畢業旅行的時候，四十多年前。沒錯，就是在前往阿里山的火車上，我們看到相同的風景，跟這個地方，跟窗子外面，相

同的風景。我想起來了，更清楚了，當時火車已經快爬到阿里山了。對！就在我們看到這樣的風景以後，大約兩、三分鐘，火車就故障了。然後，妳就出現了。真好啊，同樣的風景。真好啊，這個房子這個所在。是不是這樣，我們乾脆就把這座山叫做阿里山，好嗎？」

　　周炆明和吳秀惠一有機會就向經常往來的知己好友展寶，拚命稱讚波特蘭的阿里山，並且用力鼓吹，遊說好友抽空前往渡假。半年不到吧，台灣人生活圈的許多同鄉就都知道美國也有一座阿里山了，在波特蘭，在奧立岡，在北美洲，在周炆明和吳秀惠的內心深處。

第二十章　揮手

　　一九九五年十月二十四日，上午十點左右，六十五歲的周炵明醫師和六十四歲的太太吳秀惠，出現在紐約市區第一大道與第四十九街交叉口附近的哈瑪紹廣場，準備參加一項名叫「團結台灣人，邁向新紀元」的群眾遊行。為了參加這項遊行，夫婦兩人昨天晚間就坐飛機，從舊金山出發，經過五個鐘頭的飛行，來到紐約，投宿在廣場旁邊，一家韓國移民經營的，小小的旅社裡。

　　遊行的主辦單位，是一個叫做「台灣主權聯盟」的臨時性組織。這個臨時性的組織，是由台灣獨立建國聯盟和台灣學生社做為主體，邀請全美台灣同鄉會、全美台灣人權會、北美洲台灣人教授協會、北美洲台灣人醫師協會、北美洲台灣婦女會和北美洲台灣商會等台灣人社團，為了舉辦這次大規模遊行，協調成立的。遊行的日期之所以選在十月二十四日，遊行的地點之所以選在紐約，是因為這個日子，美國的柯林頓和中國的江澤民，要在紐約會面。而且這個時候，聯合國正在開會，總部所在地的紐約，自然成為全世界新聞媒體關注的焦點。遊行要從聯合國總部前面的哈瑪紹廣場出發，當然是希望引起更多媒體的注意。至於遊行的目的，簡單說，就是要向包括柯林頓和江澤民在內的全世界所有的各國人民，展現台灣人保衛主權，並追求獨立建國的堅強決心。

　　早在遊行開始計畫籌備的消息傳出以前一個月左右，周炵明和

吳秀惠就知道了。因為遊行的總領隊，克里夫蘭的好朋友許世模，迫不及待打電話向周斌明報告，同時尋求經費上的贊助。當然也就是在那個時候，夫婦兩人就決定要參加了。就像過去三十多年來，只要知道有什麼大規模的台灣人遊行，兩人都不會錯過一樣。

遊行準時在上午十點半出發，繞行部份街道以後，下午一點，在中華人民共和國大使館的紐約辦事處前，高聲呼喊抗議口號後結束。因為已經超過中午的用餐時間，主辦單位替參與遊行的一千多個台灣同鄉準備了麵包和礦泉水，許多人便就地坐下喝水，吃麵包裹腹。

周斌明與吳秀惠背靠人行道旁邊的矮牆，坐在地上吃麵包。周斌明拿著麵包的右手不時顫動。不由自主的、不定時的，卻也不會停止的間歇性顫動。因為顫動，不少麵包屑掉在他的衣服上，也掉在地面上。

年紀比較大的同鄉，一面吃麵包，一面紛紛過來跟周斌明夫婦問好。特別熱心的，還向周圍的年輕留學生介紹周斌明夫婦的種種。來自威斯康新大學，正在攻讀數學博士學位的年輕女孩，台灣學生會的重要幹部，台北人「謝良瑜」目不轉睛地注視著眼前這位台獨運動的前輩，大概經過五分多鐘吧，忽然忍不住提出她心底的疑惑：

「周醫師，能不能請教一下，你的手，是不是就是巴金氏？」

「應該是吧，」周斌明疲憊的臉上，露出了笑容：「如果醫學界沒有什麼新發現，沒有替這種症狀找到什麼新名稱的話，應該就

是。」

「那麼以後，」年輕女孩睜大眼睛，表情誠懇，卻又帶著明顯的憂慮：「以後怎麼辦？」

「以後靠妳們啊，」周斌明哈哈大笑：「台灣獨立建國，靠妳們年輕人啊，哪有怎麼辦？」

「我是說，周醫師你自己。」

「我自己？以前怎樣，以後就怎樣啊。」周斌明的笑容消失，講話的語氣同時變嚴肅了：「多謝妳這麼關心，真多謝。得到這個症狀，大概有十個多月了。剛開始的時候，感覺很不習慣，很不方便，也很不快樂。後來，慢慢也就沒什麼了，因為想通了。為什麼想通了，我說給妳聽，妳不要嫌我老人囉唆。是這樣的，我這世人，重要的工作有兩項，一項是台灣獨立運動，另外一項是，腦神經病理的研究與教學。我的右手會抖，可是對於這兩項工作並沒有影響，是不是？這樣想，我就不會不快樂了。除了工作，我這世人，喜歡的休閒娛樂興趣也有兩項，一項是畫畫，另外一項是拉小提琴，右手會抖，的確有影響，有一點點影響。可是，世界上的休閒娛樂興趣那麼多，為什麼我不能再找點別的？這樣一想，我還有什麼不快樂的？所以我以前怎樣工作，怎樣休閒，以後也就同樣工作，同樣休閒，沒什麼。」

周斌明停頓了一下，默契十足，吳秀惠正好把礦泉水的瓶蓋旋開，把礦泉水拿給先生。周斌明用左手接過瓶子，就著瓶口，仰起頭來，喝了一大口礦泉水，同時心滿意足似的，微笑著吐出長長一

口大氣，而後繼續對著圍攏在他四周的台灣同鄉講話：

「事實上，我很快樂，一點也不煩惱。因為我根本沒有煩惱的理由，你們也不需要替我煩惱。就算我的右手真的不能用了，還有一隻左手啊。就算兩隻手都不能用了，還有我太太的手啊。真的，不要替我煩惱。再說，醫學研究一直在進步當中，什麼時候，會製造出新的藥物，誰知道？好啦，就講到這裡啦，我們還要趕到機場，坐飛機回舊金山，時間不多，真失禮。有空的時候，歡迎來舊金山玩。」

周烌明站起來，吳秀惠跟著他站起來，同時把他衣服上面的麵包屑輕輕拍掉。在紐約市陰沈沈的天空下，兩個人要橫過馬路，到對面去攔計程車時，還回過頭兩次，滿面笑容，向大家揮手。

（1998年2月24日完稿）

赴美寫作心情

　　自從去年一月返台以後，第一念念不忘的，就是寫作系列故事「安安靜靜台灣人」。因爲故事的原始資料是我在美國奔波將近半年，透過許多熱心的台灣人大力協助，才辛苦採訪到的。對我個人而言，固然相當可貴；就整個台灣人獨立建國運動的艱苦過程來說，也有一定程度的意義。所以念茲在茲，非常渴望早一天寫完。

　　然而，回到台灣以後，就身不由己了。首先忙的是台北市的核四公投；這是台北市政府主辦的一項活動，也是陳水扁競選台北市長時的政見之一。核四公投促進會面對這個活動，自然必須全力以赴，而我身爲促進會的執行委員之一，更必須身先士卒。這一忙，就去掉了兩個多月。接下來病了一場，半年內纏綿反覆，求診不斷，臥床呻吟，除了忍痛以外，什麼也不能做。幸而病癒，時序已經進入一九九六年九月了；這個時候，心比天高而力如紙薄的建國黨成立了，我阻擋不成，卻又不忍坐視，只好在廖宜恩和李勝雄的力邀之下，以非黨員政策委員的身份進入總部，負責組訓的工作。時光流逝，在奔波忙碌之中，很快就九個月過去，又是多颱風多雨水的夏天了，而我的寫作計畫還是原地踏步，一年半以前從美國帶回來的資料，仍然安安靜靜地躺在抽屜的一角，對著我苦笑。儘管心底難過慚愧，但建國工作的俗務一旦纏身，除了立即挺身而出，還能有什麼選擇？

　　一九九七年八月底，返台參加世台會的莊秋雄來北斗看他的妹妹莊芳華。莊秋雄就是當年鼓勵我前往美國從事人物訪談，同時在這件事上面幫助我最多的人：籌湊旅費兩千元美金，聯絡安排受訪人物，親自接受訪問，還招待我在他查爾司福特的家中打擾了一個月整整。如果說我那段時間在美國的訪談有點成績，莊秋雄的鼎力相助最是功不可沒。

　　八月二十九，我去北斗與他敘舊，滿懷羞愧地提及尚未完成而且可能胎死腹中的人物訪談寫作計畫，莊秋雄便表示，雖然他目前位在威斯康新小鎮妮哪的房子沒有以前那間寬敞，不過，地下室有一個房間，還有浴室與工作室，又有門可以進出，相當獨立方便，如果我有意思，非常歡迎我去那邊，安安靜靜專專心心地完成這個寫作計畫。莊秋雄的牽手邱千美也慫恿我去，說一點也不麻煩。說她現在不上班了，可以專心作家事，叫我盡量寫，而秋雄盡量畫。這樣的建議真是叫我又高興又感激。怎麼可能不麻煩呢？長時間又要住又要吃，怎麼可能不麻煩？

　　在場的吳晟也鼓勵我，瑛芳也沒有反對，大家就熱烈討論相關的細節。最後決定十一月初去，因為在這之前，我已經答應參加九月二十一日至十月二十六日總計三十六天的核四公投全島苦行，十月底以後才有空，可以離開台灣。預計在美國停留半年，寫完「安安靜靜台灣人」

　　四十萬字，平均每個月七萬字，每天二千三百字左右，應該不會有太大的問題。當然，半年已經是觀光護照最長的停留期限，約

略也是我所能忍受的想家的最長期限。

　　事情決定以後，我的感覺是高興之中帶有一點淒涼與迷惘。非常感激莊秋雄夫婦願意提供我一個住處，具備足夠長遠的時空距離，讓我可以在一定的時間內，不必也不能理會家國台灣的風風雨雨，絕對專心寫我一生一世最最喜歡的小說；同時照顧我的吃住，讓我根本不需因為生活瑣事而分神。但是，年紀畢竟漸漸老大了，還要離鄉背井，難免微微感傷；更何況寫作一事，又是如此不可捉摸。只好不斷自我期許，挑戰風燭殘年僅存的一個文學高峰。

林雙不　一九九七年八月三十日　寫於員林

閉關寫作備忘

十一月三日起，我要開始閉關六個月，預計明年（1998）五月二日止。

原本的計畫是，這半年的時間前往美國，借住威司康新州妮那小鎮莊秋雄的家，寫完「安安靜靜台灣人」系列小說；這個計畫是八月底決定的；當時我也寫了一篇短文「赴美寫作計畫」說明自己的心情，兩個月以後，我的想法有了改變，還是想利用這半年的時間，寫作「安安靜靜台灣人」，不過希望不必離鄉背井、寄人籬下。主要的原因有兩個：1、使用電腦打字寫作以後，覺得在家裡寫比較方便。2、兩個月來寫了六篇小說，覺得在家裡應該也能寫出來。

事實上，在內心深處，我本來就不是那麼想去美國的，如果不必遭受外面的雜務干擾，可以自由自在運用完整的時間，不必切割，不必奔走，住在家裡當然一切舒服方便，也不需麻煩莊秋雄夫婦那麼多。八月底的決定，實在是非常無奈的，非常不得已的。

不過，這樣的決定雖然最後意外落空，卻多多少少營造了有利的形勢，讓我在兩個月以後，能夠改變計畫。因為當初既然決定要出去，十一月三日之後已經排妥的演講活動，就必須提前；無法提前的，就不得不取消。在聯絡的過程當中，不少人就知道我即將出國的消息。當然我自己也就不可能再安排十一月三日以後的任何活

動了，這樣一來，十一月三日以後，我就真的完全空出來了，只要
不讓任何人知道我人在台灣，事實上有沒有去美國，都不會影響我
時間上的完整了，所以我就決定，從十一月三日起閉關半年，專心
寫作。

對外我還是維持原來的說法，畢竟是個人的小事，不必多費唇
舌解釋；反正會問的人也不多。莊秋雄那邊，必須打電話說清楚，
拜託他諒解並配合，如果有人問起，不要透露我還在台灣；這點對
他真抱歉。至於妻女，不喜說謊，萬一十一月三日以後，有人打電
話找我，就講好，一律回答我在閉關，地點一事，不便奉告。電腦
十月底搬上三樓書房，閉關期間，那就是我生活寫作的樂園。我大
門不出，電話不接，過年也不回鄉下。這樣徹底執行，應該就不會
有人知道我人在家中，應該就不會受到干擾了。

不得已的苦心安排，實在是由於我十多年來涉入台灣人自救運
動太深，心地又熱，碰到需要出面的演講或活動，一旦有人邀約，
或我主動得知，就很難置身事外。可是，「安安靜靜台灣人」的寫
作，也是台灣人運動的一部份，更是我寫作生涯的重要挑戰，我無
論如何必須完成、必須克服的一關，所有看來似乎不近人情的安
排，知我者應該能夠諒解吧？至於不知我者，根本就不在我的顧慮
之列。

剩下來的工作就只有靠自己努力了。六個月閉門不出，究竟是
全新的嘗試，也許是不太容易通過的考驗；寫作之事，又那麼不可
捉摸，往往在艱苦的煎熬之後，一事無成！不過，這麼殘忍的不

幸，我是不會讓它發生的。除非，真正動筆以後，發現寫作這一系列小說的情境，在台灣無法貼切感受！

十一月三日以後，就當做自己不在台灣吧。

十一月三日以後，「安安靜靜台灣人」是我生活的重心。

閉關之前，寫下這段文字備忘。（1997年10月29日上午11：18寫於員林）

接下來要把抽象的原則條文化，貼在三樓書桌旁邊，隨時提醒自己，嚴格遵守：

1、 閉關期間，絕對不出大門一步。

2、 涼鞋、布鞋、拖鞋，一律收入櫥內。

3、 牛仔褲和外衣、外套，收到二樓。

4、 除非必要，盡量不下一樓。

5、 下一樓之前，先拜託家人拉上窗簾。

6、 家人都出門時，立刻關掉電話。

7、 有人按門鈴時，一概不理。

8、 麻煩家人的瑣事要盡量減少。

9、 控制情緒，不論如何都要對家人更好。

10、 舊曆過年還是要讓家人回鄉下。

11、 家人偶爾要去外面吃飯，我就在家裡隨便吃。

12、 時時刻刻，努力讀資料，努力寫作。

林雙不生平寫作年表

1950年

十月　二十八日出生於雲林縣沿海一個世代務農的小村東勢厝。
　　　父親黃夫地，母親林做。兄弟姐妹七人，排行第三。

1957年　7歲

九月　進入東勢國民學校，五年級開始往外投稿，受張清海老
　　　師鼓勵甚多。

1963年　13歲

九月　進入省立虎尾中學，擇定以「碧竹」為筆名，發表詩、
　　　散文、小說。

1964年　14歲

　　　第一篇散文創作＜古榕＞發表於《雲林青年》。

1968年　18歲

四月　二十七日與巴斯特納克的小說、大衛連的電影《齊瓦哥
　　　醫生》結緣，此後深深迷戀。

1970年　20歲

九月　進入輔仁大學哲學系。

九月　由大江出版社出版散文集《山中歸路》。

十月　由光啓出版社出版散文集《古榕》。

十二月　由三民書局出版小說集《班會之死》。

1973年　23歲

元月　由光啓出版社出版散文集《你我之外》。

三月　由文皇出版社出版散文集《在斜陽外》。

七月　由先知出版社出版小說集《李白乾杯》。

九月　由光啓出版社出版散文集《迴旋的圓》。

1974年　24歲

九月　進入輔仁大學哲學研究所碩士班，從河北郭海清先生治龔自珍。

十月　由水芙蓉出版社出版散文集《綠遍天涯樹》。

1975年　25歲

五月　散文集《山中歸路》重新整理，改名《千里煙波》，由水芙蓉出版社重印。

八月　由水芙蓉出版社出版散文集《雪峰半月》。

八月　二十六日與王瑛芳結婚。

1976年　26歲

三月　三月起部份作品以本名「黃燕德」發表。

四月　由水芙蓉出版社出版散文集《星散》。

七月　開始服第二十六期預備軍官役。

七月　〈春風〉得到「文復會金筆獎」散文獎。

1978年　28歲

元月　由水芙蓉出版社出版散文集《出岫》。

四月　十五日長女子寧出生。

五月　退伍。

九月　由遠景出版社出版小說集《撥個電話給我》。

九月　小說集《李白乾杯》改名《看！江東去》，由水芙蓉出版社重印。

九月　開始教書。

十一月　由水芙蓉出版社出版小說集《嗨！江東去》。

十一月　由水芙蓉出版社出版散文集《碧竹散文自選集》。

1979年　29歲

十二月　由水芙蓉出版社出版短篇寓言集《浮光》。

十二月　由水芙蓉出版社出版短篇寓言集《掠影》。

1980年　30歲

二月　二十八日驚傳林義雄先生家人命案，更改筆名為「林雙不」。

九月　由水芙蓉出版社出版書簡集《鋼盔書簡》。

1981年　31歲

六月　由水芙蓉出版社出版新詩集《白沙戲筆詩》。

七月　由九歌出版社出版散文集《一盞明燈》。

八月　由中央日報社出版散文集《放生鳥》。

九月　〈失車記〉得到「聯合報小說獎」極短篇徵文獎。

十一月　由爾雅出版社出版書籍評介集《青少年書房》。

1982年　32歲

元月　由水芙蓉出版社出版散文集《娃娃書》。

五月　得到文藝協會的五四文藝獎章散文獎。

八月　由九歌出版社出版散文集《事事關心》。

九月　〈槍〉得到「聯合報小說獎」極短篇推薦獎。

1983年　33歲

二月　《在斜陽外》由水芙蓉出版社重印。

二月　由水芙蓉出版社出版九年前舊作小說集《台灣種田人》。

十月　由蘭亭書店出版文學創作理論集《散文運動場》。

十月　由蘭亭書店出版文學創作理論集《小說運動場》。

1984年　34歲

二月　十九日次女又寧出生。

三月　由大地出版社出版散文集《我們曾經走過》。

四月　由前衛出版社出版小說集《筍農林金樹---台灣島農村人物誌》。

七月　由學英文化公司出版散文集《每次一想到他》。

十月　編選《改變中學生的書》由前衛出版社出版。

十二月　由《台灣文藝》雜誌社出版新詩集《台灣新樂府》。

1985年　35歲

三月　〈大學女生莊南安〉得到「吳濁流文學獎」小說佳作獎。

九月　由前衛出版社出版小說集《大學女生莊南安》。

九月　〈白旗〉得到「東南文學獎」短篇小說優選獎。

十月　散文集《星散》改名《星星的故事》，由九歌出版社重印。

1986年　36歲

二月　由前衛出版社出版小說集《小喇叭手》。

四月　散文集《雪峰半月》由前衛出版社重印。

七月　碧竹時期小說集《最初的舞台》與《江東去十六篇》兩冊由前衛出版社重印。

九月　《碧竹散文自選集》改為《四樓有風》與《風吹著我》兩冊由晨星出版社重印。

九月　與宋澤萊、李喬、王世勛、林文欽、利錦祥、何炳純六人合辦雜誌《台灣新文化》月刊，為時兩年，慘遭查禁十六期。

十二月　由前衛出版社出版長篇小說《決戰星期五》。

1987年　37歲

二月　〈小喇叭手〉得到「吳濁流文學獎」小說獎正獎。

三月　散文集《鋼盔書簡》分為《衛武營書簡》與《外雙溪書簡》兩冊，由前衛出版社重印。

三月　編選《台灣小說半世紀》由前衛出版社出版。

九月　由前衛出版社出版長篇小說《大佛無戀》。

1988年　38歲

四月　編選《一九八七台灣小說選》由前衛出版社出版。

八月　時論集《台灣人短論》由前衛出版社出版。

十二月　散文集《四樓有風》被晨星出版社改名《與愛為鄰》、《風吹著我》改名《記得當時年紀小》重印。

1989年 39歲

二月 編選《二二八台灣小說選》由自立報系出版。

二月 演講集《大聲講出愛臺灣》由前衛出版社出版，八月被查禁。

十二月 時論集《林雙不短打》由前衛出版社出版。

1990年 40歲

七月 時論集《全力打拼為台灣》由前衛出版社出版。

1991年 41歲

元月 時論集《在寂寞的旅途中》由自立報系出版。

二月 發起文化學術界聲援黃華環島台獨行軍「行出新台灣」。

三月 與陳勝道、劉峰松、翁金珠三人合辦雜誌《彰化人》月刊兩年。

八月 王美雲主編的文化學術界聲援黃華環島行軍實錄與迴響《行出新台灣》由前衛出版社出版。

八月 演講集《聲聲句句為台灣》由自立報系出版。

十一月 包括《筍農林金樹》、《大學女生莊南安》、《小喇叭手》、《決戰星期五》與《大佛無戀》在內的「林雙不八十年代小說集」五種由前衛出版社重排出版。

1992年 42歲

三月 籌組高、中、小學教師台灣獨立建國運動團體「台灣教師聯盟」，擔任兩年會長。

四月 短篇小說集《林雙不集》由前衛出版社出版，列為「台

灣作家全集」戰後第三代第七種。

1994年　44歲

七月　辭職，放棄教書頭路，離開學校。

九月　與林義雄、葉博文、高俊明、陳麗貴、高成炎、釋昭慧
　　　等人籌組反核團體「核四公投促進會」，擔任決策委員，
　　　發動並參與千里苦行。

1995年　45歲

元月　改名「黃林雙不」。

五月　散文集《安安靜靜很大聲》由前衛出版社出版。

七月　得到美國紐澤西台灣同鄉會「關懷台灣基金會」傑出貢
　　　獻獎。

九月　黃明川拍攝紀錄片「安安靜靜林雙不」（前衛版台灣文學
　　　家系列記事之三）完成。

1996年　46歲

二月　新詩集《台灣新樂府》由草根出版社重新印行，增添部
　　　分新作。

七月　散文集《安安靜靜想到他》由草根出版社出版。

1997年　47歲

五月　得到賴和文學獎。

九月　策劃並參與核四公投促進會全國苦行。

十一月　閉關寫作「安安靜靜台灣人」系列小說。

1998年　48歲

三月　得到台北「建成扶輪社」第一屆台灣文化奉獻獎。

五月　短篇小說集《回家的路》由草根出版社出版。

1999年　49歲

五月　接受「慈林文教基金會」林義雄先生及夫人方素敏女士
　　　委託，組織全國各地慈林讀書會。

六月　接受「彰化縣綠色資源人文保育協會」委託，籌辦員林
　　　社區大學。

十月　十六日父親過世，悲痛莫名，發表詩作〈靜夜東勢厝〉。

2000年　50歲

二月　二十八日員林社區大學開學。

十月　二十八日《安安靜靜台灣人》系列小說一套六冊由晨星
　　　出版社出版。

晨星文學館
19

安安靜靜台灣人 5

北美阿里山——周烒明與吳秀惠

著者	林 雙 不
文字編輯	林 美 蘭
美術編輯	林 淑 靜

發行人　陳 銘 民
發行所　晨星出版有限公司
　　　　台中市407工業區30路1號
　　　　TEL：(04) 3595820　　FAX：(04) 3597123
　　　　E-mail：morning@tcts.seed.net.tw
　　　　http://www.morning-star.com.tw
　　　　郵政劃撥：22326758
　　　　行政院新聞局局版台業字第2500號
法律顧問　甘 龍 強 律師
製作　知文企業（股）公司
初版　西元2000年10月28日

總經銷　知己有限公司
　　　　〈台北公司〉台北市羅斯福路二段79號4F之9
　　　　　　　　　　TEL：(02) 23672044　FAX：(02) 23635741
　　　　〈台中公司〉台中市工業區30路1號
　　　　　　　　　　TEL：(04) 3595819　　FAX：(04) 3595493

定價280元
（缺頁或破損的書，請寄回更換）
ISBN 957-583-917-X
Published by Morning Star Publishing Inc.
Printed in Taiwan

國家圖書館出版品預行編目資料

北美阿里山：周斌明與吳秀惠／林雙不著．－－
　　初版．－－臺中市：晨星，2000〔民89〕
　面；　　公分．－－（晨星文學館；19）
（安安靜靜台灣人系列；5）

　　　ISBN 957-583-917-X（平裝）

857.7　　　　　　　　　　　　　　89013269